D1414712

COLLECTION
FOLIO CLASSIQUE

Goethe

Les Affinités électives

Préface
de Michel Tournier
de l'Académie Goncourt

Traduction et notes
de Pierre du Colombier

Gallimard

Traduction de la Bibliothèque de la Pléiade

PRÉFACE

Peu d'œuvres ont autant de racines que ces Affinités électives. *C'est ce qui fait leur difficulté et leur intérêt. Goethe approche de la soixantaine. Jamais son horizon n'a été aussi vaste. Friedrich Gundolf observe qu'il s'intéresse moins aux grands personnages mythologiques — Prométhée, Iphigénie, Torquato, Faust — et davantage aux sciences de la nature et à la vie quotidienne de son temps. Il s'agit plutôt en fait d'une sorte d'alternance pendulaire, car on ne peut oublier que trente-cinq ans plus tôt il concevait* Werther *— roman domestique et contemporain — et que les derniers mois de sa vie seront consacrés à l'achèvement du* Second Faust, *œuvre typiquement allégorique. Mais s'il est clair que* Les Affinités électives *appartiennent à la veine inaugurée par* Werther, *il y a entre ces deux romans d'amour toute la différence qui sépare une œuvre de jeunesse jaillie du cœur d'un auteur réduit à la solitude, et celle d'un homme mûr et célèbre qui veut rassembler toute son expérience et le spectacle de sa société dans un panorama, en prenant le risque qu'il paraisse parfois un peu composite.*

Nous venons de citer Werther. *On a voulu rapprocher excessivement ces deux romans en accordant une importance sans doute démesurée à la rencontre de Goethe avec la jeune Minna Herzlieb. Comme il s'était à vingt-trois ans « débarrassé » de sa passion malheureuse pour Charlotte Buff en écrivant*

Werther, *Goethe aurait à soixante ans « liquidé » un élan vers Minna Herzlieb en écrivant les* Affinités. *Minna Herzlieb était la nièce et la fille adoptive de Mme Frommann, l'épouse du libraire-éditeur de Iéna auquel Goethe va confier les* Affinités électives. *Elle a dix-huit ans, elle habite chez les Frommann, elle est belle, timide et mystérieuse. On lui attribue le mérite d'avoir inspiré dix-sept sonnets écrits à l'époque par Goethe. De là à supposer qu'une passion pour la jeune fille réchauffa et ravagea le vieux cœur du poète... André François-Poncet dans la belle étude qu'il a consacrée aux* Affinités[1] *examine et rejette cette hypothèse. Les sonnets en question n'étaient qu'un jeu de société qui agrémentait les soirées des Frommann, et auquel tout le monde participait. Rien dans la vie et les lettres de Minna ne prouve qu'elle ait éprouvé pour Goethe autre chose qu'une affection respectueuse. Goethe adorait les jeunes filles, toutes les jeunes filles. L'âge et la sagesse venant, il se livrait avec elles à un badinage sentimental, auquel se mêlait sans doute un peu d'amertume. Ce fut certainement le cas avec Minna. L'ayant revue après son mariage au bras d'un M. Pfund, il écrit à sa femme : « J'ai vu avec plaisir M. Pfund, j'ai commencé à aimer sa fiancée quand elle était une enfant de huit ans, et dans sa seizième année, je l'ai aimée plus que de raison. Tu pourras donc, si elle vient parmi vous, te montrer particulièrement aimable avec elle. » Peu de temps après ses soirées chez les Frommann, il s'empresse autour d'un autre tendron, Sylvie de Ziegesar, puis autour d'une troisième, Pauline Gotter, laquelle écrit à ce sujet : « Goethe est avec moi comme un père, et comme un maître, et souvent aussi comme un amoureux ; il est le seul qui me comprenne, même dans mes moments de mélancolie. » L'image de ce vieux beau, environné de gloire, et qui a tant de mal à vieillir, entouré d'un cortège de*

1. André François-Poncet, *Les Affinités électives de Goethe,* Félix Alcan, 1910.

jeunes filles qu'il aime toutes, et qui toutes le font un peu souffrir — mais sans excès, juste ce qu'il faut pour se sentir un cœur —, cette image est touchante et sans doute vraie. Elle remet à sa juste place la rencontre avec Minna et le rôle — réel mais modeste — qu'elle joua dans la genèse des Affinités.

Il semble qu'il se soit mis au travail en avril 1808. D'après son Journal, *la première partie est écrite dès la fin de juillet. C'est le moment où il part habituellement prendre les eaux de Carlsbad. L'hôtel des* Trois Maures *où il descend n'est rien moins qu'un lieu de recueillement. Venu sans son épouse, le vieil et célèbre poète s'entoure d'un essaim de jeunes filles gaies et admiratives. Lorsqu'il regagne Weimar le 30 août, on peut craindre que l'œuvre en gestation tourne court. Le 13 septembre, il perd sa mère. Le 2 octobre se situe la fameuse rencontre d'Erfurt avec Napoléon (« Vous êtes un homme, Monsieur Göt ! » — Je m'inclinai. Il demande « Quel âge avez-vous ? » — « Soixante ans » — « Vous êtes bien conservé ! »), suivies de deux autres entrevues à Weimar les 6 et 10 octobre. Puis c'est la visite d'Alexandre de Russie à Weimar. Le Geheimrat du duc Karl August ne peut se dérober à ses obligations protocolaires. Lorsque le calme lui est rendu au printemps de 1809,* Les Affinités électives *risquent de ne pas reprendre vie. Il faut qu'une lecture de la première partie faite à la duchesse de Weimar confère au projet une sorte de poids mondain pour que Goethe se remette au travail. Ces détails sont édifiants. Ils illustrent assez bien la misère de l'écrivain devenu personnalité officielle, haut personnage, voire grande figure : c'en est fait de sa force créatrice. Le 30 mai, il écrit avec un ridicule pathétique à sa femme Christiane : « Empêche autant que possible pendant les huit prochains jours que rien ne vienne me déranger. Je suis en ce moment absorbé par mon travail comme je n'ai pas réussi à l'être depuis un an. Si on me dérangeait maintenant, je perdrais ce que je vois tout proche et que je pourrai atteindre à bref délai. » Cette année-là, il renonce à sa cure à Carlsbad, et s'installe dès le 23 juillet à Iéna pour prendre part à la fabrication du roman chez Frommann. Le travail se prolonge jusqu'au 4 octobre. Le 1er, il écrit à Reinhard : « Je me vois dans l'état d'une femme enceinte dont l'unique désir est de mettre l'enfant au monde, quitte à produire n'importe quoi. » On notera qu'il ne reste aucune trace, ni du manuscrit, ni des diverses versions, ni des épreuves corrigées. Goethe a sans doute pris soin de tout détruire. Le roman est livré au public avant la fin de l'année 1809.*

Réduite à un simple schéma, l'action du roman tient en quelques lignes. Édouard et Charlotte forment un couple d'aristocrates qui vivent leur seconde jeunesse en exploitant un vaste domaine. Ils couvent cependant chacun un projet qu'il s'agit de faire accepter à l'autre, ce qui se fera par une sorte de négociation à l'amiable. Édouard voudrait faire venir un sien ami — le « capitaine » —, homme de grandes capacités, mais momentanément disponible. Il l'aiderait à réorganiser et à gérer son domaine. De son côté, Charlotte se fait du souci pour sa nièce Odile qui vit en pension avec sa fille Lucienne. Or si cette dernière prospère et s'épanouit à la grande satisfaction de ses maîtres, Odile au contraire végète et leur donne de graves inquiétudes. De même qu'Édouard souhaite la compagnie du capitaine, Charlotte aimerait recueillir Odile. Chacun fait des objections, puis des concessions, si bien que le capitaine et Odile débarquent au château à quelques jours d'intervalle. Le capitaine va changer la vie extérieure de ses amis, Odile va bouleverser leur vie intérieure. Total : trois morts au moins...

Le livre se présente donc sous un triple aspect : un titre, une histoire d'amour, le tableau d'une société. Commençons par ce dernier.

L'aristocratie d'une principauté allemande du début du XIXe siècle, tel est le milieu que le roman embrasse, et le critique Karl-Wilhelm-Friedrich Solger pourra écrire : « Comme dans l'épopée antique, tout ce que l'époque a de singulier et d'important est contenu dans ce roman, et, d'ici quelques siècles, on pourra d'après lui se faire une image complète de ce que fut notre vie quotidienne. » Rappelons donc quelques-uns des traits « d'époque » que les Affinités illustrent :

— Germaine de Staël avait noté dans son enquête sur l'Allemagne que la société protestante allemande connaissait alors une crise du mariage. Goethe, très hostile au mariage, avait lui-même attendu l'âge canonique de cinquante-sept ans (1806) pour s'y résoudre. Il ne lui avait pas fallu moins que la bataille de Iéna où il avait failli laisser sa vie. Journal : « 14 octobre. A cinq heures les boulets de canon percent la toiture. A cinq heures et demie, irruption des chasseurs. A sept heures, incendie, pillage. Nuit horrible. » Et deux jours plus tard : « J'ai décidé de reconnaître entièrement et légalement comme mienne ma petite compagne qui a tant fait pour moi et qui a vécu à mes côtés ces heures d'épreuves. » Cependant les drames sentimentaux ne manquent pas dans le voisinage immédiat de l'écrivain. Il assiste au déchirement du ménage de Schlegel dont la femme, Caroline, divorce pour vivre avec le philosophe Schelling, et surtout au suicide de la belle, tragique et géniale Caroline von Gunderode. En 1811, la fin du couple Kleist-Vogel qui accumule meurtre, suicide et adultère soulève un énorme scandale. Certains y voient la fin de la société prussienne. Ils pensent sans doute comme Courtier, cet ancien pasteur, tout d'une pièce malgré son nom (Mittler = intermédiaire, entremetteur), habitué à faire la morale aux paysans, qui dans les Affinités se fait l'ardent défenseur des liens sacrés du mariage. L'opposition à Mittler s'incarne dans un vieux couple irrégulier — ceux qu'on désigne comme « le comte et la baronne » — et la théorie qu'ils exposent d'une sorte de mariage à l'essai, conclu pour cinq ans, renouvelable tacitement, mais pouvant également s'effacer devant une nouvelle union. Seule la troisième expérience conjugale serait définitive. Or il ne s'agit pas seulement d'une théorie. Édouard

— dont Charlotte est la seconde épouse — ne demande qu'à divorcer pour épouser Odile, et Charlotte se laisserait sans doute convaincre, si les mœurs étaient plus favorables à ce genre de chassé-croisé.

— le « paysagisme ». *Le jardin à la française, symbole de l'Ancien Régime, recule devant le « jardin anglais ». Ce ne sont plus qu'allées tortueuses, grottes, buttes, cascades, ruines, labyrinthes, tonnelles et pavillons orientaux. Là le romantisme accueille avec empressement l'héritage du* XVIIIe *siècle. Le « capitaine » va prendre en main les opérations et y apporter une rigueur rationnelle qui corrigera les tâtonnements de ses amis.*

— la vie mondaine. *Nous avons vu nos aristocrates jouer de la musique et se faire la lecture à haute voix. Mais l'irruption de Lucienne, la fille de Charlotte, venue présenter son fiancé à sa mère, va nous apprendre ce qu'est la vraie vie de société. C'est un tourbillon de calèches et de valets, de toilettes et de festins, de rires et de chansons qui envahit soudain le château. Le portrait que fait Goethe de cette ravissante et irrésistible Lucienne, qui veut soumettre tout le monde à la loi de ses plaisirs, est par trop malveillant pour qu'on puisse retenir l'hypothèse selon laquelle Bettina von Arnim ou Germaine de Staël lui auraient servi de modèle. Certes ces deux brillantes mondaines l'avaient agacé par leur agitation brouillonne et vaine, mais il restait sensible au charme enfantin de Bettina et à la puissante personnalité de la grande Germaine. Lucienne, c'est plus simplement l'anti-Odile, comédienne, égoïste, superficielle, médisante, à laquelle Goethe donne le singe comme animal totem.*

On sillonne le domaine et toute la campagne environnante à cheval. On danse, on se déguise, on monte des pièces de théâtre, des pantomimes, et surtout on se livre à un jeu dont le succès extraordinaire à cette époque nous paraît aujourd'hui inconcevable : les tableaux vivants. On figure ainsi le Bélisaire *de Van*

Dyck, Esther devant Assuérus *de Poussin,* La Remontrance paternelle *de Terborg, des scènes d'auberge et de foires néerlandaises. Goethe rend compte sans la moindre ironie de ces divertissements sans songer, comme cela nous paraît évident, qu'ils bafouaient la peinture en n'en retenant, à l'exclusion de tout autre, que l'élément bassement pittoresque et anecdotique. Mais il y aurait beaucoup à dire sur les idées de Goethe en matière de peinture...*

— la franc-maçonnerie. *L'anniversaire de Charlotte est marqué par la pose de la première pierre d'une villa qui va être construite selon les plans du capitaine. Cela donne lieu à une petite cérémonie au cours de laquelle « un maçon en habit de fête, tenant la truelle d'une main et le marteau de l'autre, débita un agréable discours en vers ». Ce maçon orateur et versificateur a été tourné en ridicule par nombre de critiques. Il serait bien incongru en effet si tout ne dénotait une parenthèse maçonnique à laquelle Goethe devait tenir. Déjà le* Wilhelm Meister *contient plus d'une allusion à la franc-maçonnerie. Rappelons que c'est sur l'initiative de Goethe que la loge* Amalia *de Weimar reprend vie en 1808, après vingt-six ans de sommeil.*

— l'art religieux. *La deuxième partie du roman s'ouvre sur l'arrivée d'un jeune architecte qui va être prétexte à des discussions sur le culte des morts et l'art chrétien. S'agissant des morts, on notera seulement qu'à cette époque Goethe perd sa mère et n'envisage pas de se rendre à son enterrement qui a lieu à Francfort. Quand il se rend dans cette ville quelques années plus tard, son journal ne mentionne aucune visite au cimetière. Quant à la restauration de l'église — à laquelle il est visible que l'auteur s'associe de tout cœur, comme à tout ce que dit ou entreprend ce jeune architecte si sympathique —, elle illustre l'influence du romantisme sur Goethe avec un retour au catholicisme et au Moyen Age. Certains critiques contemporains furent quelque peu éberlués de voir Odile transformée en Vierge Marie dans une crèche vivante — réplique pieuse des tableaux vivants de Lucienne — et franchement choqués quand, à la fin du récit, la pécheresse morte bénéficie d'une sorte de canonisation populaire, et devient le but de véritables pèlerinages.*

— la pédagogie. *Venant de la pension où Lucienne et Odile ont fait leurs études, un professeur arrive à son tour au château. Il va être le porte-parole de Goethe sur un sujet très à la mode, l'éducation des enfants. C'est évidemment Jean-Jacques Rousseau qui avec son* Émile *a placé le sujet au premier rang des préoccupations de la nouvelle société. Jean-Bernard Basedow a tenté de mettre en pratique les idées de J.-J. Rousseau dans son Institut Philanthropique de Dessau. Georg Hermès dans* Le Voyage de Sophie *défend l'idée qu'on est mal élevé avant d'être malfaiteur. Mais c'est surtout au Suisse Jean-Henri Pestalozzi (1746-1827) que répond Goethe. En 1776, Pestalozzi avait rassemblé des enfants pauvres pour exploiter ses terres avec lui à Neuhof. En même temps il les élevait et les instruisait. L'œuvre fait faillite, mais il répand ses idées dans ses livres* (Les Soirées d'un solitaire, Gertrude). *Goethe s'oppose à Pestalozzi auquel il reproche de donner une place excessive aux mathématiques, et de négliger l'observation de la nature. Il se rapproche au contraire des principes de François-Joseph Molitor qui dirige l'Institut Philanthropique d'éducation de Francfort, et qu'il connaît par Bettina Brentano. A l'opposé de l'éducation uniforme de Pestalozzi, Molitor s'efforce de diversifier l'éducation en fonction de ce que la vie demandera à l'enfant, et donc en fonction du sexe et de la condition sociale. Quant à la poésie, à l'histoire, à la botanique, elles ne doivent pas être sacrifiées aux sciences abstraites.*

Ces exposés et ces discussions sur des sujets à l'ordre du jour prennent place dans une vaste parenthèse qui englobe les onze premiers chapitres de la seconde partie du roman. Édouard et le capitaine ont disparu. Du pays extérieur, nous ne voyons plus rien. Il s'agit visiblement d'une période de gestation dont doit sortir une action qui sera d'autant plus précipitée qu'elle aura été plus attendue. Or gestation est bien le mot qui convient, car Charlotte étant enceinte des œuvres d'Édouard — nous avons assisté à la scène au chapitre onze de la première partie — il faut attendre la naissance du bébé pour que le récit reprenne son cours.

Mais on dirait que Goethe n'a pas fini de se jouer de nous. La naissance du petit Othon devrait en principe remettre à flot l'affabulation romanesque. Elle prend au demeurant une dimension fantastique quand Odile s'aperçoit que le bébé possède ses propres yeux — de même qu'elle-même avait inconsciemment adopté l'écriture d'Édouard. Pourquoi ces yeux, sinon parce que son père ne pensait qu'à Odile en serrant Charlotte dans ses bras ? La mort subite du brave curé qui administrait l'eau bénite et le sel à l'enfant fait présager le pire. A coup sûr les événements vont se précipiter. Pas avant toutefois qu'une parenthèse — une de plus — n'ait été ouverte et refermée.

Donc voici venir deux nouveaux visiteurs. Il s'agit d'un lord anglais, fortuné mais d'humeur vagabonde, flanqué d'un jeune compagnon. Ce dernier va lire à haute voix une « anecdote de sa collection », et voilà le roman enrichi — et à nouveau retardé — par l'insertion d'une nouvelle, L'Étrange Histoire des deux jeunes voisins *dont le lien avec les personnages que nous connaissons relève de la pure gageure. En effet le jeune héros de cette anecdote ne serait autre que... le capitaine lui-même. Ce qu'il faut retenir de cette « étrange histoire », c'est qu'une aversion virulente éprouvée par une petite fille à l'égard d'un jeune garçon avec lequel elle a passé son enfance, recouvre en vérité, en l'inversant, une passion inconsciente et irrésistible. Après des années de séparation, remise en présence de son ancien compagnon de jeu, elle comprend tout à coup qu'elle l'aime d'une façon absolue et désespérée. Ce sera lui ou la mort !*

On le voit, cette brève histoire n'est pas sans « affinité » avec le drame où se débattent les quatre châtelains. Elle prouve, elle aussi, que le cœur obéit à des lois profondes, auxquelles nous ne pouvons rien comprendre ni changer.

Ce serait une preuve de plus — s'il en était besoin — que tout ce qui apparaît comme digression plus ou moins arbitraire dans ce récit se rattache en profondeur au thème central défini par le titre. Il y a en vérité deux niveaux extrêmes dans ce roman, un niveau panoramique et un niveau chimique. Le premier a l'envergure de l'esprit de Goethe parvenu à l'épanouissement de sa maturité. Le second donne à tout le roman son unité et sa profondeur.

On ne saurait attacher trop d'importance à ce titre — Les Affinités électives *— qui dérouta les contemporains, et continue à exercer un charme énigmatique sur les lecteurs d'aujourd'hui. C'est à coup sûr l'un des plus beaux titres de roman qui soient — plus encore peut-être dans sa traduction française qu'en allemand. Sa connotation chimique jette un pont entre le roman social et sentimental, et l'expérimentation de laboratoire. Goethe a pu rencontrer par deux fois l'expression « affinités électives ». En 1785 parut la traduction en allemand d'un ouvrage du chimiste suédois Torbern Bergman sous le titre* Die Wahlverwandtschaften. *On y trouve l'essentiel des expériences que le capitaine décrit à Charlotte. Ensuite dans le* Dictionnaire de physique *de J.S.T. Gehler, à l'article « affinités », on découvre des cas de « quadrilles »* (attractio electiva duplex) *particulièrement suggestifs pour le romancier ou l'auteur dramatique. Il est établi que Goethe eut ces deux ouvrages entre les mains. Encore fallait-il que le terrain fût préparé.*

Ce terrain, plusieurs circonstances le préparaient en effet à nourrir cette entreprise romanesque hybride. Goethe a publié La Métamorphose des animaux *en 1806. Il s'apprête à donner une version définitive de sa* Théorie des Couleurs

(1810). Or l'œuvre goethéenne dans le domaine scientifique vise à lutter contre la dislocation du savoir humain devenue menaçante — et sans doute inéluctable — depuis Lavoisier et Newton. De plus en plus en effet, il apparaît que la vieille sagesse, héritée de la Grèce antique et qui avait connu un nouveau et dernier sommet avec Spinoza, va se décomposer sous le coup du schisme des sciences exactes. Il y aura désormais le domaine abstrait, loin de la vie, commandée par la nécessité, des mathématiques et de leurs deux filles aînées, l'astronomie et la physique et, d'autre part, le monde concret et chaleureux — mais livré à l'empirisme pour ne pas dire à l'à-peu-près — de la poésie, de l'histoire, de la philosophie. Auguste Comte cherchera à ressouder ces deux domaines par un impérialisme de la science dont la sociologie serait le Cheval de Troie introduit dans les sciences humaines. Avant lui, Goethe s'efforce — sur le point précis de l'évolutionnisme et de la théorie des couleurs — de fournir de ces deux phénomènes des interprétations qui les placent de plain-pied avec la littérature et les beaux-arts. C'est ainsi qu'à la théorie des couleurs de Newton — inintelligible et inutilisable pour les peintres — il oppose la sienne, fondée sur la donnée qualitative, la perception irréductible, et qui doit normalement déboucher sur une esthétique.

Cette tentative de Goethe n'est pas isolée. On se passionne autour de lui pour le magnétisme, le mesmérisme, le galvanisme, le sidérisme, qui mêlent la matière et l'esprit dans des fluides, des rayonnements, des actions à distance. Odile, personnage central des Affinités, *est le type même de la jeune fille un peu bizarre, anorexique et un rien hystérique, qui fait les parfaits médiums des séances de spiritisme. Plus précisément, Goethe lit et fréquente le philosophe Schelling qui vient le voir à Weimar et enseigne à Iéna sa philosophie de la nature et sa théorie de la* Weltseele *(l'âme du monde). Selon un témoignage, il est vrai isolé, Goethe aurait dit devoir à Schelling l'idée de son roman.*

Mais on ne peut indéfiniment éluder une question qui nous

hante à la lecture des Affinités, *et qui met en cause tout ce que l'on peut écrire à leur sujet. Quelle est la portée de cette histoire d'amour ? Faut-il écarter tous les feux croisés qui convergent sur elle — et dont nous avons essayé de rendre compte — pour n'y voir qu'un banal conflit entre le devoir conjugal et l'amour adultère ? Il ne s'agit que de cela pour beaucoup de lecteurs obnubilés par l'opposition entre le traditionnaliste Courtier et le couple « libertin » du comte et de la baronne. Mais c'est par trop simplifier que de ne voir ici qu'un pour ou contre le mariage. Il ne faut pas perdre de vue l'infrastructure chimique de l'amour en question. Oui, il s'agit d'un roman chimique (et non* alchimique, *comme on l'a écrit*[1], *car en vérité ces deux lettres de trop brouillent les pistes et les idées), et il convient d'ajouter qu'il n'est pas le premier du genre. Car il a un illustre et lointain ancêtre,* Tristan et Iseut, *dont certains critiques se sont demandé pourquoi il fallait que les deux protagonistes eussent absorbé un philtre pour s'aimer. N'est-il pas plus « humain » de s'aimer comme cela, sans drogue, spontanément ? Mais justement, c'est que l'amour de Tristan et Iseut, comme celui des quatre des* Affinités, *n'est pas un amour humain, je veux dire seulement humain. Ayant bu le « vin d'herbe » Tristan et Iseut sont possédés par une passion en face de laquelle le mariage d'Iseut et du roi Marc ne pèse rien. Ce conflit est simple dans leur cas. Les* Affinités *le portent au carré puisque deux couples y sont en présence. Mais dans l'un et l'autre cas, c'est l'amour-fatalité qui mène le jeu, répand le malheur et jonche la scène de cadavres, sans que la volonté délibérée des intéressés intervienne. Ils sont l'enjeu et les victimes d'un conflit qui les dépasse, celui de la nature et de la culture. Dans* Tristan, *les tristes amants n'apprennent qu'à la fin le pourquoi de leur terrible passion. Non sans un raffinement assez cruel,*

1. *Une alchimie du malheur,* préface d'Henri Thomas à l'édition 10/18 des *Affinités électives.*

Goethe révèle aux quatre protagonistes dès le début de son récit ce qui va leur arriver : ils ne comprennent pas. La parabole chimique du chapitre quatre ressemble ainsi à l'oracle qui dévoile à Laïos, roi de Thèbes, que son fils Œdipe le tuerait et épouserait la reine Jocaste, sa mère. Malgré les précautions prises par Laïos, cette épouvantable prédiction se réalise, mais Œdipe lui-même n'en avait jamais eu connaissance. Moins excusables, les quatre des Affinités *ne font jamais le rapprochement entre ce qui leur arrive et l'apologue chimique promulgué pourtant par l'un d'entre eux. C'est aussi qu'ils ne connaissent pas le titre du roman à l'intérieur duquel ils vivent et meurent. Le lecteur, lui, le connaît, et il n'a pas d'excuse s'il ne voit dans les* Affinités *que l'histoire d'un conflit mariage-adultère, et plus encore s'il s'indigne d'y trouver une apologie de l'adultère. S'il y a une « thèse » dans ce roman, c'est que la nature tout entière obéit aux mêmes lois, et qu'il existe d'inexorables correspondances entre les mouvements des molécules et ceux des cœurs amoureux. Quant à la culture, elle constitue une superstructure élaborée au cours des siècles, qui s'efforce avec plus ou moins de bonheur de soumettre la nature à son ordre.*

Mais qu'est-ce que la nature, qu'est-ce que la culture ? La nature, c'est évidemment la matière chimique et la mécanique moléculaire. Mais ce peut être aussi un niveau de culture primaire, plus fruste qu'une culture secondaire venue se superposer à lui au cours des siècles. Chaque culture peut ainsi passer pour « nature » par rapport à une culture plus élaborée qui s'efforce de la maîtriser. C'est ainsi je pense qu'il faut comprendre le texte fondamental — et cependant assez paradoxal — de Goethe sur ce grand thème :

L'entretien se porta sur l'amour grec. Goethe développa l'idée que cette aberration provenait en fait de ce que, d'un point de vue purement esthétique, l'homme est évidemment beaucoup plus beau, avantagé et parfait que la femme. Mais celui qui est possédé par cette évidence peut facilement basculer ensuite dans le bestial et la grossière matérialité. L'amour des garçons, dit-il, est aussi vieux que l'humanité, et on peut donc dire qu'il est dans la nature, bien qu'il soit contre la nature.

Ce que la culture a gagné sur la nature ne doit pas être abandonné. Il ne faut y renoncer à aucun prix. C'est ainsi que la notion de la sainteté du mariage est l'une des acquisitions culturelles du christianisme, et d'une valeur inestimable, bien que le mariage soit en fait contre nature. (Entretien avec von Mueller, 7 avril 1830.)

Michel Tournier.

Les Affinités électives[1]

Première partie

CHAPITRE I

Édouard, — c'est ainsi que nous allons nommer un riche baron, dans la force de son âge, — Édouard avait employé les plus belles heures d'un après-midi d'avril dans sa pépinière, à enter sur de jeunes pieds des greffes qu'il venait de recevoir. Sa besogne achevée, il rangeait ses outils dans leur étui, et considérait son travail avec satisfaction, quand le jardinier survint et prit plaisir à l'intérêt assidu de son maître[2].

« N'as-tu pas vu ma femme ? demanda Édouard, en se disposant à suivre son chemin.

— De l'autre côté, dans les allées neuves, répondit le jardinier. La cabane de mousse, qu'elle a construite contre la paroi du rocher, en face du château, sera finie aujourd'hui. Tout est devenu fort propre et doit plaire à votre Grâce. On a une vue excellente : en dessous, le village ; un peu à main droite, l'église, dont la pointe du clocher arrête à peine le regard ; en face, le château et les jardins.

— Fort bien, reprit Édouard ; à quelques pas d'ici, j'ai pu voir travailler nos gens.

— Ensuite, continua le jardinier, le vallon s'ouvre à droite et l'on voit, par-dessus les riches bosquets, d'agréables lointains. Le sentier qui gravit les rochers est fort joliment aménagé. Madame s'y entend ; c'est un plaisir de travailler sous ses ordres.

— Va la trouver, dit Édouard, et prie-la de m'attendre. Dis-lui que je désire voir sa nouvelle création et m'en réjouir. »

Le jardinier s'éloigna promptement. Édouard le suivit bientôt.

Il descendit les terrasses, examina au passage les serres et les couches, jusqu'au moment où il parvint au ruisseau et, après avoir franchi un petit pont, à l'endroit où le sentier se divisait en deux branches vers les allées neuves, il laissa celle qui, par le cimetière, menait assez directement aux rochers, pour prendre l'autre qui, sur la gauche, s'élevait un peu plus loin doucement, à travers un agréable bosquet. A l'endroit où les deux chemins se rencontraient, il s'assit un instant, sur un banc bien placé, puis il s'engagea dans la montée proprement dite, et, par toutes sortes d'escaliers et de repos, il se vit enfin conduit sur l'étroit sentier, tantôt plus, tantôt moins raide, à la cabane de mousse.

Charlotte reçut son mari sur le seuil, et le fit asseoir de façon qu'il pût embrasser d'un coup d'œil, par la porte et par la fenêtre, les images diverses que formait le paysage ainsi encadré. Il y prit plaisir dans l'espérance que le printemps animerait bientôt tout cela d'une vie plus riche encore.

« Je n'ai qu'une remarque à faire, ajouta-t-il, la cabane me semble un peu trop étroite.

— Elle est pourtant assez grande pour nous deux, répondit Charlotte.

— Sans doute, dit Édouard, il y a bien place encore pour un troisième.

— Pourquoi pas ? Et même pour un quatrième. A

compagnies plus nombreuses nous saurons prévoir d'autres lieux de réunion.

— Puisque nous sommes seuls ici et quittes de dérangement, dit Édouard, et que notre humeur est tout à fait calme et sereine, je t'avouerai que j'ai, depuis quelque temps déjà, sur le cœur, un certain souci que je dois et voudrais bien te confier, sans en pouvoir trouver occasion.

— J'ai bien remarqué chez toi quelque chose comme cela, reprit Charlotte.

— Et je te confesserai que si le courrier de demain matin ne me pressait, si nous ne devions prendre une décision aujourd'hui même, je me serais tu plus longtemps peut-être.

— Qu'est-ce donc ? demanda Charlotte, amicalement prévenante.

— Il s'agit de notre ami le capitaine, répondit Édouard. Tu connais la triste position où il est, comme tant d'autres, réduit, sans qu'il y ait de sa faute. Qu'il doit être pénible pour un homme ayant ses connaissances, ses talents, son expérience, de se voir inactif, et... Je ne retiendrai pas davantage ce que je désire pour lui : je voudrais que nous le prenions quelque temps chez nous.

— Voilà qui mérite réflexion et qui se doit considérer de plus d'un point de vue, répliqua Charlotte.

— Je suis prêt à te faire part de mes vues, repartit Édouard. Dans sa dernière lettre règne l'expression secrète d'un très profond découragement, non qu'il ait besoin de quoi que ce soit : il sait fort bien se restreindre, et j'ai pourvu au nécessaire. Ce n'est pas non plus pour lui une charge que d'être mon obligé ; nous avons contracté, pendant notre vie, tant de dettes réciproques que nous sommes incapables de calculer où en sont notre crédit et notre débit. Son vrai supplice est d'être inoccupé. Utiliser, tous les jours, à toute heure, au bénéfice des autres, la diversité des talents qu'il a cultivés en lui, c'est son seul plaisir, voire sa passion. Et maintenant, se croiser les bras, ou continuer à étudier, acquérir des talents nouveaux, quand il ne peut mettre à profit ce qu'il possède pleinement, — il suffit, ma chère enfant, c'est une pénible situation, dont il éprouve doublement et triplement l'ennui dans sa solitude.

— Je croyais, dit Charlotte, qu'on lui avait fait des propositions de divers côtés. J'avais moi-même écrit en sa faveur à plusieurs amis et amies, qui ont de l'entregent et, pour autant que je le sache, non sans résultat.

— Fort bien ; mais ces diverses occasions, ces diverses propositions lui causent de nouveaux tourments, de nouvelles inquiétudes. Aucun de ces états ne lui convient. On ne lui demande pas d'agir, il faut qu'il sacrifie sa personne, son temps, ses sentiments, sa manière d'être, et ce lui est impossible. Plus je considère tout cela, plus j'en suis affecté, et plus vif devient mon désir de le voir chez nous.

— C'est fort beau et fort aimable à toi, reprit Charlotte, de prendre tant de part à la situation de ton ami, mais permets-moi de t'inviter à penser aussi à toi et à nous.

— Je l'ai fait, lui répondit Édouard, nous ne pouvons nous promettre de sa proximité qu'avantage et agrément. Je ne parlerai pas de la dépense, qui, dans tous les cas, sera peu de chose pour moi, s'il vient chez nous ; surtout quand je réfléchis en même temps que sa présence ne nous causera pas la moindre incommodité. Il peut habiter l'aile droite du château, et tout le reste s'arrangera. Quel service nous lui rendrions ainsi ! Et que d'agréments aura pour nous sa société, que d'avantages même. J'aurais souhaité depuis longtemps avoir un plan de la propriété et des environs : il s'en chargera et dirigera ce travail. Ton intention est que nous fassions valoir nous-mêmes nos terres, dès que les baux des fermiers actuels seront expirés. Ce genre d'entreprise est fort délicat ! Pour acquérir les connaissances préalables qu'il y faut, de quelle aide ne nous sera-t-il point ! Je ne sens que trop qu'il me manque un homme comme lui. Les paysans ont des idées justes, mais ils parlent avec confusion et sans droiture. Les savants de la ville et des académies ont sans doute de la clarté et de la méthode, mais il leur manque une expérience directe des choses. De mon ami, je puis me promettre les deux avantages, et il en résulte encore cent autres conséquences que j'aime à me représenter, qui te concernent aussi et dont je prévois beaucoup de bien. Allons, je te remercie de m'avoir écouté en amie, maintenant parle aussi très librement et dis-moi en détail tout ce que tu as à dire : je ne t'interromprai pas.

— Fort bien, dit Charlotte, je commencerai donc tout de suite par une remarque générale. Les hommes pensent plutôt au cas particulier, au présent, et, à bon droit, parce qu'ils sont appelés à agir ; les femmes, au contraire, pensent davantage aux enchaînements de la vie, et à bon droit aussi, parce que leur sort, le sort de leurs familles, est lié à ces enchaînements et ce sont tout juste ces enchaînements que vous exigez d'elles. Jetons un regard sur notre vie actuelle, sur notre vie passée, et tu m'avoueras qu'une invitation au capitaine ne concorderait pas tout à fait avec nos projets, nos plans, nos arrangements.

» Il est plaisant pour moi de rappeler les débuts de

notre liaison. Jeunes gens, nous nous aimions de tout notre cœur ; on nous sépara, toi, parce que ton père, par insatiable avidité de la fortune, te maria avec une femme riche, mais assez âgée ; moi, parce que, sans grandes espérances, on m'obligea de donner ma main à un homme opulent que j'honorais sans l'aimer. Nous redevînmes libres, toi d'abord, car ta respectable épouse te laissa en possession d'une grande fortune ; moi, plus tard, juste au moment où tu revins de voyage. Ainsi nous nous retrouvâmes. Nous nous plaisions à nos souvenirs ; nous les aimions, et nous pouvions vivre ensemble sans obstacles. Tu me pressas de nous unir ; je n'y consentis pas aussitôt. Le nombre de nos années étant à peu près le même, j'ai vieilli, comme femme, plus que toi en qualité d'homme. A la fin, je n'ai pas voulu te refuser ce que tu paraissais tenir pour unique bonheur. Tu voulais te reposer à mes côtés de tous les troubles que tu avais subis à la cour, au service, pendant tes voyages ; tu voulais te recueillir, jouir de la vie, mais avec moi seule. Je mis ma fille unique en pension, où elle se forme sans doute avec plus de variété qu'un séjour champêtre n'en eût donné occasion. Et ce ne fut pas elle seule, mais encore Odile, ma nièce aimée, que je plaçai de même sorte, et qui, peut-être, sous ma direction, aurait mieux appris à aider au gouvernement de la maison. Tout cela s'est fait avec ton accord, uniquement afin de nous permettre de vivre pour nous-mêmes, de goûter sans trouble le bonheur que nous avions tôt désiré avec tant d'ardeur, et tard obtenu. C'est ainsi que nous avons inauguré notre séjour champêtre. Je me suis chargée de l'intérieur, toi de l'extérieur et de l'ensemble. Mes arrangements sont pris pour aller en tout au-devant de tes désirs et ne vivre que pour toi : laisse-nous essayer, au moins pendant un certain temps, de voir jusqu'à quel point nous arriverons de cette façon à nous suffire.

— Puisque l'enchaînement est, comme tu dis, votre élément véritable, reprit Édouard, il faudrait ne pas vous entendre parler tout de suite, ou se décider à vous donner raison, et tu dois en effet avoir raison jusqu'à ce jour. Les arrangements que nous avons pris jusqu'ici pour notre existence sont de bonne sorte ; mais est-ce que nous ne voulons rien bâtir de plus là-dessus et rien ne doit-il en sortir ? Ce que je crée au jardin, ce que tu crées dans le parc, ne l'aurons-nous fait que pour des ermites ?

— Fort bien, repartit Charlotte, fort bien ! Mais n'introduisons rien de gênant, d'étranger ! Réfléchis que nos projets, même en ce qui regarde les distractions, n'avaient, pour ainsi dire, trait qu'à nos deux personnes. Tu voulais d'abord me faire connaître la suite de tes journaux de voyage, mettre en ordre, à cette occasion, divers papiers qui s'y rapportent, et, avec ma collaboration, avec mon secours, composer de ces carnets, de ces feuillets inestimables, mais embrouillés, un récit agréable pour nous et pour les autres. J'ai promis de t'aider pour la copie, et nous pensions qu'il nous serait commode, agréable, plaisant, de parcourir dans l'intimité du souvenir le monde que nous ne devions pas voir ensemble. Nous avons même commencé. Puis, le soir, tu as repris ta flûte, tu accompagnes mon clavecin ; nous ne manquons ni de visites de nos voisins ni de visites à nos voisins. Pour moi, du moins, j'ai réussi à composer de tout cela le premier été vraiment agréable que je me suis promis de passer en ma vie.

— J'ai beau faire, reprit Édouard en se frottant le front, quand j'écoute tout ce que tu me répètes avec tant de grâce et de raison, il me revient toujours à l'esprit que la présence du capitaine ne troublerait rien ; qu'au contraire tout gagnerait en vivacité et en animation. Il a accompli avec moi une partie de mes pérégrinations ; il a noté bien des remarques dans un sens différent : nous utiliserions en commun tout cela et en ferions un assez joli ensemble.

— Laisse-moi donc t'avouer franchement, riposta Charlotte avec quelque impatience, que mon sentiment répugne à ce projet ; qu'un pressentiment secret ne m'en prédit rien de bon.

— Si vous vous y prenez ainsi, vous serez toujours irrésistibles, vous autres femmes : d'abord raisonnables, et l'on ne peut vous contredire, — gracieuses, et l'on se rend volontiers, — sensibles, et l'on ne veut pas vous faire de peine, — mystérieuses, et l'on s'effraie.

— Je ne suis pas superstitieuse, répliqua Charlotte, et je n'attacherais point d'importance à ces impulsions aveugles, si elles n'étaient rien de plus : mais ce sont en général souvenirs inconscients des suites heureuses et malheureuses, que nous avons subies de nos propres actions ou de celles des autres. Rien n'est plus grave, en toute conjoncture, que l'intervention d'un tiers. J'ai vu des amis, des frères, des amants, des époux, dont les rapports ont été modifiés du tout au tout, par l'entrée en scène fortuite ou volontaire d'un intrus.

— Cela peut advenir, reprit Édouard, chez les gens qui vivent sans rien voir, non chez les gens éclairés par l'expérience, et qui ont une vraie conscience d'eux-mêmes.

— La conscience, mon ami, répondit Charlotte, n'est point une arme suffisante ; elle est même parfois dangereuse pour celui qui la tient ; et de tout cela il résulte au moins que nous ne devons rien précipiter. Accorde-moi encore quelques jours, ne décide pas !

— Là où nous en sommes, dit Édouard, même dans plusieurs jours, ce sera encore de la précipitation. Nous avons exposé tour à tour le pour et le contre ; il faut prendre un parti, et le mieux serait sans doute de s'en remettre au sort.

— Je sais, répondit Charlotte, que, dans les cas douteux, tu aimes à parier ou à jeter les dés ; mais, pour une affaire si sérieuse, je le regarderais comme un sacrilège.

— Alors que dois-je écrire au capitaine ? s'écria Édouard, car il faut que je m'y mette sur-le-champ.

— Une lettre calme, raisonnée, consolante.

— Autant dire rien du tout ! reprit Édouard.

— Et cependant, dans bien des cas, répondit Charlotte, il est nécessaire et amical d'écrire des riens plutôt que de ne rien écrire. »

CHAPITRE II

Édouard se trouvait seul dans sa chambre, et, véritablement, en entendant, des lèvres de Charlotte, l'histoire des événements de sa vie, en se représentant leur situation réciproque, leurs projets, sa vive sensibilité avait été agréablement excitée. Il avait goûté tant de plaisirs en son voisinage, en sa compagnie, qu'il composait en pensée, pour le capitaine, une lettre affectueuse, amicale, mais calme, et peu compromettante. Cependant, lorsqu'il s'assit devant sa table et qu'il reprit la lettre de son ami, pour la parcourir encore une fois, la triste situation de cet homme de mérite s'offrit de nouveau à lui ; tous les sentiments qui l'avaient tourmenté depuis quelques jours se réveillèrent, et il lui parut impossible d'abandonner son ami à un état si pénible.

Édouard n'avait pas coutume de se refuser quoi que ce fût. Fils unique et gâté de parents riches, qui avaient su l'engager à un mariage singulier, mais très avantageux, avec une personne beaucoup plus âgée que lui ; dorloté ensuite de toute façon par celle qui cherchait à récompenser par la plus grande générosité la bonne conduite qu'il avait tenue à son endroit ; devenu son propre maître, grâce à une mort rapide ; il avait mené au cours de ses voyages une vie indépendante, ne connaissant point d'obstacle à la variété, au changement, ne voulant rien d'excessif, mais voulant beaucoup de choses et de toutes sortes, loyal, bienfaisant, courageux et même vaillant au besoin — qu'est-ce qui pouvait au monde s'opposer à ses désirs ?

Jusqu'alors tout avait marché selon ses vues ; il était même parvenu à la possession de Charlotte, qu'il avait enfin acquise par une fidélité entêtée, voire romanesque ; et, pour la première fois il se sentait contredit, empêché tout juste quand il voulait attirer à lui son ami d'enfance, lorsqu'il voulait, en quelque sorte, donner une conclusion à son existence. Il était chagrin, impatient ; il prit plusieurs fois la plume et la reposa, parce qu'il ne pouvait se mettre d'accord avec lui-même sur ce qu'il devait écrire. Il ne voulait pas aller contre les vœux de sa femme ; il ne pouvait céder à ses exigences ; agité comme il l'était, il lui fallait écrire une lettre calme : tâche qui lui aurait été tout à fait impossible. Le plus naturel était de chercher un atermoiement. En peu de mots, il demanda pardon à son ami de n'avoir pas, ces jours derniers, écrit, de ne pas écrire, encore, avec détail, et il promit pour une date très prochaine une lettre plus importante et propre à apporter la tranquillité.

Le lendemain, Charlotte, au cours d'une promenade au même lieu, saisit l'occasion de renouveler le propos, persuadée peut-être que l'on ne saurait mieux étouffer un projet qu'en en parlant souvent.

Édouard ne souhaitait que cette répétition. Il s'exprima, suivant sa coutume, de façon amicale et agréable ; en effet, réceptif comme il l'était, s'il s'enflammait aisément, si la vivacité de ses désirs devenait indiscrète, si son entêtement pouvait donner de l'impatience, toutes ses expressions étaient pourtant si adoucies par des ménagements parfaits à l'égard de son interlocuteur, qu'on était toujours obligé de le trouver encore aimable alors même qu'on le trouvait importun.

De cette manière, il commença ce matin-là par mettre Charlotte de très joyeuse humeur ; ensuite, par le tour attrayant de sa conversation, il la fit si bien sortir de son sang-froid qu'elle s'écria enfin :

« Tu veux certes que, ce que j'ai refusé au mari, je l'accorde à l'amant. Au moins, mon ami, dois-tu constater que tes désirs, l'aimable vivacité avec laquelle tu les exprimes, ne me laissent pas insensible, ne manquent pas de me remuer. Ils m'obligent à faire un aveu. Moi aussi, jusqu'ici je t'ai caché quelque chose. Je me trouve dans une situation analogue à la tienne, et je me suis fait cette violence, que je te suggère de t'imposer.

— J'en suis ravi, dit Édouard, je remarque qu'en ménage on doit se disputer quelquefois ; car on s'instruit de la sorte l'un l'autre.

— Tu sauras donc qu'il en est de moi, pour Odile, comme de toi, pour le capitaine. Il m'est très désagréable que cette chère enfant soit dans une pension où elle se trouve en une situation fort pénible. Si Lucienne, ma fille, qui est née pour le monde, s'y forme pour le monde ; si elle déchiffre, tout comme des notes et des variations musicales, les langues, l'histoire et toutes autres connaissances qu'on lui enseigne ; si, avec sa vivacité naturelle et son heureuse mémoire, elle oublie tout, pourrait-on dire, et se rappelle tout dans l'instant ; si, par l'aisance de ses manières, sa grâce à danser, la facilité et le tact de sa conversation, elle se distingue entre toutes, et, par son pouvoir inné de domination, elle se fait la reine de ce cercle étroit ; si la directrice de cet établissement la considère comme une petite divinité, qui commence seulement à bien prospérer entre ses mains, qui lui fera honneur, inspirera de la confiance, et attirera une affluence d'autres jeunes personnes ; si les premières pages de ses lettres et de ses notes mensuelles ne sont jamais que des hymnes sur l'excellence de cet enfant, hymnes que je m'entends fort bien à traduire en prose ; en revanche, ce qu'elle rapporte finalement au sujet d'Odile, ce ne sont jamais qu'excuses sur excuses de ce qu'une jeune fille qui grandit d'ailleurs si bien, en bonne santé, ne veuille ni se développer, ni montrer d'aptitudes et de talents. Le peu qu'elle ajoute encore n'est point non plus une énigme pour moi, parce que je reconnais dans cette aimable enfant tout le caractère de sa mère, ma plus chère amie, qui a grandi près de moi, et dont la fille deviendrait, j'en suis sûre, une créature accomplie, si je pouvais être son éducatrice et sa surveillante.

» Mais comme cela ne cadre pas avec notre plan et qu'on ne doit pas tant déranger et tirailler sa vie, attirer toujours du nouveau à soi, j'aime mieux me résigner ; je surmonte même le sentiment désagréable que j'éprouve quand ma fille, qui sait fort bien que la pauvre Odile dépend entièrement de nous, use fièrement contre elle de ses avantages, et, par là, réduit en quelque façon à néant notre bonne action.

» Mais qui donc est ainsi fait que de ne pas étaler parfois cruellement ses avantages contre les autres ? Qui se trouve assez haut placé pour n'avoir pas eu à souffrir parfois sous ce genre de tyrannie ? Le mérite d'Odile s'accroît par ces épreuves. Cependant, depuis que je reconnais bien nettement sa pénible situation, j'ai fait quelque effort pour la placer ailleurs. A chaque instant je dois recevoir une réponse, et alors je n'hésiterai pas. Voilà où j'en suis, mon cher ami. Tu le vois : nous portons tous deux les mêmes soucis en un cœur fidèle et prévenant. Portons-les ensemble, puisqu'ils ne se peuvent dissiper mutuellement.

— Nous sommes d'étranges créatures, dit Édouard en souriant. Quand nous pouvons seulement bannir de notre présence ce qui nous tracasse, nous croyons déjà que tout est réglé. En général nous sommes capables de grands sacrifices, mais nous dévouer dans un cas particulier c'est un mérite où nous nous élevons rarement. Ma mère était ainsi faite. Tant que j'ai vécu près d'elle, enfant, puis jeune homme, elle n'arrivait pas à se débarrasser des soucis de l'instant. Si je m'attardais au cours d'une promenade à cheval, c'est qu'il m'était arrivé un malheur ; quand une averse me trempait, j'étais sûr d'avoir la fièvre. Je voyageai, je m'éloignai d'elle, et alors je parus lui appartenir à peine.

» Regardons les choses de plus près, poursuivit-il, nous agissons comme des êtres déraisonnables et légers, en laissant dans le chagrin et l'ennui deux très nobles natures, si proches de nos cœurs, simplement pour éviter de courir un danger. Si ce n'est pas de l'égoïsme, comment l'appeler ? Prends Odile, laisse-moi le capitaine, et, au nom de Dieu, essayons.

— On pourrait s'y risquer, dit Charlotte pensive, si le danger était pour nous seuls. Mais crois-tu donc qu'il soit recommandable de réunir à notre foyer Odile et le capitaine : un homme à peu près de ton âge, de l'âge — que je te dise cette flatterie entre quatre yeux — où l'homme devient seulement capable d'amour et digne d'amour, et une jeune fille ayant autant d'avantages qu'Odile.

— Je ne vois pourtant pas, je l'avoue, repartit Édouard, comment tu peux mettre Odile si haut. Je me l'explique seulement parce qu'elle a hérité ton affection pour sa mère. Jolie, elle l'est, c'est vrai, et je me souviens que le capitaine me l'avait fait remarquer quand nous sommes revenus, voilà un an, et que nous l'avons rencontrée avec toi chez ta tante. Jolie, elle l'est : elle a surtout de beaux yeux ; mais je ne saurais dire qu'elle ait fait sur moi la moindre impression.

— C'est tout à ton éloge, dit Charlotte, car j'étais là, et, quoiqu'elle soit beaucoup plus jeune que moi, la présence de la vieille amie avait assez de charmes pour toi pour que tu négligeasses les promesses d'une beauté en train de fleurir. C'est bien dans ta manière, et c'est pourquoi j'aime tant à partager ta vie. »

Charlotte, si franchement qu'elle parût parler, dissimulait pourtant quelque chose. En effet, c'est à dessein qu'elle avait présenté Odile à Édouard, qui revenait de ses voyages, afin de procurer à cette chère fille adoptive un si beau parti : car elle ne pensait plus à Édouard pour elle-même. Le capitaine avait été chargé d'attirer l'attention d'Édouard ; mais celui-ci, qui avait gardé obstinément dans son cœur son ancien amour pour Charlotte, ne regarda ni à droite ni à gauche, uniquement heureux de sentir qu'il lui était possible enfin de posséder un bien si vivement désiré et qu'une suite d'événements semblait lui avoir refusé pour toujours.

Le couple était sur le point de descendre par les allées neuves vers le château, quand un domestique monta au-devant de lui, et, l'air riant, s'écria d'en bas : « Que vos Grâces arrivent bien vite ! M. Courtier[3] est tombé en bombe dans la cour du château. Il nous a tous crié après d'aller vous chercher ; de vous demander si c'est urgent. « Si c'est urgent, nous a-t-il crié encore. Entendez-vous ? Mais vite, vite ! »

— Drôle de corps, s'écria Édouard. Ne vient-il pas juste à propos, Charlotte ?... Retourne vite ! ordonna-t-il au valet ; dis que c'est urgent, très urgent ! Qu'il mette pied à terre. Ayez soin de son cheval ; conduisez-le au salon, et qu'on lui serve à déjeuner. Nous arrivons tout de suite.

» Prenons un chemin plus court », dit-il à sa femme, et il s'engagea dans le sentier qui traversait le cimetière qu'il avait coutume d'éviter. Mais quelle fut sa surprise de trouver que, même en ce lieu, Charlotte avait fait la part du sentiment ! En respectant, autant qu'il se pouvait, les monuments anciens, elle avait su si bien tout aplanir et ordonner, qu'on aurait dit une aimable enceinte où les yeux et l'imagination s'attardaient volontiers.

Elle avait fait honneur même aux plus anciennes pierres. Par ordre de dates, elles se dressaient contre le mur, s'y enchâssaient ou s'y adaptaient de quelque autre façon ; le socle élevé de l'église même en prenait de la variété et de l'ornement. Édouard se sentit singulièrement surpris, lorsqu'il entra par la petite porte ; il pressa la main de Charlotte, et une larme brilla dans ses yeux.

Mais leur hôte lunatique les effaroucha bientôt. Il n'avait pu se tenir tranquille au château, et avait galopé ventre à terre, à travers le village, jusqu'à la grande porte du cimetière, où il s'arrêta, criant à ses amis :

« Est-ce que vous ne vous moquez pas de moi ? Si c'est vraiment urgent, je reste à dîner. Ne me retardez pas, j'ai encore beaucoup à faire aujourd'hui.

— Puisque vous avez pris la peine de venir si loin, lui cria Édouard, entrez tout à fait : nous nous rencontrons en un lieu sévère, et voyez comme Charlotte a joliment agrémenté tout ce deuil.

— Je n'entrerai ni à cheval, ni en voiture, ni à pied, s'écria le cavalier. Ceux qui sont là reposent en paix : je n'ai rien à faire avec eux. Je serai bien obligé de m'y laisser traîner un jour les pieds devant. Alors, c'est donc sérieux ?

— Oui, s'écria Charlotte, très sérieux. C'est la première fois que, comme jeunes mariés, nous nous trouvons dans un embarras et un trouble d'où nous ne savons nous tirer.

— Vous n'en avez pas l'air, répliqua-t-il ; cependant je veux bien le croire. Si vous vous moquez de moi, je vous laisserai choir à l'avenir. Suivez-moi bien vite : ce rafraîchissement viendra fort à propos pour mon cheval. »

Ils se trouvèrent bientôt réunis tous trois dans la salle. On servit le repas et Courtier conta ses actions et ses projets du jour. Cet homme bizarre avait été précédemment ecclésiastique, et en exerçant une activité infatigable, il s'était distingué dans son ministère, parce qu'il s'entendait à calmer et à aplanir toutes les querelles domestiques et les querelles de voisinage des particuliers d'abord, puis des communautés entières, et de nombreux propriétaires. Tant qu'il avait été en fonctions, aucun ménage n'avait divorcé, et les tribunaux du pays n'avaient eu à connaître d'aucun litige, d'aucun procès venant de chez lui. Il n'avait pas tardé à comprendre combien la connaissance du droit lui était nécessaire. Il s'y était jeté de tout son cœur et s'était bientôt senti l'égal des avocats les plus habiles. Le cercle de son activité s'était étendu de façon surprenante, et l'on était sur le point de l'appeler à la résidence pour y achever de haut en bas ce qu'il avait commencé de bas en haut, lorsqu'il fit un gain considérable à la loterie, acheta un domaine médiocre, l'afferma, et en fit le centre de ses opérations, en prenant la ferme résolution, ou plutôt en suivant sa vieille habitude et son goût, de ne s'attarder en aucune maison, où il n'y eût rien à accommoder, rien à régler. Les gens qui ont la superstition du sens des noms propres, prétendirent que son nom de Courtier l'avait contraint de suivre cette vocation, la plus singulière de toutes.

Quand on eut servi le dessert, Courtier invita sérieusement ses hôtes à ne pas retenir plus longtemps leurs découvertes, parce qu'il devait partir aussitôt après le café. Les deux époux se confessèrent en détail ; mais, à peine eut-il compris de quoi il s'agissait, qu'il se leva de table avec humeur, courut à la fenêtre, et donna l'ordre de seller son cheval.

« Ou bien vous ne me connaissez pas, s'écria-t-il, vous ne me comprenez pas, ou bien vous y mettez beaucoup de malice. Y a-t-il ici une querelle ? Avez-vous besoin d'aide ? Croyez-vous que je sois au monde pour donner des conseils ? C'est le plus sot métier auquel on se puisse livrer. Que chacun prenne conseil de soi-même, et fasse ce qu'il ne peut éviter. S'il réussit, qu'il s'applaudisse de sa sagesse et de son bonheur ; s'il échoue, je suis à sa disposition. Quiconque veut se délivrer d'un mal sait toujours ce qu'il veut ; celui qui veut avoir mieux que ce qu'il a, la cataracte l'aveugle. Oui, oui, riez donc ! Il joue à colin-maillard ; il attrapera peut-être quelque chose, mais quoi ? Faites ce que vous voudrez : peu importe ! Prenez vos amis chez vous, laissez-les dehors, peu importe ! Ce qui était le plus raisonnable, je l'ai vu échouer, et ce qui était absurde, réussir. Ne vous cassez pas la tête, et, si, d'une façon ou d'une autre, les choses tournent mal, ne vous la cassez pas non plus. Envoyez-moi chercher et je vous aiderai. Jusque-là, serviteur ! »

Sur quoi il sauta à cheval, sans attendre le café.

« Tu vois par cet exemple, dit Charlotte, combien un tiers est inutile, quand il n'y a pas tout à fait équilibre entre deux personnes étroitement unies. A présent nous voilà sans doute encore plus embarrassés et plus incertains, s'il se peut, qu'auparavant. »

Les deux époux auraient probablement balancé quelque temps encore, s'il n'était arrivé une lettre du capitaine, en réponse à la dernière d'Édouard. Il s'était décidé à accepter une des places qui lui étaient offertes, bien qu'elle ne lui convînt nullement. Il s'agissait de partager l'ennui de gens distingués et riches, qui lui faisaient confiance pour le chasser.

Édouard embrassa clairement toute la situation et la dépeignit avec beaucoup de netteté.

« Admettrons-nous de voir notre ami dans cet état ? s'écria-t-il. Tu ne saurais être si cruelle, Charlotte.

— Notre Courtier, cet original, répliqua-t-elle, a finalement raison. Toutes ces entreprises sont des aventures. Ce qui en sortira, nul ne peut le prévoir. Ces nouveautés peuvent être fécondes en bien et en mal, sans que nous puissions nous en attribuer spécialement le mérite ou la faute. Je ne me sens pas assez forte pour te résister plus longtemps. Essayons. Tout ce que je te demande, c'est de prévoir une tentative courte. Permets-moi de m'employer pour lui avec plus d'activité que je n'ai fait jusqu'ici ; d'utiliser et de faire agir assidûment mon influence, mes relations, pour lui procurer une situation qui puisse lui donner quelque contentement à sa manière. »

Édouard exprima à sa femme de la façon la plus aimable la vivacité de sa gratitude. Il s'empressa, d'un cœur libre et joyeux, de faire à son ami des propositions écrites. Charlotte dut ajouter de sa main, en post-scriptum, son approbation, joindre ses prières amicales à celles de son mari. Elle écrivit, d'une plume aisée, avec grâce, avec obligeance, mais avec une sorte de précipitation qui ne lui était pas habituelle ; et, ce qui ne lui arrivait guère, en général, elle souilla finalement le papier d'une tache d'encre qui l'irrita, et ne fit que grossir quand elle voulut l'effacer.

Édouard en plaisanta, et, comme il y avait encore de la place, il ajouta un second post-scriptum : leur ami verrait à ce signe l'impatience avec laquelle on l'attendait et réglerait la vitesse de son voyage sur la hâte mise à écrire la lettre.

Le messager était parti : Édouard ne crut pouvoir témoigner sa reconnaissance qu'en insistant encore et encore pour que Charlotte envoyât aussitôt chercher Odile à sa pension.

Charlotte demanda un délai et sut éveiller, ce soir-là, chez Édouard le désir de faire de la musique. Elle jouait fort bien du clavecin, Édouard, avec moins d'aisance, de la flûte : car, bien qu'il se fût donné, de temps à autre, beaucoup de peine, il n'avait pas reçu la patience, la persévérance qui conviennent à la formation d'un talent de ce genre. Il exécuta donc sa partie avec beaucoup d'inégalité ; fort bien, peut-être trop vite, pour certains passages ; dans d'autres, il s'arrêtait, parce qu'ils ne lui étaient pas familiers, et il eût été difficile pour toute autre de se tirer d'un duo avec lui. Mais Charlotte savait s'y retrouver ; elle s'arrêtait, et se laissait de nouveau entraîner par lui, et remplissait ainsi le double devoir d'un bon chef d'orchestre et d'une maîtresse de maison prudente, qui savent conserver toujours le mouvement d'ensemble, quand bien même la mesure de chaque passage ne serait pas trop observée.

CHAPITRE III

Le capitaine arriva. Il avait envoyé par avance une lettre fort raisonnable, qui tranquillisa pleinement Charlotte. Tant de netteté sur son propre compte, tant de clarté sur sa situation, sur celle de ses amis, étaient d'un riant et joyeux augure.

Les entretiens des premières heures furent, comme il arrive d'ordinaire entre amis qui sont restés quelque temps sans se voir, vifs, et même presque épuisants.

Vers le soir, Charlotte ménagea une promenade aux allées neuves. Le capitaine prit grand plaisir à la contrée, et remarqua toutes les beautés dont les chemins nouveaux avaient assuré la vue et la jouissance. Il avait l'œil exercé et pourtant facile à satisfaire ; et, quoiqu'il sût fort bien reconnaître aussitôt ce qui eût été souhaitable, il n'éveillait pas, comme il advient souvent, la mauvaise humeur chez les personnes qui le promenaient dans leurs propriétés, en exigeant plus que les circonstances ne permettaient ; ou en rappelant ce qu'il avait vu de plus accompli autre part.

Lorsqu'ils atteignirent la cabane de mousse, ils la trouvèrent décorée, le plus joyeusement du monde, de fleurs artificielles seulement, il est vrai, et de verdure d'hiver ; mais, il s'y mêlait de si belles gerbes de blé naturel et d'autres fruits des champs et des vergers, que ces ornements faisaient honneur au goût de celle qui les avait ordonnés.

« Bien que mon mari n'aime pas qu'on célèbre son anniversaire ou sa fête, il ne m'en voudra pas aujourd'hui de consacrer ces quelques guirlandes à une triple solennité.

— Triple ? s'écria Édouard.

— Certes ! reprit Charlotte. L'arrivée de notre ami : c'est bien une fête pour nous, et puis vous n'avez sans doute songé, ni l'un ni l'autre, que c'est aujourd'hui votre fête. Ne vous appelez-vous pas tous deux Othon ? »

Les deux amis se tendirent la main par-dessus la petite table.

« Tu me rappelles, dit Édouard, ce trait d'amitié de notre jeunesse. Enfants, nous nous appelions tous deux ainsi ; mais, quand nous vécûmes ensemble en pension, et qu'il en résulta bien des erreurs, je lui cédai de bonne grâce ce joli nom laconique.

— En quoi tu n'étais pas si généreux, dit le capitaine, car je me rappelle fort bien que le nom d'Édouard te plaisait mieux ; aussi bien, prononcé par une jolie bouche, il a un son particulièrement agréable. »

Ils étaient assis tous trois autour de cette même petite table, devant laquelle Charlotte s'était exprimée si vivement contre la venue de leur hôte. Édouard ne voulut pas, dans sa satisfaction, rappeler ces heures à sa femme, mais il ne put s'empêcher de dire :

« Il y aurait encore de la place pour un quatrième. »

A ce moment, des cors de chasse se firent entendre du château, comme pour confirmer et fortifier les bons sentiments et les vœux des amis, qui s'attardaient ensemble. Ils écoutaient en silence et chacun se recueillait en lui-même et ressentait doublement son propre bonheur dans une si belle union.

Édouard interrompit le premier ce silence, en se levant et sortant de la cabane.

« Conduisons, dit-il à Charlotte, notre ami tout à fait sur la hauteur, afin qu'il ne suppose pas que cette étroite vallée constitue tout notre héritage et notre séjour ; là-haut le regard est plus libre et la poitrine s'élargit.

— Pour cette fois encore, reprit Charlotte, il nous faudra gravir l'ancien sentier, qui est un peu pénible ; mais j'espère que mes escaliers et mes rampes nous permettront bientôt de monter plus commodément jusqu'au sommet. »

Et l'on parvint en effet, par-dessus les rochers, à travers buissons et broussailles, à la dernière hauteur, qui ne formait pas un plateau, mais une suite d'ondulations fertiles. En arrière, le village et le château ne se voyaient plus. Au fond, s'élargissaient des étangs ; au-delà, des collines boisées, le long desquelles ils s'étendaient ; enfin des roches escarpées, qui délimitaient verticalement, avec précision, le dernier miroir d'eau, et qui reflétaient, à sa surface, leurs formes imposantes. Là-bas, dans le ravin, où un important ruisseau se jetait dans les étangs, se trouvait un moulin à demi caché, qui, avec son entourage, apparaissait comme un aimable reposoir. Dans tout le demi-cercle que l'on découvrait, alternaient avec diversité les creux et les hauteurs, les bocages et les forêts, dont la première verdure promettait pour l'avenir l'aspect de la plus grande abondance. Des bouquets d'arbres isolés retenaient l'œil en maints endroits. Au pied des spectateurs, en particulier, se distinguait avantageusement un massif de peupliers et de platanes, sur le bord même de l'étang du milieu. Ils étaient en pleine croissance, frais, sains, poussant vers le haut et s'étalant en largeur.

Édouard attira spécialement sur eux l'attention de son ami :

« Ceux-là, s'écria-t-il, je les ai plantés moi-même dans ma jeunesse. C'étaient de jeunes pieds, que je sauvai, quand mon père, lorsqu'il arrangeait une nouvelle partie du grand jardin du château, les fit arracher au milieu de l'été. Sans aucun doute, ils témoigneront, cette année encore, de leur reconnaissance, par de nouvelles pousses. »

On s'en retourna avec satisfaction et avec gaieté. On assigna à l'hôte, dans l'aile droite du château, un logement agréable et spacieux, où il eut bientôt installé et mis en ordre ses livres, ses papiers et ses instruments, afin de poursuivre ses activités coutumières.

Mais, dans les premiers jours, Édouard ne lui laissa point de repos : il le promenait partout, tantôt à cheval, tantôt à pied, et lui montrait la région et la propriété. Il lui faisait part aussi du désir qu'il nourrissait depuis longtemps en lui-même de faire un levé de la région, de mieux connaître celle-ci et de l'exploiter plus avantageusement.

« La première chose à faire, dit le capitaine, serait de relever la région à la boussole. C'est une opération facile et amusante, et, quand bien même elle ne donne pas une très grande précision, elle reste toujours utile et commode pour un début. On peut y vaquer sans grande aide et l'on est sûr d'en venir à bout. Si tu songes plus tard à établir un cadastre plus exact, on pourra également s'en tirer. »

Le capitaine était fort exercé à ce genre de levés. Il avait apporté les instruments nécessaires et se mit à l'œuvre aussitôt. Il dressa Édouard ainsi que quelques chasseurs et paysans, qui devaient l'aider dans ce travail. Les jours étaient favorables ; il employait au dessin et aux hachures les soirées et les débuts des matinées : tout fut bientôt levé et colorié, et Édouard vit, avec une netteté parfaite, ses terres naître du papier comme une création nouvelle. Il croyait les découvrir pour la première fois ; pour la première fois elles semblaient lui appartenir.

Ce fut une occasion de parler de la contrée ; des jardins qu'après ce coup d'œil d'ensemble on tracerait bien mieux qu'en tâtonnant sur nature, par morceaux, en suivant des impressions fortuites.

« Il faut que nous fassions comprendre cela à ma femme, dit Édouard.

— Ne t'en avise pas, répliqua le capitaine, qui n'aimait pas à croiser les convictions des autres par les siennes, car l'expérience lui avait appris que les vues des hommes sont beaucoup trop diverses pour qu'on puisse les faire concourir, même par les représentations les plus raisonnables. Ne t'en avise point, s'écria-t-il ; elle en serait aisément déconcertée. Il en est d'elle comme de tous ceux qui ne s'occupent de ces choses qu'en amateurs : l'action leur importe plus que le résultat. On tâte la nature ; on a une prédilection pour tel ou tel petit coin ; on n'ose pas se débarrasser de tel ou tel obstacle ; on n'est pas assez hardi pour sacrifier quoi que ce soit ; on n'arrive pas à se représenter d'avance ce qui en sortira ; on essaie : c'est réussi ou c'est manqué, on change, on change peut-être ce qu'on devrait laisser, on laisse ce qu'on devrait changer, et il reste toujours à la fin un rapetassage, qui séduit et qui amuse, mais qui ne satisfait point.

— Avoue-le-moi franchement, dit Édouard, tu n'es pas content de ses aménagements ?

— Si l'exécution épuisait la conception, qui est très bonne, il n'y aurait rien à redire. Elle a eu de la peine à monter à travers les rochers, et supplicie maintenant tous ceux qu'elle y fait monter ; on ne marche avec une certaine liberté, ni l'un à côté de l'autre, ni l'un derrière l'autre. Le rythme du pas est coupé à chaque instant... Et que ne dirait-on pas encore ?

— Est-ce qu'il aurait été facile de faire autrement ?

— Tout à fait facile, reprit le capitaine, elle n'avait qu'à faire abattre un coin de rochers, qui n'a même pas d'intérêt, parce qu'il se compose de parties mesquines ; elle obtenait ainsi un tournant avec une belle courbe pour la montée et, avec cela, des pierres superflues pour maçonner les endroits où le chemin se serait trouvé étroit ou mauvais. Mais que ceci soit dit entre nous, sous le sceau du secret ; autrement elle serait inquiète et mécontente. Il faut laisser subsister ce qui est fait. Si l'on veut y dépenser de l'argent et de la peine, il y aurait encore, depuis la cabane de mousse jusqu'en haut, et sur la colline, beaucoup à faire et bien des agréments à obtenir. »

Si les deux amis trouvaient ainsi dans le présent bien des occupations, ils ne manquaient point de vifs et joyeux souvenirs du passé, auxquels Charlotte avait coutume de prendre part. Et l'on se proposa, quand les travaux les plus pressants seraient achevés, de se mettre au journal de voyage et d'évoquer, de cette manière, aussi, le passé.

D'ailleurs, Édouard avait, en tête à tête avec Charlotte, moins de sujets de conversations, surtout depuis qu'il se sentait sur le cœur la critique, qui lui paraissait si juste, des jardins qu'elle avait tracés. Longtemps il tut ce que lui avait confié le capitaine ; mais à la fin, voyant sa femme faire monter encore, de la cabane de mousse au sommet, de petits escaliers et de petits sentiers, pour gravir péniblement la hauteur, il ne put se contenir, et, après quelques circonlocutions, il lui fit connaître ses nouveaux points de vue.

Charlotte fut frappée. Elle avait assez d'esprit pour s'apercevoir vite qu'ils avaient raison. Mais ce qui était fait y contredisait, et existait néanmoins, elle l'avait trouvé bon, elle l'avait souhaité ; même ce qu'on blâmait lui plaisait dans chaque détail ; elle résistait à sa propre conviction ; elle défendait sa petite création ; elle en voulait aux hommes, qui voient tout de suite trop large et trop grand, et, d'une plaisanterie, d'une distraction, voudraient faire tout de suite une œuvre, et qui ne songent pas aux frais qu'entraîne forcément un plan élargi. Elle était agitée, blessée, mécontente ; elle n'arrivait ni à laisser tomber le vieux, ni à rejeter tout à fait le neuf ; mais, résolue comme elle l'était, elle arrêta sur-le-champ le travail, et se donna du temps pour réfléchir à l'affaire et la laisser mûrir en elle.

Tandis qu'elle regrettait cette divertissante activité, — car pendant ce temps, les deux hommes, toujours plus unis, s'adonnaient à leurs occupations et entretenaient surtout avec soin les jardins d'agrément et les semis, tout en poursuivant dans les intervalles leurs exercices de gentilshommes : la chasse, l'achat et l'élevage des chevaux, leur dressage et leur attelage, — Charlotte se sentait chaque jour plus seule. Elle mettait plus d'ardeur à sa correspondance, même en faveur du capitaine, et pourtant elle avait bien des heures de solitude. Les rapports qu'elle reçut du pensionnat lui furent d'autant plus agréables et plus intéressants.

A une lettre minutieuse de la directrice, qui s'étendait, comme d'ordinaire, avec complaisance, sur les progrès de sa fille, était jointe une courte note avec une annexe de la main d'un membre masculin de l'institution. Nous donnerons l'une et l'autre.

Note de la Directrice

Pour ce qui est d'Odile, Madame, je n'aurais vraiment qu'à répéter ce que j'ai dit, dans mes rapports précédents. Je ne saurais m'en plaindre, et pourtant je ne puis m'en déclarer satisfaite. Elle est, comme toujours, modeste et complaisante pour les autres ; mais cette réserve, cette serviabilité n'arrivent pas à me plaire. Dernièrement votre Grâce lui a envoyé de l'argent et divers objets : elle n'a pas touché au premier, et les seconds sont encore là, intacts. Elle entretient ses effets avec beaucoup d'ordre et de propreté, et ne paraît changer d'habits que pour cela. Je ne puis approuver non plus sa grande modération dans le boire et le manger. Il n'y a rien de superflu sur notre table, mais je n'aime rien tant que de voir manger, à satiété, des mets savoureux et sains. Ce qu'on met sur la table et ce qu'on sert avec réflexion et en connaissance de cause doit aussi être consommé. Je ne puis jamais y décider Odile. Elle prend toujours à charge de corriger quelque oubli, quand les servantes ont commis une négligence, simplement pour laisser passer un service ou le dessert. Avec tout cela il faut encore considérer que, comme je ne l'ai appris que tardivement, elle a parfois, du côté gauche, un mal de tête qui passe, sans doute, mais qui doit être douloureux et sérieux. Voici ce que j'avais à vous dire sur cette enfant qui est d'ailleurs si belle et aimable.

Appendice de l'Assistant

Notre excellente Directrice me fait lire ordinairement les lettres dans lesquelles elle transmet aux parents et aux supérieurs ses remarques relatives à ses élèves. Celles qui sont adressées à votre Grâce, je les lis toujours avec une double attention et un double plaisir ; car, en même temps que nous avons lieu de vous féliciter d'avoir une fille qui réunit toutes les qualités brillantes par lesquelles on s'élève dans le monde, je ne dois pas vous estimer moins heureuse qu'il vous ait été donné, en votre fille adoptive, une enfant née pour le bien, pour la satisfaction des autres, et sans doute aussi pour son propre bonheur. Odile est presque la seule de nos élèves sur laquelle je ne puis m'accorder avec notre Directrice si respectée. Je n'en veux nullement à cette femme active d'exiger que l'on reconnaisse extérieurement et nettement les fruits de sa sollicitude ; mais il est aussi des fruits cachés, qui sont ceux qui ont un noyau solide, et qui prennent tôt ou tard un développement magnifique. Telle est certainement votre pupille. Depuis que je l'instruis, je la vois avancer toujours du même pas, avec lenteur, mais sans jamais reculer. Si, avec un enfant, il est nécessaire de commencer par le commencement, c'est certes le cas pour elle. Ce qui ne découle pas de ce qui précède, elle ne le comprend pas. Elle reste sans réaction, et comme stupide, devant une chose facile à saisir, qui, pour elle, ne se rattache à rien. Mais, si l'on peut trouver et lui montrer nettement les chaînons intermédiaires, elle comprend ce qu'il y a de plus difficile.

Avec cette lente progression, elle reste en arrière de ses compagnes, qui, avec de tout autres facultés, courent toujours la poste ; qui saisissent, qui retiennent tout aisément, même ce qui est décousu, et en font usage avec aisance. Aussi n'apprend-elle absolument rien et ne tire-t-elle aucun profit d'un enseignement hâtif, comme c'est le cas dans certains cours, qui sont faits par des maîtres excellents, mais prompts et impatients. On s'est plaint de son écriture, de son incapacité à comprendre les règles de la grammaire. J'ai examiné ces plaintes de plus près : il est vrai que son écriture est lente et raide si l'on veut ; elle n'est ni timide ni mal formée. Ce que je lui ai appris graduellement de la langue française, qui n'est pas, il est vrai, de ma spécialité, elle l'a saisi facilement. A vrai dire, cela est singulier : elle sait beaucoup et fort bien ; ce n'est que quand on l'interroge qu'elle semble ne rien savoir.

S'il m'est permis de conclure par une remarque générale, je pourrais dire qu'elle apprend, non comme si elle devait s'instruire, mais comme si elle voulait instruire les autres ; non comme une élève, mais comme une maîtresse future. Peut-être semblera-t-il étrange à votre Grâce qu'en qualité d'éducateur et de professeur, je ne pense mieux louer quelqu'un qu'en le déclarant mon semblable. La pénétration supérieure de votre Grâce, sa profonde connaissance du monde et des hommes, choisiront ce qu'il y a de mieux dans mes paroles modestes et bien intentionnées. Vous vous convaincrez qu'il y a aussi beaucoup de joie à espérer de cette enfant. Je me recommande à votre Grâce et je vous demande la permission d'écrire de nouveau, dès que je croirai que ma lettre pourra contenir quelque chose d'intéressant et d'agréable [4].

Charlotte se réjouit de ce billet. Son contenu était très voisin des idées qu'elle nourrissait au sujet d'Odile ; cependant elle ne put se défendre d'un sourire car la sympathie du professeur lui parut plus tendre que n'a coutume de l'inspirer la découverte des qualités d'une élève. Avec sa façon de penser calme et exempte de préjugés, elle se garda d'interpréter ces relations, comme tant d'autres ; elle attachait du prix à la sympathie que cet homme raisonnable nourrissait pour Odile ; car elle avait assez appris, au cours de sa vie, à estimer à sa valeur toute inclination véritable, dans un monde où s'acclimatent naturellement l'indifférence et l'antipathie.

CHAPITRE IV

Le plan topographique où la propriété, avec ses environs, était représentée sur une assez grande échelle, de façon caractéristique et facile à saisir grâce aux hachures et aux couleurs, et dont le capitaine avait su assurer la précision par quelques mesures trigonométriques, fut bientôt achevé. Peu de gens avaient besoin de moins de sommeil que cet homme actif ; ses journées étaient toujours consacrées à son but immédiat et c'est pourquoi, tous les soirs, il y avait quelque chose de fait.

« Passons maintenant, dit-il à son ami, au reste, à la description des terres, pour laquelle il doit exister déjà un travail de préparation suffisant ; il en sortira des projets de baux et bien d'autres choses. Établissons un seul point et tenons-nous-y : sépare de la vie tout ce qui est affaire. Les affaires exigent du sérieux et de la rigueur, la vie, de l'arbitraire ; aux affaires convient la plus pure logique ; il faut souvent à la vie de l'inconséquence, celle-ci a même son charme et sa gaieté. Si tu es sûr en affaires, tu pourras être d'autant plus libre dans la vie : tandis que si tu mélanges les deux, la sécurité sera entraînée et supprimée par la liberté. »

Édouard sentit dans ces conseils un léger reproche. Bien que, de nature, il ne fût point désordonné, il ne pouvait jamais arriver à classer ses papiers. Ce qu'il avait à régler avec d'autres, ce qui ne dépendait que de lui, rien n'était séparé ; il ne distinguait pas non plus suffisamment les affaires et les occupations, les divertissements et les plaisirs. Tout devenait maintenant facile puisqu'un ami en prenait la peine, puisqu'un second moi faisait ces discriminations dont l'unité du moi ne parvenait pas toujours à s'accommoder.

Ils installèrent dans l'aile du capitaine des classeurs pour le présent, des archives pour le passé ; y amenèrent tous les documents, les papiers, les notes provenant de divers dépôts, de diverses chambres, armoires et caisses, et ce fatras fut mis au plus vite dans un ordre satisfaisant, classé dans des cases étiquetées. On trouva ce qu'on désirait plus complet qu'on ne l'avait espéré. Un vieux secrétaire fut d'un grand secours, qui, tout le jour et même une partie de la nuit, ne quittait pas son pupitre. Édouard en avait toujours été mécontent jusqu'alors.

« Je ne le reconnais plus, disait-il à son ami. Que cet homme est actif et utile !

— Cela vient, répondit le capitaine, de ce que nous ne lui confions rien de nouveau, avant qu'il ait terminé l'ancien à son aise. Ainsi, il abat, comme tu le vois, beaucoup de besogne. Dès qu'on le trouble, il n'est bon à rien. »

Quand les amis avaient ainsi passé ensemble leur journée, ils ne négligeaient point, le soir, de faire régulièrement visite à Charlotte. S'il ne se trouvait chez elle aucune compagnie des localités et des propriétés du voisinage — ce qui arrivait souvent, — la conversation, comme la lecture, roulait en général sur les questions propres à accroître le bien-être, les avantages et l'agrément de la société bourgeoise.

Charlotte, accoutumée d'ailleurs à tirer parti du présent, voyant son mari satisfait, en profitait elle-même. Divers aménagements domestiques qu'elle avait désirés depuis longtemps, mais qu'elle n'avait pas réussi à mettre en œuvre, se trouvèrent réalisés par l'activité du capitaine. La pharmacie de la maison qui n'avait disposé jusqu'alors que de peu de moyens s'enrichit ; et grâce à des livres faciles, à des conversations, Charlotte fut mise en état d'exercer son activité bienfaisante avec plus de fréquence et d'efficacité que naguère.

En réfléchissant aux accidents ordinaires, et qui néanmoins ne surprennent que trop souvent, on se procura tout ce qui pouvait être nécessaire au sauvetage des noyés, d'autant qu'avec le voisinage de si nombreux étangs, des eaux et des ouvrages hydrauliques, il survenait souvent quelque accident de ce genre. Le capitaine prit grand soin de cette question, et Édouard laissa échapper la remarque qu'un de ces événements avait fait époque, de la façon la plus singulière, dans la vie de son ami. Mais, comme celui-ci gardait le silence, et semblait vouloir éviter un triste souvenir, Édouard s'arrêta aussi, et Charlotte, qui était, du moins en gros, au courant, fit dévier la conversation.

« Il convient de louer toutes ces mesures de précaution, dit un soir le capitaine ; mais il manque encore l'essentiel : un homme compétent qui sache se servir de tout cela. Je puis vous proposer à cet effet un chirurgien militaire de ma connaissance, qu'on pourrait avoir en ce moment à des conditions raisonnables, un homme distingué dans sa profession, et qui m'a donné souvent plus de satisfaction, pour le traitement d'un violent mal interne, qu'un fameux médecin. Or le secours immédiat est toujours, à la campagne, ce qui manque le plus. »

Cet homme fut appelé sans retard, et les deux époux se félicitèrent d'avoir trouvé occasion d'employer aux dépenses les plus nécessaires tant de sommes qui leur restaient pour leurs caprices.

C'est ainsi que Charlotte mettait également à profit, à sa manière, les connaissances et l'activité du capitaine ; elle commença à se féliciter pleinement de sa présence, et à se tranquilliser sur toutes les conséquences qu'elle pourrait avoir. Elle se préparait ordinairement à lui poser bien des questions, et, comme elle aimait la vie, elle cherchait à écarter tout ce qui est nuisible et mortel. La glaçure de plomb des poteries, le vert-de-gris des vases de cuivre, lui avaient souvent causé maint tracas. Elle se fit instruire là-dessus, et l'on fut naturellement ramené aux principes fondamentaux de la physique et de la chimie.

Le penchant qu'avait Édouard à faire des lectures à haute voix, donnait une occasion fortuite mais toujours bien accueillie à ces entretiens. Sa voix était grave et bien timbrée ; auparavant il s'était rendu agréable et avait acquis un certain renom en déclamant avec vivacité et sentiment des ouvrages de poésie et d'éloquence. Maintenant c'étaient d'autres objets qui l'occupaient, d'autres écrits dont il faisait lecture, et, précisément depuis quelque temps, de préférence, des ouvrages dont le sujet se rapportait à la physique, à la chimie et à la technique.

Une de ses particularités (qui lui était d'ailleurs peut-être commune avec beaucoup de gens), c'est qu'il lui était insupportable qu'on jetât les yeux sur le livre tandis qu'il lisait. Précédemment, lorsqu'il lisait des poèmes, des pièces de théâtre, des récits, c'était la conséquence naturelle du vif désir que le lecteur éprouve, aussi bien que le poète, l'acteur, le narrateur, de surprendre, de marquer les arrêts, de susciter l'attention. Or il est très contraire à cet effet prévu qu'un tiers précède des yeux le lecteur qui s'en rend compte. C'est pourquoi, en pareille circonstance, il avait coutume de se placer toujours de manière à n'avoir personne derrière lui. A trois, cette précaution était inutile, et, comme il ne s'agissait cette fois ni d'exciter le sentiment, ni de surprendre l'imagination, il ne songeait même pas à se tenir particulièrement sur ses gardes.

Un soir seulement, comme il s'était placé avec négligence, il s'aperçut tout à coup que Charlotte lisait dans le livre. Son ancienne impatience s'éveilla, et il le lui reprocha d'une manière quelque peu désagréable.

« Il conviendrait une fois pour toutes de renoncer à ces mauvaises habitudes comme à tant d'autres, qui gênent la société ! Quand je fais une lecture à quelqu'un, n'est-ce pas comme si je lui exposais oralement quelque chose ? L'écriture, l'imprimé, prend la place de mes propres idées, de mon propre cœur ; et me donnerais-je la peine de parler, si une lucarne s'ouvrait sur mon front, devant ma poitrine, en sorte que la personne à qui je veux énumérer une à une mes pensées, offrir un à un mes sentiments, pût toujours savoir longtemps à l'avance où j'allais en venir ? Quand on regarde dans mon livre, j'ai l'impression d'être déchiré en deux morceaux. »

Charlotte dont l'adresse se manifestait singulièrement en grand et en petit comité par son art d'écarter toute sortie désagréable, violente ou seulement vive, de couper court à une conversation trop prolongée, d'en ranimer une languissante, ne fut pas cette fois non plus laissée en difficulté par son aimable don.

« Tu me pardonneras assurément mon crime, dit-elle à son mari, si je confesse ce qui m'est advenu en cet instant. Ce que j'entendais avait trait aux affinités et je pensais précisément aux affinités familiales, à quelques cousins qui me donnent du souci en ce moment. Mon attention revient à ta lecture, j'entends qu'il s'agit de choses tout à fait inanimées, et je jette les yeux sur le livre pour m'y retrouver.

— C'est une comparaison qui t'a induite en erreur et égarée, dit Édouard. Il n'est ici question, sans doute, que de terres et de minéraux, mais l'homme est un véritable Narcisse ; il aime à se mirer partout ; ce que le tain est au miroir, il croit l'être à l'univers.

— Oui bien, poursuivit le capitaine, c'est ainsi qu'il traite tout ce qu'il trouve hors de lui : sa sagesse comme sa folie, sa volonté comme son caprice, il les prête aux animaux, aux plantes, aux éléments et aux dieux.

— Comme je ne veux pas vous conduire trop loin de ce qui nous intéresse pour l'instant, reprit Charlotte, pourriez-vous m'apprendre brièvement ce qu'il faut exactement entendre ici par affinités ?

— Je le ferai volontiers, répondit le capitaine, vers lequel Charlotte s'était tournée ; tout au moins aussi bien que je le pourrai, comme je l'ai appris il y a dix ans, comme je l'ai lu. Si l'on pense encore de même là-dessus dans le monde savant, si cela s'accorde avec les nouvelles théories, je ne saurais le dire.

— C'est assez désagréable, s'écria Édouard, de ne pouvoir plus rien apprendre pour toute la vie ! Nos aïeux s'en tenaient aux enseignements qu'ils avaient reçus dans leur jeunesse : mais nous, il nous faut recommencer tous les cinq ans, si nous ne voulons pas être complètement démodés.

— Nous autres femmes, dit Charlotte, nous n'y regardons pas de si près, et, pour parler franc, je ne me préoccupe que du sens du mot, car rien ne rend plus ridicule en société que d'employer à faux un mot étranger, un terme technique. C'est pourquoi je voudrais savoir seulement en quel sens s'emploie cette expression, précisément pour ces objets. Comment tout cela s'enchaîne scientifiquement, nous le laisserons aux savants, qui, du reste, comme j'ai pu le remarquer, s'entendront toujours difficilement.

— Où commencerons-nous, pour arriver le plus vite possible au fait ? demanda, après un instant de silence, Édouard au capitaine, qui, réfléchissant un peu, répondit bientôt :

— S'il m'est permis d'avoir l'air de remonter fort loin, nous serons vite au but.

— Soyez assuré de toute mon attention, dit Charlotte, en mettant de côté son ouvrage.

— Nous remarquons d'abord, commença le capitaine, dans tous les produits de la nature qui nous tombent sous le sens une attraction intime. Sans doute paraît-il surprenant d'entendre exprimer ce qui se comprend de soi ; cependant ce n'est que quand on s'est pleinement mis d'accord sur le connu, qu'on peut marcher ensemble vers l'inconnu.

— Il me semble, dit Édouard, en l'interrompant, que nous faciliterions les choses, et pour elle et pour nous, par des exemples. Représente-toi seulement l'eau, l'huile, le mercure : tu y découvriras une unité, une cohésion des parties. Cette union, ils n'y renoncent point, si ce n'est par la force ou par quelque autre cause déterminante. Qu'on écarte celle-ci : ces corps se rassemblent aussitôt à nouveau.

— Sans aucun doute, dit Charlotte, en approuvant, les gouttes de pluie se réunissent volontiers en rivières ; et, déjà dans notre enfance, nous nous amusions avec surprise du mercure, quand nous le séparions en globules et le laissions ensuite se rassembler.

— Je me permettrai, ajouta le capitaine, de signaler

au passage un point important, c'est que cette attraction à l'état pur, rendue possible par la fluidité, se manifeste nettement et toujours par la forme sphérique. La goutte d'eau qui tombe est ronde ; vous avez déjà parlé vous-même des globules de mercure : même le plomb fondu, qui tombe, s'il a le temps de se prendre entièrement, arrive en bas sous la forme d'une boule.

— Laissez-moi prendre les devants, dit Charlotte, pour voir si je toucherai le but où vous voulez en arriver. De même que chaque être a une attraction intime, de même il doit avoir un rapport à l'égard des autres.

— Et ce rapport différera, continua vivement Édouard, suivant la diversité des êtres. Tantôt ils se rencontreront en amis et vieilles connaissances, qui se rapprochent, s'unissent promptement, sans modifier quoi que ce soit l'un à l'autre, comme le vin se mêle à l'eau. Par contre d'autres s'obstinent à demeurer étrangers côte à côte, et ne peuvent s'unir même par mélange mécanique et friction : ainsi l'huile et l'eau, si on les agite pour les mélanger, se séparent à l'instant.

— Il ne s'en faut pas de beaucoup, dit Charlotte, qu'on ne découvre sous ces formes simples les hommes que l'on a connus ; mais l'on se rappelle surtout les milieux où l'on a vécu. Toutefois, ce qui ressemble le plus à des êtres inanimés ce sont les masses qui sont en présence dans le monde, les conditions, les professions, la noblesse et le tiers état, le soldat et le civil.

— Et cependant, reprit Édouard, de même qu'elles peuvent être unies par les mœurs et les lois, il existe aussi, dans notre monde chimique, des intermédiaires pour unir ce qui se repousse réciproquement.

— Ainsi, interrompit le capitaine, nous unissons l'huile à l'eau par un sel alcalin.

— N'allez pas trop vite dans votre exposé, dit Charlotte, afin que je puisse montrer que je garde le pas. Ne sommes-nous pas arrivés déjà aux affinités ?

— Très juste, repartit le capitaine, et nous allons apprendre à les connaître dans toute leur force et leur caractère propre. Les substances qui, venant à se rencontrer, se saisissent rapidement l'une de l'autre, et se déterminent mutuellement, nous reconnaissons entre elles de l'affinité. Cette affinité est assez frappante dans les alcalis et les acides, qui, bien qu'ils soient opposés les uns aux autres, et peut-être même à cause de cela, se recherchent et s'accrochent de la façon la plus prononcée, se modifient et forment ensemble un nouveau corps. Rappelons seulement la chaux, qui manifeste pour tous les acides une grande inclination, une tendance prononcée à l'union. Dès que notre cabinet de chimie sera arrivé, nous vous ferons voir diverses expériences, qui sont très amusantes et qui vous donneront une meilleure idée que des mots, des noms et des termes techniques.

— Permettez-moi d'avouer, dit Charlotte, que, quand vous appelez affinité le rapport qui existe entre vos êtres singuliers, ils me paraissent, à moi, avoir entre eux moins une affinité de sang qu'une affinité d'esprit et d'âme. C'est précisément ainsi qu'il peut se former entre les hommes des amitiés vraiment sérieuses, car des qualités opposées rendent possible une union intime. J'attendrai donc ce que vous me mettrez sous les yeux de ces mystérieux effets. Maintenant, dit-elle, en se tournant vers Édouard, je ne te troublerai plus dans ta lecture : mieux instruite, je l'écouterai avec attention.

— Puisque tu as fait appel à nous, repartit Édouard, tu ne t'en tireras pas si facilement, car ce sont justement les cas les plus complexes qui sont les plus intéressants. C'est par eux seulement qu'on apprend à connaître les degrés d'affinité, les attractions, proches et serrées, lointaines et lâches : les affinités ne deviennent intéressantes que lorsqu'elles déterminent des séparations.

— Est-ce que ce triste mot, s'écria Charlotte, que, de nos jours, hélas ! on entend si souvent dans le monde, se rencontre aussi dans l'histoire naturelle ?

— Sans doute, reprit Édouard : et c'était même un titre d'honneur caractéristique des chimistes : on les appelait « séparateurs » ou analystes.

— On ne les appelle donc plus ainsi, reprit Charlotte, et l'on fait très bien. Réunir est un art plus grand, un plus grand mérite. Un artiste « assembleur » serait bienvenu dans tous les domaines du monde. Mais, puisque vous voilà en train, faites-moi donc connaître quelques exemples.

— Reportons-nous donc d'abord, dit le capitaine, à ce que nous avons déjà indiqué et discuté. Par exemple, ce que nous appelons pierre à chaux est une terre calcaire plus ou moins pure, intimement liée à un acide faible, que nous avons appris à connaître sous sa forme aérienne. Si l'on met un morceau de cette pierre dans de l'acide sulfurique dilué, l'acide s'empare de la chaux et se manifeste avec lui à l'état de gypse ; tandis que cet acide faible, aérien, se dégage. Il s'est opéré une séparation, une nouvelle combinaison, et l'on se croit désormais autorisé à employer l'expression d'affinité élective, parce qu'on dirait en effet qu'une relation a été préférée à l'autre, que l'une a été choisie plutôt que l'autre.

— Pardonnez-moi, dit Charlotte, comme je pardonne au savant : je ne saurais jamais voir ici un choix, mais plutôt une nécessité naturelle, et même à peine, car il ne s'agit peut-être finalement que d'une affaire d'occasion. L'occasion fait les combinaisons, comme elle fait le larron ; et, quand il est question de vos substances naturelles, le choix me paraît se trouver uniquement dans les mains du chimiste, qui rapproche ces substances. Une fois qu'elles sont ensemble, Dieu leur fasse grâce ! Dans le cas présent, je ne plains que le pauvre acide aérien condamné à errer de nouveau dans l'infini.

— Il ne tient qu'à lui, repartit le capitaine, de se combiner avec l'eau, et de servir, comme source minérale, au rafraîchissement des bien-portants et des malades.

— Le gypse peut en parler à son aise, dit Charlotte ; il a fini ; il est un corps, il est pourvu, tandis que cet être banni peut avoir encore beaucoup à souffrir avant de retrouver un refuge.

— Ou je me trompe fort, dit Édouard en souriant, ou il se cache une petite ruse sous tes paroles ! Avoue donc ta malice ! Finalement, je suis à tes yeux la chaux, saisie par le capitaine, comme par l'acide sulfurique, dérobée à ton aimable compagnie, et transformée en gypse réfractaire.

— Si ta conscience te fait faire de telles réflexions, répondit Charlotte, je n'ai pas à me tracasser. Ces apologues sont jolis et récréatifs, et qui n'aime jouer avec les analogies ? Mais enfin l'homme est à bien des degrés au-dessus de ces éléments, et, s'il s'est montré ici assez généreux de ces beaux mots de choix et d'affinités électives, il fera bien de rentrer en lui-même, et de réfléchir, à cette occasion, à la valeur de ces expressions. Je sais, par malheur, assez de cas où l'union intime de deux êtres, et qui semblait indissoluble, a été détruite par l'intervention accidentelle d'un troisième, et où l'un de ceux qui avaient été si bellement unis s'est vu chassé au loin.

— Mais alors les chimistes sont beaucoup plus galants, dit Édouard ; ils en ajoutent un quatrième, afin que personne ne s'en aille tout seul.

— Certainement, dit le capitaine, ces cas-là sont même les plus intéressants et les plus remarquables, l'on peut y faire voir l'attraction, l'affinité, l'abandon, la réunion, qui s'entrecroisent ; quatre substances, unies jusque-là deux à deux, sont mises en contact, elles abandonnent leur ancienne union, et en contractent une nouvelle. Dans cette façon de se quitter et de se prendre, dans cette fuite et cette recherche, on croit réellement voir une détermination supérieure, on attribue à ces êtres une sorte de volonté et de choix, et l'on tient pour entièrement justifié le terme scientifique d'affinités électives.

— Décrivez-moi un cas de ce genre, dit Charlotte.

— On ne saurait guère, reprit le capitaine, s'en tirer avec des mots. Comme je vous l'ai dit, aussitôt que je pourrai vous montrer les expériences elles-mêmes, tout deviendra plus évident et plus agréable. Maintenant il me faudrait vous accabler d'un horrible jargon scientifique qui ne vous représenterait rien. Il faut voir agir devant ses yeux ces êtres, qui semblent morts et qui cependant sont toujours intérieurement prêts à l'activité ; il faut regarder avec sympathie comment ils se cherchent l'un l'autre, s'attirent, se saisissent, se détruisent, s'absorbent, se dévorent, puis, après s'être intimement unis, se manifestent à nouveau sous une forme renouvelée, nouvelle, inattendue : alors seulement on leur attribue une vie éternelle, et même de la sensibilité et de l'intelligence, car nous éprouvons que nos sens suffisent à peine à les bien observer, et que notre raison suffit à peine à les comprendre.

— J'avoue, dit Édouard, que ce bizarre vocabulaire technique a de quoi paraître fatigant et même ridicule à celui qui n'est pas familiarisé avec lui par un aspect sensible, par des notions. Mais nous pourrions aisément, en attendant, exprimer par des lettres la relation dont il était question tout à l'heure.

— Si vous ne trouvez pas que cela prend un air pédant, reprit le capitaine, je puis me résumer brièvement dans le langage des signes. Figurez-vous un certain A intimement uni avec un certain B, et qui n'en saurait être séparé par beaucoup de moyens, beaucoup d'efforts ; figurez-vous un C qui se comporte de même envers D ; mettez maintenant les deux couples en contact : A se jettera sur D et C sur B, sans qu'on puisse dire qui a quitté l'autre le premier, qui s'est réuni le premier à l'autre.

— Or donc, intervint Édouard, en attendant que nous voyions tout cela de nos yeux, regardons cette formule comme une allégorie, d'où nous tirons une leçon à notre usage immédiat. Tu es A, ma Charlotte, et je suis ton B ; car, je ne dépends vraiment que de toi seule et je te suis comme B suit l'A. Le C est évidemment le capitaine, qui, cette fois, me soustrait quelque peu à toi. Or il est juste que, si tu ne veux pas te dissoudre dans le vague, on te trouve un D, et c'est, sans aucun doute, la gente demoiselle Odile, à la venue de laquelle tu ne dois pas t'opposer plus longtemps.

— Bon, répliqua Charlotte. Quand bien même l'exemple, à ce que je crois, ne s'appliquerait pas tout à fait à notre cas, je regarde comme un bonheur que nous soyons aujourd'hui parfaitement d'accord, et que ces affinités naturelles et électives hâtent entre nous les confessions. J'avouerai donc que, depuis cet après-midi, je suis décidée à faire venir Odile, car ma fidèle femme de charge et gouvernante va me quitter, parce qu'elle se marie. Voilà pour ce qui me concerne, moi et mes commodités. En ce qui concerne Odile, ce qui me détermine, tu vas nous le lire. Je ne regarderai pas la feuille, mais, à vrai dire, j'en sais le contenu. Tiens, lis, lis donc. »

En disant ces mots, elle sortit une lettre et la tendit à Édouard.

CHAPITRE V

Lettre de la Directrice

Votre Grâce me pardonnera, si je suis aujourd'hui très brève. Car j'ai, après la fin de l'examen public sur ce que nous avons enseigné à nos élèves au cours de l'année passée, à en annoncer le résultat à tous les parents et supérieurs. Je puis, d'ailleurs, être brève, parce que je puis dire beaucoup en peu de mots. Mademoiselle votre fille s'est, à tous égards, classée première. Les bulletins ci-joints, sa propre lettre décrivant les prix qu'elle a remportés, et exprimant ensemble la satisfaction qu'elle ressent de cette heureuse réussite, tout cela vous tranquillisera et vous réjouira. Ce qui diminue quelque peu ma joie, c'est de prévoir que nous n'aurons plus lieu de garder longtemps chez nous une jeune fille si avancée. Je me recommande à votre Grâce et prendrai la liberté de vous communiquer bientôt mes idées sur ce que je regarde comme le plus avantageux pour elle. Mon collaborateur et ami vous écrit à propos d'Odile.

Lettre de l'Assistant

Notre respectable Directrice me charge de vous écrire à propos d'Odile, d'un côté parce qu'avec sa manière de voir, il lui serait pénible d'annoncer ce qu'il y a à annoncer, de l'autre parce qu'elle a elle-même besoin d'une excuse qu'elle préfère voir présenter par ma bouche.

Ne sachant que trop combien l'excellente Odile est peu en état d'exprimer ce qu'il y a en elle et ce dont elle est capable, j'étais quelque peu anxieux de l'examen public, d'autant qu'en général il n'y a pas de préparation possible, et, même si cette préparation pouvait se faire à la façon ordinaire, il n'y aurait pas moyen de préparer Odile aux apparences. L'effet n'a que trop justifié mes craintes : elle n'a obtenu aucun prix, et se trouve même au nombre de celles qui n'ont reçu aucun satisfecit. Que sert-il d'en dire plus long ? En écriture, peu d'autres formaient aussi bien leurs lettres, mais elles avaient le trait beaucoup plus libre. En calcul, elles allaient toutes plus vite, et les problèmes difficiles, qu'elle résout mieux, on n'en proposait pas à l'examen. En français, quelques-unes ont ébloui par le flot de leurs paroles et de leurs exposés. En histoire, elle n'avait pas tout de suite à sa disposition les noms et les dates, et, en géographie, on a regretté qu'elle se fût montrée peu attentive aux divisions politiques. Elle n'a trouvé ni le temps ni le calme qu'il aurait fallu pour l'exécution musicale de ses quelques modestes mélodies. En dessin, elle aurait certainement remporté le prix : ses contours étaient purs et l'exécution spirituelle avec beaucoup de soin ; par malheur, elle avait entrepris quelque chose de trop grand et n'avait pas fini.

Quand les écolières furent sorties, que les examinateurs tinrent conseil et nous permirent à nous autres professeurs de dire au moins quelques mots, je remarquai bientôt qu'on ne parlait pas d'Odile, ou que, quand on en parlait, c'était sinon avec désapprobation, du moins, avec indifférence. J'espérais éveiller un peu de faveur en décrivant franchement sa manière d'être, et je m'y essayai avec un double zèle, d'abord parce que je pouvais parler en conscience, ensuite, parce que je m'étais trouvé, au cours de ma jeunesse, précisément dans la même triste situation. On m'écouta avec attention ; mais, lorsque j'eus terminé, le président me dit aimablement mais laconiquement :

« Les capacités se présument : il faut qu'elles deviennent des accomplissements. C'est le but de toute éducation ; c'est l'intention nette et déclarée des parents et des supérieurs ; l'intention muette et à demi consciente des enfants eux-mêmes. C'est aussi l'objet de l'examen, où l'on juge à la fois maîtres et élèves. D'après ce que vous nous avez appris, nous nourrissons des espoirs favorables sur cette enfant, et vous êtes sans doute louable en prenant exactement garde aux facultés de vos élèves. Transformez-les en talents pour l'an prochain, et notre approbation ne manquera ni à vous, ni à votre élève favorite. »

A ce qui devait s'ensuivre, je m'étais résigné déjà, mais je n'avais pas craint le pire, qui se produisit peu après. Notre excellente Directrice, qui, comme le bon berger, ne saurait voir une de ses brebis perdue, ou, comme dans le cas présent, sans parure, ne put, après le départ des examinateurs, dissimuler son mécontentement et dit à Odile, qui se tenait tout tranquillement à la fenêtre, pendant que les autres se réjouissaient de leurs prix :

« Mais dites-moi, pour l'amour de Dieu, comment on peut avoir l'air si bête quand on ne l'est pas. »

Odile répondit avec calme :

« Pardonnez-moi, ma mère, mon mal de tête m'a justement repris aujourd'hui et assez fort.

— Comment le savoir ! » répliqua cette femme, ordinairement si compatissante, puis elle lui tourna le dos avec dépit.

Et c'est vrai : personne ne peut le savoir, car Odile ne change point de visage, et je n'ai pas remarqué non plus qu'elle ait porté une seule fois sa main à la tempe.

Et ce ne fut pas encore tout. Mademoiselle votre fille, Madame, ordinairement vive et franche, se laissait aller à la jactance que lui inspirait son triomphe présent. Elle courait à travers les salles, avec ses prix et ses satisfecit, et elle les agita aussi devant les yeux d'Odile.

« Tu as mal mené ta barque aujourd'hui ! s'écria-t-elle.

— Ce n'est pas encore le dernier jour d'examen, répondit Odile avec beaucoup de calme.

— Peu importe ! Tu resteras toujours la dernière », cria la jeune fille, et elle sortit.

Odile paraissait tranquille pour tous les autres, mais non pour moi. La vivacité des mouvements intérieurs qui lui sont désagréables et auxquels elle résiste, se traduit chez elle par une inégalité de carnation du visage. La joue gauche devient rouge un instant, tandis que la droite pâlit. Je remarquai ce symptôme et je ne pus retenir ma sympathie. Je pris à part notre Directrice, et m'entretins sérieusement de l'affaire avec elle. L'excellente femme reconnut sa faute. Nous consultâmes, nous discutâmes longtemps, mais, sans m'étendre davantage, je présenterai à votre Grâce notre décision et notre prière : que vous preniez Odile pour quelque temps auprès de vous. Les raisons, vous les développerez fort bien vous-même. Si vous vous y décidez, je vous en dirai davantage sur la manière de traiter cette aimable enfant. Quand Mademoiselle votre fille nous quittera, comme nous devons le supposer, nous verrons avec joie revenir Odile.

Encore un point, que je pourrais oublier par la suite. Je n'ai jamais vu qu'Odile ait rien demandé ou même qu'elle ait rien sollicité avec instance. Par contre il arrive des circonstances, encore que rares, où elle cherche à refuser ce qu'on exige d'elle. Elle le fait avec un geste qui est irrésistible pour quiconque en a saisi le sens. Elle presse l'une contre l'autre ses mains ouvertes, les élève au ciel, et les ramène vers sa poitrine, tout en se penchant légèrement en avant, et en adressant à son importun interlocuteur un regard tel qu'il renonce volontiers à tout ce qu'il aurait pu exiger ou désirer. Si jamais vous voyez ce geste, Madame, ce qui n'est pas vraisemblable avec vos procédés, souvenez-vous de moi et ménagez Odile.

Édouard avait lu ces lettres non sans sourires et hochements de tête. On ne pouvait d'ailleurs s'abstenir de remarques sur les personnes et sur l'état des choses.

« Il suffit ! s'écria-t-il enfin. C'est décidé ; elle viendra. Tu as ton affaire, ma chère amie, et qu'il nous soit permis maintenant d'avancer aussi notre proposition. Il devient extrêmement nécessaire que je déménage pour m'établir dans l'aile droite près du capitaine. Le soir et le matin sont justement le meilleur moment pour travailler ensemble. En revanche tu auras de ton côté, pour toi et pour Odile, les plus belles pièces. »

Charlotte acquiesça. Édouard décrivit leur existence future. Entre autres, il s'écria :

« C'est fort prévenant à ta nièce d'avoir un peu mal à la tête du côté gauche ; moi, c'est quelquefois du côté droit. Si cela nous arrive en même temps, et que nous soyons assis l'un vis-à-vis de l'autre, elle appuyée sur le coude gauche et moi sur le droit, la tête dans la main, des deux côtés, cela donnera deux jolis pendants. »

Le capitaine prétendait que ce serait dangereux.

« Contentez-vous, cher ami, lui dit Édouard, de vous tenir en garde du D ! Que deviendrait B, si le C lui était ravi ?

— Oh ! oh ! Il me semble, dit Charlotte, que cela s'entendrait de soi-même.

— Sans doute, s'écria Édouard, il reviendrait à son A, son alpha et son oméga ! »

Sur quoi il sauta de son siège et pressa Charlotte sur sa poitrine.

CHAPITRE VI

Une voiture, qui amenait Odile, était arrivée. Charlotte alla au-devant d'elle. L'aimable enfant s'empressa d'approcher, se jeta à ses pieds et lui embrassa les genoux.

« Pourquoi cette humiliation ? dit Charlotte, qui était un peu embarrassée, et voulait la relever.

— Je ne l'entends pas comme une humiliation, répondit Odile qui restait dans la même attitude : je ne me rappelle que trop volontiers le temps où je n'atteignais pas plus haut qu'à vos genoux et où j'étais déjà si sûre de votre amour. »

Elle se leva et Charlotte l'embrassa tendrement. Elle fut présentée aux deux hommes et tout aussitôt traitée en invitée avec une attention particulière. La beauté est une invitée bien reçue. Elle semblait attentive à la conversation sans y prendre part.

Le lendemain, Édouard dit à Charlotte :

« C'est une fille agréable et distrayante.

— Distrayante ? repartit Charlotte avec un sourire : elle n'a pas encore ouvert la bouche.

— Vraiment ? riposta Édouard. Voilà qui serait bien étonnant ! »

Charlotte n'eut à donner à la nouvelle arrivante que peu d'indications sur la tenue de la maison. Odile eut bientôt saisi et, qui plus est, senti toute l'organisation. Elle comprit aisément ce qu'elle avait à faire pour tous et pour chacun. Tout se passait ponctuellement. Elle savait ordonner sans avoir l'air de commander, et, si quelqu'un commettait une négligence, elle se chargeait aussitôt elle-même de l'affaire.

Dès qu'elle eut reconnu combien il lui restait de temps, elle demanda à Charlotte la permission de distribuer ses heures, dont elle observa dès lors exactement la règle. Elle accomplissait le travail prescrit suivant la méthode que Charlotte connaissait par l'assistant. On la laissait faire. De temps à autre seulement, Charlotte cherchait à la stimuler. Ainsi elle lui glissait parfois des plumes usées pour l'amener à écrire d'un trait plus libre : mais elles étaient bientôt retaillées.

Les dames étaient convenues entre elles de parler français quand elles seraient seules ; et Charlotte y persista d'autant qu'Odile était plus bavarde en cette langue étrangère, parce qu'on lui avait fait un devoir de s'y exercer. Alors elle en disait souvent plus qu'elle ne semblait vouloir. Charlotte s'amusa en particulier d'une description fortuite, à vrai dire exacte, mais bienveillante, de tout le pensionnat. Odile devenait pour elle une compagne chère, et elle espérait trouver un jour en elle une amie sur laquelle on pût compter.

Charlotte reprit les anciens papiers relatifs à Odile, pour se remettre en mémoire les jugements portés par la directrice, par son collaborateur, sur la chère enfant et pour les confronter à sa personnalité même. Car Charlotte était d'avis qu'on ne saurait se familiariser trop vite avec le caractère des gens avec qui on doit vivre, afin de savoir ce qu'on en peut attendre, ce qu'on peut développer en eux, et ce qu'il faut, une fois pour toutes, leur passer et leur pardonner.

Cette enquête ne lui fit découvrir rien de nouveau ; mais bien des traits connus prirent à ses yeux plus d'importance et devinrent plus frappants. Ainsi la modération d'Odile dans le boire et le manger pouvait vraiment lui créer du souci.

Le premier soin qui occupa les femmes, fut la toilette. Charlotte réclama à Odile de mettre plus de richesse et de recherche dans ses vêtements. Aussitôt l'excellente et active jeune personne coupa elle-même les étoffes dont on lui avait fait autrefois cadeau, et parvint avec peu d'aide à se les accommoder avec rapidité et beaucoup de grâce. Les robes à la nouvelle mode rehaussèrent sa figure : car les agréments d'une personne se répandent aussi sur son enveloppe, on croit toujours la voir de nouveau et plus aimable, lorsqu'elle prête ses charmes à un nouvel ajustement.

De la sorte elle devint pour les hommes, et toujours de plus en plus, pour dire les choses par leur nom, un vrai plaisir des yeux ; car, si l'émeraude, par sa magnifique couleur, fait du bien à la vue, si elle exerce même sur ce noble sens une certaine vertu salutaire, la beauté humaine agit avec une puissance bien plus grande encore sur le sens intérieur et extérieur. Qui la regarde ne saurait être effleuré d'aucun mal ; il se sent en accord avec soi-même et avec le monde.

La société avait donc bénéficié à maints égards de l'arrivée d'Odile. Les deux amis respectaient avec plus de régularité l'heure, même la minute des réunions. Ils ne se faisaient plus que de raison, ni attendre pour les repas, ni pour le thé, ni pour la promenade ; ils ne se pressaient pas trop, surtout le soir, de quitter la table. Charlotte le remarqua fort bien, et ne manqua pas de les observer tous deux. Elle cherchait à découvrir si l'initiative venait de l'un plutôt que de l'autre ; mais elle ne put remarquer aucune différence. Tous deux se montraient, en général, plus sociables. Dans leurs entretiens, ils paraissaient réfléchir à ce qui pouvait être de nature à éveiller l'intérêt d'Odile, à ce qui était à la mesure de ses lumières, et de ses autres connaissances. S'ils faisaient une lecture ou un récit, ils s'arrêtaient jusqu'à ce qu'elle revînt. Ils devenaient plus doux, et, dans l'ensemble, plus communicatifs.

En récompense l'empressement d'Odile augmentait chaque jour. Plus elle apprenait à connaître la maison, les gens et la situation, plus elle intervenait avec vivacité, plus vite elle comprenait le moindre regard, le moindre mouvement, un demi-mot, un son. Sa tranquille attention restait toujours égale à elle-même, tout comme sa paisible activité. Elle s'asseyait, se levait, allait, venait, cherchait, apportait, s'asseyait encore sans apparence d'inquiétude. C'était un changement perpétuel, un perpétuel et agréable mouvement. Il s'ajoutait à cela qu'on ne l'entendait pas marcher, tant ses pas étaient silencieux.

Cet aimable empressement d'Odile causait beaucoup de joie à Charlotte. Elle ne dissimula pas à Odile la seule chose qui ne lui paraissait pas tout à fait convenable.

« C'est une des attentions les plus louables, lui dit-elle un jour, que celle qui consiste à se baisser promptement, quand une personne laisse tomber quelque chose. Nous nous déclarons ainsi prêts à la servir ; seulement, dans ce vaste monde, il faut réfléchir à qui on témoigne cette déférence. A l'égard des femmes, je ne te prescris aucune règle là-dessus. Tu es jeune. Envers les supérieures et les aînées, c'est un devoir ; envers tes égales, une amabilité ; envers les plus jeunes et les inférieures, de l'humanité et de la bonté ; mais il ne sied guère à une femme, de marquer cette déférence à des hommes.

— Je chercherai à m'en déshabituer, répliqua Odile. Cependant vous me pardonnerez cette inconvenance, quand je vous aurai dit comment j'en suis venue là. On nous a enseigné l'histoire ; je n'en ai pas retenu autant que j'aurais dû sans doute, parce que je ne savais à quoi cela pourrait me servir. Mais certaines anecdotes se sont très profondément gravées en moi ; ainsi la suivante :

» Lorsque Charles Ier d'Angleterre se tenait devant

ceux qui se prétendaient ses juges, la pomme d'or de la canne qu'il tenait tomba. Accoutumé à ce que, dans de telles circonstances, tout le monde s'empressât pour lui, il parut regarder alentour, et attendit que quelqu'un lui rendît, cette fois encore, ce petit service. Personne ne bougea ; il se baissa lui-même pour ramasser la pomme. Cela m'a paru si douloureux — je ne sais si c'est avec raison — qu'à partir de cet instant, je n'ai pu voir personne laisser tomber quelque objet, sans me baisser pour le ramasser. Mais, comme cela peut bien n'être pas toujours convenable, et que je ne puis, poursuivit-elle en souriant, raconter chaque fois mon histoire, je me retiendrai mieux à l'avenir. »

Cependant les institutions bienfaisantes, auxquelles les deux amis se sentaient appelés, poursuivaient leur cours ininterrompu. Chaque jour même, ils trouvaient une nouvelle occasion de méditer et d'entreprendre du nouveau.

Un jour qu'ils traversaient ensemble le village, ils remarquèrent avec déplaisir combien, pour l'ordre et la propreté, il était en retard sur les villages où les habitants sont contraints à l'un et à l'autre par le prix du terrain.

« Tu te souviens, dit le capitaine, qu'au cours de notre voyage en Suisse, nous exprimions le vœu d'embellir un parc champêtre, en organisant un village, placé comme celui-ci, pour lui donner non pas l'architecture suisse, mais l'ordre et la propreté des Suisses, qui améliorent tant l'exploitation.

— Ici, par exemple, reprit Édouard, cela pourrait se faire. La colline du château s'abaisse en angle saillant ; le village est bâti vis-à-vis, assez régulièrement, en demi-cercle ; le ruisseau coule dans l'entre-deux, et, contre ses inondations, l'un prétend se défendre par des pierres, l'autre par des pilotis, un autre encore par des poutres, et le voisin par des planches ; mais aucun ne seconde les autres ; au contraire il se fait du dommage et se nuit à lui-même et aux autres. Le chemin est aussi maladroitement tracé ; tantôt montant, tantôt descendant ; tantôt traversant l'eau, tantôt franchissant des pierres. Si les gens voulaient y mettre la main, il n'y aurait pas besoin d'un gros supplément pour exécuter ici un mur en demi-cercle, pour élever le chemin en arrière jusqu'aux maisons, pour obtenir le plus bel emplacement, pour faire régner la propreté et, en voyant grand, pour faire disparaître d'un coup tous ces petits soins insuffisants.

— Essayons, dit le capitaine, en embrassant d'un coup d'œil la situation et en la jugeant avec rapidité.

— Je n'aime pas à avoir affaire aux bourgeois et aux paysans, répliqua Édouard, quand je ne suis pas en état de leur donner des ordres directs.

— Tu n'as pas complètement tort, répondit le capitaine ; des affaires de ce genre m'ont souvent causé, à moi aussi, dans la vie, beaucoup de désagréments. Qu'il est difficile pour l'homme de bien peser ce qu'on doit sacrifier relativement à ce qu'il y a à gagner ; qu'il est difficile de vouloir le but et de ne pas dédaigner les moyens ! Beaucoup confondent même les moyens et le but ; ils s'attachent aux premiers, en perdant de vue le second. On veut toujours guérir le mal là où il apparaît ; et l'on ne se préoccupe pas du point où il prend son origine, et d'où il agit. C'est pourquoi il est si difficile de délibérer, surtout avec la foule, qui est parfaitement raisonnable dans la vie de chaque jour mais qui voit rarement plus loin que le lendemain. S'il s'ajoute encore à cela que l'un doit gagner peut-être et l'autre perdre à une entreprise commune, il n'y a absolument rien à faire par accommodement. Tout ce qui a trait au bien commun doit être soutenu par un droit de souveraineté illimité. »

Tandis qu'ils étaient arrêtés et causaient, un homme qui avait l'air plus insolent que nécessiteux leur demanda l'aumône. Édouard, qui n'aimait pas à être interrompu et importuné, se fâcha, après l'avoir plusieurs fois chassé en vain d'une manière plus calme ; cependant, comme le garnement s'éloignait à petits pas, en murmurant, en grondant même à son tour, comme il se réclamait des droits du mendiant, auquel on peut refuser l'aumône, mais qu'on ne doit pas blesser, parce qu'il est tout comme un autre sous la protection de Dieu et des autorités, Édouard perdit tout son sang-froid.

Le capitaine lui dit pour l'apaiser :

« Prenons cet incident comme une invitation à étendre aussi là-dessus notre police rurale. Des aumônes, il en faut donner, mais on fait mieux de ne les pas donner soi-même, surtout chez soi. Il siérait de rester modéré et régulier en tout, même dans la bienfaisance. Une aumône trop considérable attire les mendiants au lieu de nous en débarrasser ; par contre, en voyage, quand on passe à toute allure, on se plaît à paraître au pauvre, sur la route, sous l'aspect fortuit de la fortune, et à lui jeter un don qui le surprend. La situation du village et du château nous rend très facile un arrangement de cette sorte ; j'y ai déjà réfléchi.

» A l'un des bouts du village, se trouve l'auberge ; à l'autre, demeure un bon vieux ménage ; tu n'as qu'à déposer aux deux endroits une petite somme d'argent. Ce n'est pas celui qui entrera dans le village, mais celui qui en sortira qui recevra l'aumône ; et, comme les deux maisons sont l'une et l'autre sur les chemins qui mènent au château, tous ceux qui voudraient y monter devront s'adresser à ces deux endroits.

— Viens, dit Édouard, réglons cela tout de suite, nous pourrons toujours préciser plus tard. »

Ils allèrent chez l'aubergiste et chez le vieux ménage et l'affaire fut réglée.

« Je sais fort bien, dit Édouard, comme ils remontaient ensemble au château, que, dans le monde, tout dépend d'une idée judicieuse et d'une résolution ferme. Ainsi, tu as très exactement jugé les allées établies dans le parc par ma femme, et tu m'as déjà donné pour les améliorer une suggestion, dont je lui ai fait part aussitôt, pour ne te rien dissimuler.

— J'avais lieu de le supposer, répliqua le capitaine, mais non de l'approuver. Tu l'as troublée ; elle laisse tout en plan, et, sur cet unique point, elle nous en veut, car elle évite d'en parler et ne nous a plus réinvités dans la cabane de mousse, bien qu'elle y monte entretemps avec Odile.

— Il ne faut pas nous en effaroucher, reprit Édouard. Quand je suis persuadé d'une chose qu'elle est bonne, et pourrait et devrait se faire, je n'ai point de cesse que je ne la voie faite. Nous sommes en général assez malins pour engager une affaire. Choisissons comme entretien de la soirée les descriptions des parcs anglais avec gravures ; et ensuite ton propre plan de la propriété. Il en faut d'abord parler comme d'une hypothèse et simplement en manière de plaisanterie ; le sérieux viendra bien ensuite. »

Après cette entente, on ouvrit les livres où se voyait dessiné le plan d'une contrée et son aspect champêtre à l'état primitif de nature sauvage ; sur d'autres planches était ensuite représenté le changement apporté par l'art pour utiliser et améliorer ce qu'il y avait de bon.

De là le passage était très facile à la propriété, à ses environs et à ce qu'on en pourrait faire.

L'étude du plan dressé par le capitaine devint dès lors une agréable occupation ; mais on n'arrivait pas à se détacher entièrement de la première idée qui avait guidé les débuts de l'entreprise de Charlotte. Pourtant on découvrit une montée plus facile vers la hauteur ; on voulait construire en haut, sur la pente, devant un agréable bosquet, un pavillon de plaisance ; il devait avoir rapport au château ; on le verrait des fenêtres, et, du pavillon, le regard errerait aussi sur le château et les jardins.

Le capitaine avait tout bien médité et mesuré tout, et il remit sur le tapis son chemin villageois, son mur le long du ruisseau, son remblai.

« En faisant monter, dit-il, un chemin commode sur la hauteur, je gagne juste autant de pierres qu'il m'en faut pour le mur. A partir du moment où l'un des projets s'engrène avec l'autre, les deux s'exécutent à moins de frais et plus vite.

— C'est là qu'intervient, dit Charlotte, ma préoccupation. Il faut nécessairement établir un devis et quand on sait ce qui est nécessaire à l'entreprise, on le répartit, sinon sur des semaines, au moins sur des mois. C'est moi qui tiens les cordons de la bourse, c'est moi qui paie les notes et je tiens les comptes moi-même.

— Tu n'as pas l'air d'avoir beaucoup de confiance en nous, dit Édouard.

— Pas beaucoup en ce qui concerne la fantaisie, répliqua Charlotte. Nous nous entendons mieux que vous à gouverner la fantaisie. »

On prit les dispositions voulues, on commença rapidement le travail ; le capitaine était toujours là, et

Charlotte put constater, presque journellement, le sérieux et la précision de son esprit. Il apprenait aussi à la mieux connaître, et il leur devint facile à tous deux de collaborer et d'aboutir à un résultat.

Il en est des affaires comme de la danse : les personnes qui vont du même pas se deviennent forcément indispensables ; il en doit sortir nécessairement une bienveillance mutuelle, et la meilleure preuve que Charlotte, depuis qu'elle avait appris à le mieux connaître, voulait du bien au capitaine, c'est qu'elle le laissa tout tranquillement, et sans en éprouver le moindre sentiment désagréable, détruire une charmante retraite qu'elle avait particulièrement élue et décorée dans son premier dessein, mais qui s'opposait au nouveau plan.

CHAPITRE VII

De ce que Charlotte avait trouvé une occupation commune avec le capitaine, il résulta qu'Édouard rechercha davantage la compagnie d'Odile. D'ailleurs, depuis quelque temps, un penchant discret et amical l'inclinait en sa faveur. Elle était serviable et prévenante à l'égard de tous ; qu'elle le fût surtout à son endroit, c'est ce que son amour-propre était volontiers disposé à admettre. Il n'y avait pas de doute : les plats qu'il préférait et la manière dont il les préférait, elle l'avait déjà bien remarqué ; le nombre de morceaux de sucre qu'il avait coutume de mettre dans le thé, bien d'autres détails de ce genre, ne lui échappaient point. En particulier elle avait soin de le protéger de tous les courants d'air, à l'égard desquels il témoignait d'une sensibilité excessive, et à propos desquels il se trouvait parfois en opposition avec sa femme qui trouvait qu'il n'y avait jamais assez d'air. De même elle s'entendait aux soins de la pépinière et des parterres. En ce qu'il désirait, elle cherchait à le seconder, ce qui le rendait impatient, elle essayait de l'écarter, si bien qu'en peu de temps elle lui devint indispensable, comme un ange gardien, et il commençait déjà à ressentir péniblement son absence. Il s'ajoutait encore à cela qu'elle semblait plus parlante et plus ouverte, dès qu'ils étaient seuls.

En avançant en âge, Édouard avait toujours gardé quelque chose d'enfantin, qui plaisait particulièrement à la jeunesse d'Odile. Ils aimaient à se rappeler les premiers temps où ils s'étaient vus : ces souvenirs remontaient jusqu'aux débuts de l'inclination d'Édouard pour Charlotte. Odile prétendait se les rappeler comme le plus beau couple de la cour ; et, lorsque Édouard contestait qu'elle pût avoir ce souvenir de sa plus tendre enfance, elle soutenait qu'une circonstance en particulier lui était encore extrêmement présente : un jour, qu'il entrait, elle s'était cachée dans le sein de Charlotte, non par frayeur, mais par une surprise enfantine. Elle aurait pu ajouter : parce qu'il avait fait sur elle une impression très vive, parce qu'il lui avait singulièrement plu.

Dans ces circonstances, bien des affaires que les deux amis avaient précédemment entreprises ensemble, étaient demeurées en suspens, en sorte qu'ils trouvèrent nécessaire d'en reprendre une vue d'ensemble, de rédiger quelques mémoires, d'écrire des lettres. Ils retournèrent donc à leur bureau, où ils trouvèrent le vieux secrétaire désœuvré. Ils se mirent au travail, et lui donnèrent bientôt de l'ouvrage, sans remarquer qu'ils le chargeaient de bien des choses, qu'ils avaient auparavant accoutumé de régler eux-mêmes. Le capitaine n'arrivait pas à se tirer de son premier mémoire, non plus qu'Édouard de sa première lettre. Ils se tracassèrent un certain temps à écrire des brouillons et à les récrire, jusqu'à ce qu'enfin Édouard, qui n'en sortait pas, demandât l'heure.

Or il se trouva que le capitaine avait oublié pour la première fois depuis bien des années de remonter son chronomètre à secondes, et ils parurent sinon ressentir, du moins soupçonner que le temps commençait à leur être indifférent.

Tandis que l'activité des hommes se relâchait quelque peu, celle des femmes augmentait. En général, le train journalier d'une famille, qui résulte de personnes données et de cirscontances déterminées, recueille en soi, comme un vase, une inclination naissante, une passion naissante, et il peut s'écouler un certain temps, avant que cet ingrédient nouveau provoque une fermentation sensible, et s'enfle en écume au-dessus du bord.

Chez nos amis les inclinations réciproques qui naissaient produisaient l'effet le plus agréable; les cœurs s'ouvraient, et une bienveillance générale sortait de la bienveillance particulière. Chacune des parties se sentait heureuse et souriait au bonheur de l'autre.

Une telle situation élève l'esprit, en élargissant le cœur, et tout ce qu'on fait et entreprend a une tendance à la démesure. Les amis ne restaient plus enfermés à la maison. Leurs promenades s'étendaient plus loin, et, tandis qu'Édouard et Odile couraient en avant, pour choisir les sentiers, pour frayer les chemins, le capitaine suivait paisiblement la trace de ces rapides éclaireurs, en s'entretenant sérieusement avec

Charlotte, en prenant intérêt à de petits emplacements nouvellement découverts, à des aspects inattendus.

Un jour, leur promenade les fit descendre, par la porte de l'aile droite du château, vers l'auberge, leur fit franchir le pont vers les étangs, le long desquels ils marchèrent aussi loin qu'on en suivait ordinairement le bord, qui resserré par une colline buissonneuse, puis par des roches, cessait d'être praticable.

Mais Édouard qui, par ses randonnées de chasseur, connaissait la région, poussa plus loin, avec Odile, sur un sentier broussailleux, sachant bien que le vieux moulin, caché entre des rochers, ne pouvait être loin. Mais le sentier peu fréquenté se perdit bientôt, et ils se trouvèrent égarés dans l'épais taillis, entre des pierres moussues. Ce ne fut pas long, car le bruit des roues leur annonça aussitôt le voisinage de l'endroit qu'ils cherchaient.

En s'avançant sur une falaise, ils virent devant eux, dans le fond, la vieille bâtisse de bois, noire, singulière, ombragée par des rochers à pic et par de grands arbres. Ils se décidèrent bon gré mal gré à descendre sur la mousse et les débris de roches, Édouard en tête. Lorsqu'il regardait en l'air et qu'il apercevait Odile le suivant de pierre en pierre, d'une marche légère, sans crainte et sans anxiété, avec le plus bel équilibre, il croyait voir planer au-dessus de lui une créature céleste. Et si parfois, dans les passages difficiles, elle saisissait sa main tendue ou s'appuyait même sur son épaule, il ne pouvait se dissimuler que c'était bien la plus tendre des créatures féminines qui le touchait. Il aurait presque désiré la voir trébucher, glisser, pour pouvoir la prendre dans ses bras, la presser sur son cœur. Mais il ne l'aurait fait en aucun cas pour plus d'une raison : il craignait de la blesser, de lui faire mal.

Le sens de ces mots, nous l'allons apprendre immédiatement. Car, une fois arrivé en bas, lorsqu'il fut assis en face d'elle, à la table rustique, sous les grands arbres, lorsqu'il eut envoyé l'aimable meunière chercher du lait et l'accueillant meunier au-devant de Charlotte et du capitaine, Édouard se mit à parler avec un peu d'hésitation :

« J'ai une prière à vous adresser, chère Odile, pardonnez-la-moi, même si vous la rejetez. Vous ne faites pas mystère — et il n'en est, d'ailleurs, pas besoin — de ce que vous portez sous votre vêtement, sur votre poitrine, une miniature. C'est le portrait de votre père, cet homme excellent, que vous avez à peine connu, et qui, à tous points de vue, mérite une place sur votre cœur. Mais, pardonnez-moi, ce portrait est fâcheusement grand et ce métal, ce verre, me causent mille angoisses, lorsque vous soulevez un enfant, lorsque vous portez quelque chose devant vous, lorsque la voiture cahote, lorsque nous pénétrons à travers bois, précisément tout à l'heure, quand nous descendions du rocher. Je suis terrifié à la pensée qu'un choc imprévu, une chute, un contact pourrait vous être nuisible et funeste. Faites-le pour moi, enlevez ce portrait ! non de votre mémoire, non de votre chambre ; donnez-lui même la place la plus belle, la plus sacrée de votre appartement, mais enlevez de votre poitrine un objet dont le voisinage semble si dangereux, peut-être par l'effet d'une crainte excessive. »

Odile se taisait ; pendant qu'il parlait elle avait regardé devant elle ; ensuite, sans hâte excessive et sans hésitation, tournant les yeux plutôt vers le ciel que vers Édouard, elle détacha la chaîne, attira le portrait, le pressa sur son front, et le tendit à son ami en lui disant :

« Gardez-le-moi jusqu'à notre retour à la maison. Je ne puis mieux vous témoigner combien je sais apprécier votre amicale sollicitude. »

Son ami n'osa point appuyer le portrait sur ses lèvres, mais il prit la main d'Odile et la pressa contre ses yeux. C'étaient peut-être les deux plus belles mains qui se fussent jamais jointes. Ce fut pour lui comme si on lui enlevait un poids du cœur, comme si un mur dressé entre Odile et lui avait été abattu.

Guidés par le meunier, Charlotte et le capitaine descendirent par un sentier plus commode. On se souhaita la bienvenue, on se réjouit, on se rafraîchit. On ne voulait pas rentrer par le même chemin et Édouard proposa un sentier escarpé de l'autre côté du ruisseau, et l'on revit les étangs en le parcourant avec quelque peine. Ensuite on traversa des taillis variés, et l'on apercevait, vers la campagne, des villages, des hameaux, des métairies, avec la verdure et la fécondité de leurs entours ; tout près une métairie qui, sur la hauteur, au milieu du bois, prenait un aspect d'intimité. L'extrême richesse de la contrée, en avant et en arrière, se montra dans tout son éclat sur la colline gravie par une pente douce, d'où l'on parvint à un plaisant bosquet, et, quand on en sortit, on se trouva sur le rocher en face du château.

Qu'ils furent joyeux d'y arriver, pour ainsi dire à l'improviste ! Ils avaient fait le tour d'un monde en miniature. Ils se tenaient à l'endroit où devait s'élever le nouveau bâtiment et ils revoyaient la fenêtre de leur maison.

On descendit à la cabane de mousse, et, pour la première fois, on s'y installa à quatre. Rien de plus naturel que d'exprimer unanimement le désir de voir le chemin qu'on avait parcouru lentement et non sans peine, tracé et agencé de telle façon qu'on le pût suivre de compagnie, en flânant et avec facilité. Chacun fit ses propositions et l'on calcula que le chemin, qui leur avait demandé plusieurs heures de marche, une fois bien établi, ramènerait au château en une heure. Déjà on lançait en pensée, en aval du moulin, là où le ruisseau s'écoule dans les étangs, un pont, qui raccourcirait la route et qui ornerait le paysage, quand Charlotte prescrivit un peu de repos aux imaginations inventives en rappelant les frais qui seraient nécessaires à l'entreprise.

« On peut s'en tirer encore, reprit Édouard. Cette métairie dans la forêt qui a l'air si bien située et qui rapporte si peu, nous n'avons qu'à la vendre et à employer à ces promenades ce que nous en tirerons. Ainsi, nous dépenserons avec plaisir en inestimables promenades les intérêts d'un capital bien placé, tandis qu'aujourd'hui nous en tirons péniblement, tout compte fait, au bout de l'année, un misérable revenu. »

Charlotte elle-même ne pouvait, en bonne ménagère, objecter grand'chose à cela. On en avait déjà discuté précédemment. Le capitaine voulait faire un plan de répartition des parcelles entre les bûcherons ; mais Édouard voulait procéder plus vite et plus commodément. Le fermier actuel, qui avait déjà fait des offres, recevrait le fonds, le paierait par termes, et, par termes aussi, on réaliserait, morceau par morceau, les promenades projetées.

Un arrangement si raisonnable et si prudent devait obtenir une approbation complète et toute la compagnie voyait déjà, en esprit, serpenter les nouveaux chemins sur lesquels et près desquels on espérait encore découvrir les plus agréables retraites et les plus charmantes vues.

Pour se mieux représenter tout dans le détail, on déploya, le soir, à la maison, le nouveau plan. On examina le chemin parcouru et les moyens de le tracer peut-être plus avantageusement encore en certains endroits. Tous les projets précédents furent de nouveau discutés et combinés avec les idées nouvelles ; l'emplacement de la nouvelle construction, en face du château, fut de nouveau approuvé, et le circuit des chemins y vint aboutir.

Odile s'était tue pendant tout le temps, quand Édouard tourna vers elle le plan qui avait été jusque-là placé devant Charlotte, et l'invita en même temps à dire son avis. Comme elle hésitait un instant, il l'encouragea affectueusement à ne pas s'obstiner au silence ; puisque rien n'était encore décidé et n'avait encore pris forme.

« Quant à moi, dit Odile, en posant le doigt sur le point le plus élevé de la hauteur, c'est ici que je bâtirais la maison. On ne verrait pas le château, à vrai dire, car il est masqué par le bois ; mais, par contre, on se trouverait comme dans un monde différent et neuf, en ce sens que le village et toutes les habitations seraient cachés en même temps. La vue sur les étangs, vers le moulin, sur les coteaux, les montagnes, vers la campagne, est extraordinairement belle : je l'ai remarqué en passant.

— Elle a raison ! s'écria Édouard. Comment cela ne nous est-il pas venu à l'idée ? N'est-ce pas, Odile, vous l'entendez ainsi ? »

Il prit un crayon et traça à gros traits un rectangle allongé sur la colline.

Le capitaine en fut atteint au cœur ; car il lui était

pénible de voir gâter de cette façon un plan soigné et dessiné avec propreté ; cependant il se ressaisit après une timide désapprobation et se rallia à l'idée exprimée.

« Odile a raison, dit-il. Ne fait-on pas volontiers une longue promenade pour prendre le café, pour goûter d'un poisson, qu'on n'aurait pas trouvé aussi savoureux chez soi ? Nous exigeons du changement et des objets qui nous dépaysent. Les anciens ont agi avec raison en construisant ici le château, car il est à l'abri des vents et proche de tous les besoins journaliers ; en revanche, un bâtiment destiné à un séjour de plaisance plutôt qu'à l'habitation conviendra là fort bien, et procurera, à la belle saison, les heures les plus agréables. »

Plus on discuta l'affaire, plus elle parut avantageuse et Édouard ne put dissimuler son triomphe de ce que l'idée vînt d'Odile. Il en était aussi fier que si elle eût été de son invention.

CHAPITRE VIII

Dès le petit jour, le capitaine étudia l'emplacement, traça d'abord un croquis léger, et, quand la compagnie se fut décidée à nouveau sur les lieux, un plan précis avec devis et tout ce qu'il fallait. On ne manqua point de procéder aux préparatifs indispensables. L'affaire de la vente de la métairie fut aussitôt reprise. Les hommes trouvaient une nouvelle occasion d'activité commune.

Le capitaine fit remarquer à Édouard que ce serait

une gentillesse et même un devoir de fêter l'anniversaire de Charlotte par la pose de la première pierre. Il n'en fallait guère plus pour surmonter la vieille aversion d'Édouard à l'égard des fêtes de ce genre, car il lui vint rapidement à l'esprit de célébrer aussi fort solennellement l'anniversaire d'Odile, qui tombait plus tard.

Charlotte, qui trouvait un sujet de graves préoccupations et même d'inquiétude aux dispositions nouvelles, et à ce qui en adviendrait, s'employait à revoir personnellement les devis, la répartition du temps et des dépenses. On se voyait moins pendant le jour et l'on se réunissait avec d'autant plus d'empressement le soir.

Cependant Odile était devenue complètement maîtresse de maison, et comment en eût-il été autrement avec sa tranquille sûreté ? Toute sa manière d'être la portait vers l'intérieur et les soins domestiques, plutôt que vers le monde et la vie du dehors. Édouard remarqua bientôt que c'était par simple complaisance qu'elle les accompagnait dans la campagne, et par devoir mondain qu'elle prolongeait les soirées au-dehors ; parfois elle prenait prétexte de son activité domestique pour rentrer. Très rapidement il s'entendit à organiser les excursions en commun, de façon que l'on fût de retour à la maison avant le coucher du soleil, et il recommença — alors qu'il y avait longtemps renoncé — à lire tout haut des poèmes, surtout de ceux où il pouvait mettre l'expression d'un amour pur, mais passionné.

Ordinairement ils s'asseyaient, le soir, autour d'une petite table, chacun à sa place traditionnelle : Charlotte sur le canapé, Odile sur un siège en face d'elle ; et les hommes occupaient les deux autres côtés. Odile était à droite d'Édouard, et c'est là qu'il mettait la lampe lorsqu'il lisait. Alors Odile s'approchait pour regarder dans le livre, car elle aussi se fiait plus à ses propres yeux qu'à des lèvres étrangères, et Édouard se poussait à son tour pour la mettre pleinement à son aise. Souvent il s'arrêtait même plus longtemps qu'il n'eût été nécessaire, afin de ne pas tourner la page avant qu'elle fût arrivée au bout.

Charlotte et le capitaine le remarquaient fort bien, et se regardaient quelquefois en souriant ; mais ils furent tous deux surpris par un autre signe où se manifesta accidentellement la secrète inclination d'Odile.

Un jour qu'une visite importune avait fait perdre à la petite compagnie une partie de la soirée, Édouard proposa de demeurer encore ensemble. Il se sentait disposé à prendre sa flûte, qui depuis longtemps n'avait pas été à l'ordre du jour. Charlotte chercha les sonates qu'ils avaient coutume d'exécuter ensemble, et comme elle n'arrivait pas à les trouver, Odile avoua, après une certaine hésitation, qu'elle les avait emportées dans sa chambre.

« Et vous pouvez, vous voulez m'accompagner au clavecin ? s'écria Édouard, dont les yeux brillaient de joie.

— Je crois, répondit Odile, que cela marchera. »

Elle apporta la musique et se mit au clavecin. Les auditeurs devinrent attentifs et furent surpris de la perfection avec laquelle Odile avait étudié toute seule les morceaux, mais plus encore de sa science à s'adapter au jeu d'Édouard. « Science à s'adapter » n'est pas la véritable expression : car, s'il dépendait de l'habileté et de la libre volonté de Charlotte de s'arrêter ici, de suivre là, par égard pour son mari, qui tantôt retardait, tantôt pressait le mouvement, Odile, qui les avait quelquefois entendus jouer les sonates, paraissait ne les avoir étudiées que dans le sens où il les accompagnait. Elle s'était si bien assimilé ses défauts, qu'il en résultait une sorte d'ensemble vivant, qui sans doute n'allait pas en mesure, mais dont la sonorité était extrêmement agréable et plaisante. Le compositeur lui-même aurait eu du plaisir à entendre son œuvre si aimablement déformée.

Charlotte et le capitaine assistaient en silence à cette scène étrange, inattendue, avec le sentiment qu'on a souvent pour considérer des actions enfantines qu'on n'approuve pas précisément, à cause de leurs conséquences inquiétantes, et que pourtant l'on ne peut blâmer, que peut-être même on doit envier. Car l'inclination de ces deux êtres était en progrès, tout comme celle des deux autres, et peut-être plus dangereuse encore, parce qu'ils étaient l'un et l'autre plus sérieux, plus sûrs d'eux-mêmes, plus capables de se contenir.

Déjà le capitaine commençait à sentir qu'une habitude irrésistible menaçait de l'enchaîner à Charlotte. Il prit sur lui d'éviter les heures où Charlotte avait coutume de venir dans les jardins, en se levant de grand matin, en donnant ordre à tout, et en se retirant pour travailler dans l'aile du château où il demeurait. Les premiers jours Charlotte crut à un hasard ; elle le chercha dans tous les endroits vraisemblables ; ensuite elle crut le comprendre et ne l'en estima que plus.

Si le capitaine évitait de se trouver seul avec Charlotte, il n'en était que plus diligent à pousser et hâter les préparatifs de la fête brillante de l'anniversaire qui approchait. Tout en faisant monter en effet, de bas en haut, un chemin commode en arrière du village, il faisait travailler aussi de haut en bas, sous prétexte de casser des pierres, et il avait tout organisé et calculé pour qu'au cours de la dernière nuit les deux tronçons du chemin se rencontrassent. Les caves destinées à la nouvelle bâtisse du haut étaient déjà plus amorcées que creusées, et l'on avait taillé une belle pierre de fondation avec des cases et des plaques de couverture.

L'activité extérieure, ces petites intentions amicales et secrètes jointes à des sentiments plus ou moins refoulés, ne permettaient pas aux entretiens de la compagnie, quand elle se trouvait rassemblée, de s'animer beaucoup, au point qu'Édouard, qui ressentait un malaise, invita un soir le capitaine à prendre son violon et à accompagner Charlotte au clavecin. Le capitaine ne pouvait résister à la demande générale, et ils exécutèrent tous deux, avec sentiment, avec aisance et liberté, un des morceaux les plus difficiles, qui leur fit le plus grand plaisir, ainsi qu'au couple qui écoutait. On se promit de recommencer souvent et d'étudier davantage de compagnie.

« Ils jouent mieux que nous, Odile, dit Édouard. Admirons-les, mais réjouissons-nous pourtant ensemble. »

CHAPITRE IX

L'anniversaire était arrivé, et tout se trouvait prêt : l'ensemble du mur qui ceignait le chemin du village du côté de l'eau et le relevait, de même le chemin qui passait le long de l'église, où il se poursuivait un certain temps par le tracé du sentier établi par

Charlotte, puis serpentait en gravissant les rochers, laissant la cabane de mousse à gauche et au-dessus, et ensuite, après un tournant complet, à gauche et au-dessous, pour parvenir peu à peu de la sorte sur le sommet.

Ce jour-là il s'était rassemblé une société nombreuse. On alla à l'église, où l'on trouva réunie la paroisse endimanchée. Après le service divin, les garçons, les jeunes gens et les hommes prirent les devants, ainsi qu'il était prescrit ; ensuite venaient les châtelains avec leurs invités et leur suite ; les fillettes, les jeunes filles et les femmes fermaient la marche. Au détour du chemin, on avait aménagé dans les rochers un emplacement surélevé ; le capitaine invita Charlotte et ses hôtes à s'y reposer. De là, ils découvraient tout le chemin, la troupe des hommes qui avait déjà monté, les femmes marchant à leur suite et qui, maintenant, défilaient. C'était, par un temps magnifique, un coup d'œil admirable. Charlotte se sentit surprise, touchée et pressa tendrement la main du capitaine.

On suivit la foule qui s'avançait lentement, et qui avait déjà formé le cercle autour du futur chantier. Le maître de l'œuvre, les siens et les hôtes les plus distingués furent invités à descendre dans le fond où la première pierre, soutenue d'un côté, était prête à la pose. Un maçon, fort propre, la truelle dans une main, le marteau dans l'autre, fit un agréable discours en vers, que nous ne pouvons rendre qu'imparfaitement en prose [5].

« Il y a, dit-il, trois points à observer dans un bâtiment : qu'il soit placé au bon endroit, que ses fondations soient bonnes et qu'il soit parfaitement exécuté. Le premier est l'affaire proprement dite du maître de l'œuvre : car, de même qu'en ville c'est seulement prince et commune qui peuvent déterminer l'endroit où l'on doit bâtir, à la campagne c'est le privilège du maître du sol de dire : « Ici sera ma demeure et nulle part ailleurs. »

Édouard et Odile n'osèrent se regarder en entendant ces mots, bien qu'ils fussent tout près l'un de l'autre et se fissent face.

« Le troisième point, l'achèvement, concerne de nombreux métiers ; il en est même peu qui n'y soient pas occupés. Mais le second point, la fondation, regarde le maçon, et, nous le dirons hardiment, c'est le plus important de toute l'entreprise. C'est une affaire sérieuse, et notre invitation est sérieuse : car cette solennité se célèbre dans la profondeur. Ici, à l'intérieur de cette étroite excavation, vous nous faites l'honneur de paraître pour témoigner de notre mystérieux travail. Nous allons poser cette pierre bien taillée, et bientôt les parois de ces tranchées, ornées de belles et dignes personnes, ne seront plus accessibles : elles seront comblées.

» Cette première pierre, dont le coin marque l'angle de droite du bâtiment, dont la taille à angle droit précise la régularité de ce bâtiment, dont les faces verticales et horizontales indiquent l'aplomb et le niveau de tous les murs et de toutes les parois ; nous pourrions la poser, sans autre forme de procès car son propre poids suffirait à assurer son assiette ; mais, ici même, la chaux et le ciment ne doivent pas manquer ; car, de même que les hommes, qui, par nature, inclinent à l'union, offrent une cohésion plus grande lorsque la loi les lie, de même les pierres dont les formes se correspondent sont mieux unies encore par ces forces de liaison ; et, comme il ne sied pas d'être oisif parmi les gens qui travaillent, vous ne dédaignerez pas de collaborer ici avec nous. »

Là-dessus il tendit sa truelle à Charlotte, qui s'en servit pour jeter de la chaux sous la pierre. On invita plusieurs personnes à en faire autant, et la pierre fut posée aussitôt ; après quoi le marteau fut présenté à Charlotte et aux autres, afin de consacrer expressément, en frappant trois coups, l'union de la pierre avec le sol.

« Le travail du maçon, poursuivit l'orateur, qui se fait maintenant, sans doute, à l'air libre, s'accomplit sinon toujours dans le secret, du moins pour le secret. Les fondations, régulièrement exécutées, sont recouvertes, et, même, devant les murs que nous élevons au jour, on pense en définitive à peine à nous. Les travaux du tailleur de pierre et du sculpteur sautent plus aux yeux, et nous devons même nous résigner à ce que le peintre efface entièrement les traces de nos mains et s'approprie notre ouvrage en le revêtant, le lissant et le colorant.

» A qui doit-il donc importer plus qu'au maçon, de travailler pour son honneur en faisant un travail honorable ? Qui donc a lieu plus que lui de nourrir son amour-propre même ? Quand la maison est achevée, quand le sol est aplani et carrelé, quand l'extérieur est couvert d'ornements, son œil continue à traverser toutes ces enveloppes et reconnaît encore les joints réguliers et soignés, auxquels l'ensemble doit l'existence et le maintien.

» Mais, de même que celui qui a commis une mauvaise action doit craindre que, malgré toutes ses défenses, elle ne vienne à la lumière, de même celui qui a fait le bien en secret doit s'attendre à le voir aussi mis au jour contre sa volonté. C'est pourquoi de cette première pierre nous faisons une pierre à commémoration. Dans ces divers creux taillés vont être introduits divers objets, destinés à servir de témoignages à un lointain avenir. Ces étuis de métal soudés renferment des documents, sur ces plaques de métal sont gravés toutes sortes de faits remarquables, dans ces belles bouteilles de verre, nous ensevelissons le meilleur vin vieux, avec l'indication de son âge ; il ne manque pas de monnaies de diverses sortes, frappées cette année ; tout cela nous le devons à la générosité du maître de notre œuvre. Et il y a encore de la place, s'il plaisait à l'un des invités et des spectateurs de transmettre quoi que ce soit à la postérité. »

Après un bref arrêt, le compagnon regarda autour de lui ; mais, comme il arrive habituellement en pareil cas, personne n'était préparé, tout le monde surpris, jusqu'à ce qu'un jeune et joyeux officier commençât enfin et dit :

« Si je dois fournir une contribution qui n'ait pas été encore mise dans ce trésor, je vais couper à mon uniforme quelques boutons qui méritent bien aussi de parvenir à la postérité. »

Aussitôt dit, aussitôt fait, et plusieurs autres eurent des inspirations analogues. Les dames ne feignirent point de déposer de petits peignes de chevelure, des flacons de parfum et d'autres parures. Seule Odile hésitait : enfin Édouard l'arracha par un mot amical à la contemplation de tous les objets offerts et déposés. Elle détacha alors de son cou la chaîne d'or qui avait porté le portrait de son père, et elle la posa, d'une main légère, sur les autres bijoux ; après quoi Édouard fit en sorte, avec quelque précipitation, que le couvercle bien ajusté fût rabattu et cimenté sur-le-champ.

Le jeune compagnon, qui s'était montré de tous le plus actif, reprit son attitude d'orateur et poursuivit :

« Nous posons cette pierre pour l'éternité, pour assurer la plus longue des jouissances aux propriétaires présents et futurs de cette maison. Mais, en enterrant ici, en quelque sorte, un trésor, nous pensons ensemble, dans cet ouvrage, le plus solide de tous, à la fragilité des choses humaines ; nous pouvons imaginer que ce couvercle, fortement scellé, soit soulevé, un jour, ce qui ne saurait arriver que si tout ce que nous n'avons pas même exécuté encore était détruit.

» Mais précisément, pour construire, arrière les pensées d'avenir ! revenons au présent ! Après la fête de ce jour, empressons-nous aussitôt au travail, pour qu'aucun des métiers qui travailleront sur nos fondations ne soit forcé de chômer ; pour que le bâtiment monte et s'achève promptement, et pour que des fenêtres, qui n'existent pas encore, le maître, avec les siens et ses hôtes, fasse joyeusement un tour d'horizon. A leur santé à tous, à celle de tous les assistants, que l'on boive ! »

Il vida alors d'un seul trait une coupe bien taillée, et la jeta en l'air : car c'est le signe d'une surabondance de joie que de détruire le vase dont on s'est servi dans le plaisir. Mais, cette fois, il en advint autrement : la coupe ne retomba pas à terre, et cela sans le moindre miracle.

En effet, pour avancer la construction, on avait déjà entièrement creusé la fouille, à l'angle opposé ; on avait même commencé à élever les murs, et à cette fin dressé l'échafaudage aussi haut qu'il en était besoin.

Pour cette cérémonie en particulier, on l'avait garni de planches et on y avait laissé monter une foule de spectateurs au grand profit des ouvriers. C'est là-haut que la coupe vola et fut saisie par quelqu'un qui vit dans ce hasard un heureux présage pour lui. Il la montra à la ronde, sans la lâcher, et l'on y vit les lettres E et O gravées en un élégant entrelacement. C'était un des verres qui avait été fabriqués pour Édouard dans sa jeunesse.

Les échafaudages s'étaient de nouveau vidés, et les plus lestes des invités y montèrent pour regarder autour d'eux ; ils ne pouvaient assez vanter la belle vue de tous les côtés. Car que ne découvre pas celui qui, sur un point élevé, monte seulement un étage plus haut ? Vers l'intérieur du pays se révélaient plusieurs nouveaux villages ; on apercevait nettement le ruban argenté du fleuve ; quelqu'un prétendit même découvrir les clochers de la capitale. En arrière, derrière les collines boisées, s'élevaient les cimes bleues d'une montagne lointaine et l'on embrassait l'ensemble de la région voisine.

« Il ne nous faudrait plus, dit l'un, que réunir les trois étangs en un lac ; alors la vue comprendrait tout ce qui est grand et désirable.

— Cela pourrait se faire, dit le capitaine, car ils formaient déjà autrefois un lac de montagne.

— Je prie seulement, dit Édouard, qu'on épargne mon groupe de platanes et de peupliers, qui fait si bien sur l'étang du milieu. Voyez, dit-il en se tournant vers Odile, qu'il fit avancer de quelques pas, avec un geste vers les fonds : ces arbres, c'est moi-même qui les ai plantés.

— Combien y a-t-il de temps qu'ils sont là ? demanda Odile.

— Autant, à peu près, que vous êtes au monde, répondit Édouard. Oui, ma chère enfant, je plantais déjà que vous étiez encore au berceau. »

La compagnie retourna au château. La table quittée, elle fut invitée à une promenade à travers le village, pour y prendre connaissance des arrangements nouveaux. Sur les instructions du capitaine, les habitants s'étaient réunis devant leurs maisons : ils n'étaient pas en rangs, mais se groupaient naturellement par familles, les uns livrés aux occupations que réclame la soirée, les autres se reposant sur des bancs neufs. On leur avait imposé l'agréable devoir de renouveler, au moins tous les dimanches et jours de fête, cette propreté, cet ordre.

Une intimité doublée d'affection, comme celle qui était née entre nos amis, ne saurait être que désagréablement rompue par une trop nombreuse compagnie. Ils furent contents tous quatre de se retrouver seuls dans le grand salon ; mais ce sentiment de paix domestique fut quelque peu troublé, parce qu'une lettre, remise à Édouard, annonçait de nouveaux hôtes pour le lendemain.

« Comme nous l'avions supposé, dit Édouard à Charlotte, le comte ne se fera pas attendre : il arrive demain.

— Alors, la baronne n'est pas loin, répliqua Charlotte.

— Certes non ! Elle arrivera aussi demain de son côté. Ils nous demandent de les loger pour la nuit et veulent repartir ensemble après-demain.

— Il nous faut faire nos préparatifs à temps, Odile, dit Charlotte.

— Quels sont vos ordres pour l'installation ? » demanda Odile.

Charlotte les donna d'une manière générale et Odile s'éloigna.

Le capitaine se renseigna sur les rapports qui

existaient entre ces deux personnes, car il ne les connaissait que vaguement. Autrefois, alors qu'ils étaient l'un et l'autre mariés ailleurs, ils s'étaient passionnément aimés. Les deux ménages ne furent point troublés sans faire scandale ; on songea au divorce. Pour la baronne il était devenu possible, non pour le comte. Ils durent se quitter en apparence ; mais leur liaison subsista ; et si, l'hiver, ils ne pouvaient être ensemble à la résidence, ils se rattrapaient pendant l'été en voyage et aux eaux. Ils étaient l'un et l'autre un peu plus âgés qu'Édouard et Charlotte et tous francs amis, de leur ancien temps de cour. On avait toujours conservé de bonnes relations, bien que l'on n'approuvât pas tout chez ses amis. Cette fois, seulement, Charlotte trouva que leur arrivée tombait fort mal, et, si elle en avait bien recherché la raison, elle aurait reconnu que c'était au fond à cause d'Odile. Cette excellente et pure enfant ne devait pas avoir si tôt sous les yeux un tel exemple.

« Ils auraient bien pu rester encore quelques jours où ils sont, dit Édouard, comme Odile entrait, jusqu'à ce que nous ayons réglé la vente de la métairie. Le projet est prêt et j'en ai une copie, mais j'aurais besoin de la seconde, et notre vieux secrétaire est bien malade. »

Le capitaine offrit ses services, Charlotte aussi : il y avait quelques objections là contre.

« Donnez-le-moi donc ! s'écria Odile avec quelque précipitation.

— Tu n'en viendras pas à bout, dit Charlotte.

— C'est vrai que j'en aurai besoin après-demain matin, et c'est beaucoup de travail, dit Édouard.

— Ce sera fait », dit Odile, et elle tenait déjà la feuille en main.

Le jour suivant, comme ils guettaient, de l'étage supérieur, l'arrivée de leurs hôtes, parce qu'ils ne voulaient pas manquer d'aller au-devant d'eux, Édouard dit :

« Qui est-ce donc qui approche si lentement sur la route, à cheval ? »

Le capitaine décrivit plus exactement l'aspect du cavalier.

« C'est donc lui ! reprit Édouard, car le détail, que tu distingues mieux que moi, s'accorde parfaitement avec l'ensemble que je vois fort bien. C'est Courtier. Mais pourquoi diable va-t-il lentement, si lentement ? »

Le personnage approcha, et c'était en effet Courtier. On le reçut amicalement, comme il montait lentement l'escalier.

« Pourquoi n'êtes-vous pas venu hier ? lui cria Édouard.

— Je n'aime pas les fêtes bruyantes, répondit-il, mais je viens aujourd'hui pour fêter en retard, avec vous, dans le calme, l'anniversaire de mon amie.

— Comment donc pouvez-vous trouver tant de temps ? demanda Édouard en plaisantant.

— Ma visite, si tant est qu'elle ait pour vous quelque valeur, vous la devez à une réflexion que j'ai faite hier. J'ai passé la moitié du jour à me réjouir bien cordialement dans une maison où j'avais fait la paix, et j'ai appris alors qu'on fêtait ici l'anniversaire. « A la fin on pourra te traiter d'égoïste, ai-je pensé à part moi, de ne vouloir te réjouir qu'avec ceux que tu as amenés à faire la paix. Pourquoi ne pas te réjouir encore une bonne fois avec des amis qui gardent et entretiennent la paix ? » Aussitôt dit, aussitôt fait. Me voilà, comme je l'avais projeté.

— Hier, vous auriez trouvé nombreuse compagnie, dit Charlotte : aujourd'hui, vous n'en trouverez qu'une petite. Vous verrez le comte et la baronne, qui vous ont déjà donné aussi tablature. »

Du milieu des quatre amis qui avaient entouré cet homme singulier et bienvenu, Courtier bondit avec mauvaise humeur et vivacité et chercha aussitôt son chapeau et sa cravache.

« Une mauvaise étoile me poursuit donc toujours, dès que je veux me reposer une bonne fois et prendre du bon temps ! Mais aussi pourquoi sortir de mon caractère ? Je n'aurais pas dû venir, et me voilà chassé. Car je ne veux pas rester sous le même toit que ces gens-là. Et prenez garde à vous : ils n'apportent rien que le malheur. Leur nature est comme un levain qui contamine tout. »

On tâcha de l'apaiser, mais en vain.

« Quiconque attaque devant moi le mariage, s'écria-t-il, quiconque par la parole et même par l'action sape ce fondement de toute moralité sociale, aura affaire à moi. Ou, si je ne puis le mettre à la raison, je ne veux avoir rien de commun avec lui. Le mariage est le principe et le sommet de toute civilisation. Il adoucit le sauvage, et l'être le plus cultivé n'a pas de meilleure occasion de montrer sa douceur. Il doit être indissoluble, car il apporte tant de bonheur, que tout malheur particulier n'a pas à entrer en ligne de compte. Et que vient-on parler de malheur ? C'est l'impatience qui assaille l'homme de temps en temps, et alors il lui plaît de se trouver malheureux. Qu'on laisse passer ce moment, et l'on s'estimera heureux que ce qui a subsisté si longtemps subsiste encore. Se séparer ? Il n'est point de raison suffisante de le faire. La condition humaine est si haut placée dans les douleurs et les joies, qu'on ne peut absolument pas calculer ce que deux époux se doivent l'un à l'autre. C'est une dette infinie, qui ne saurait être supprimée que par l'éternité. Que cela puisse être quelquefois incommode, je le crois volontiers, et c'est justement ce qu'il faut. Ne sommes-nous pas aussi mariés avec notre conscience, dont nous voudrions souvent être débarrassés, parce qu'elle est plus incommode qu'un mari ou une femme ne pourrait jamais l'être ? »

C'est ainsi qu'il parlait vivement, et sans doute aurait-il continué longtemps encore, si les postillons, sonnant du cor, n'eussent annoncé l'arrivée de leurs maîtres, qui entrèrent des deux côtés en même temps, et comme s'ils se fussent concertés, dans la cour du château. Tandis que les habitants s'empressaient au-devant d'eux, Courtier se cacha, fit conduire son cheval à l'auberge et s'éloigna mécontent.

CHAPITRE X

On souhaita la bienvenue aux hôtes et on les introduisit. Ils prirent plaisir à pénétrer de nouveau dans la maison, dans les pièces, où ils avaient naguère passé tant d'heureux jours, et qu'ils n'avaient pas vues depuis longtemps. Leur présence fut aussi extrêmement agréable aux amis. Le comte et la baronne faisaient partie de ces créatures nobles et belles, dont on préfère presque la maturité à la jeunesse : car, quand bien même elles perdraient quelque chose de leur première fleur, elles éveillent alors, avec la sympathie, une confiance sans réserve. Et ce couple était d'un abord civil. La liberté avec laquelle ils prenaient et traitaient la vie, leur gaieté, et leur air d'aisance étaient contagieux et une haute dignité enveloppait le tout, sans que l'on pût remarquer aucune espèce de contrainte.

La compagnie se ressentit aussitôt de cette influence. Les nouveaux arrivants, qui venaient tout droit du monde ainsi qu'on pouvait le voir à leurs habits, à leur équipage et à tout ce qui les entourait, faisaient avec nos amis, avec leur existence campagnarde et secrètement passionnée, une sorte de contraste, mais qui s'effaça bientôt, car les vieux souvenirs et la sympathie présente se mêlèrent, et la vivacité d'une rapide conversation vint les unir tous promptement.

Une séparation ne tarda cependant pas à s'établir. Les dames se retirèrent dans leur aile, et y trouvèrent une distraction suffisante en se faisant de nombreuses confidences et en entreprenant en même temps de passer en revue les formes et les coupes les plus nouvelles des robes de printemps, des chapeaux et autres colifichets, tandis que les hommes s'occupaient de voitures nouvelles, de présentation de chevaux, et se mettaient aussitôt à en faire marché ou échange.

On ne se retrouva qu'à table. On avait changé de toilette, et là encore les arrivants se montrèrent à leur avantage. Tout ce qu'ils portaient était nouveau, donnait l'impression de n'avoir jamais été vu et cependant paraissait déjà devenu habituel et commode par l'usage.

La conversation fut vive et variée, car, avec des gens de cette sorte, il semble qu'il suffise, pour intéresser, de tout et de rien. On se servait de la langue française pour n'être pas entendu du service ; et l'on conversait à bâtons rompus, avec un malin plaisir, du grand monde et du monde bourgeois. Sur un seul point la conversation s'arrêta plus que de raison, Charlotte s'étant enquise d'une amie d'enfance, et apprenant avec quelque surprise qu'elle était sur le point de divorcer.

« Il est pénible, dit-elle, lorsque l'on croit ses amis absents une bonne fois à l'abri, et une amie qu'on aime, bien pourvue, d'apprendre sans qu'on s'en doute que son sort est chancelant, et que son existence va s'engager sur de nouveaux sentiers peut-être aussi peu sûrs.

— Ma chère, répliqua le comte, c'est bien notre faute, si nous sommes surpris de la sorte. Nous aimons à nous figurer les choses humaines, et en particulier les liens du mariage, comme tout à fait durables ; et, pour ce qui regarde le dernier point, nous nous laissons conduire par les comédies que nous voyons répéter sans cesse, à ces imaginations qui ne concordent point avec le train du monde. A la comédie, le mariage nous apparaît comme le but suprême d'un désir différé par des obstacles pendant plusieurs actes ; et, à l'instant même où il est atteint, le rideau tombe, et cette satisfaction momentanée se prolonge en nous. Dans le monde, il en va autrement : derrière le rideau, le jeu continue, et s'il se relève, on aimerait mieux n'en plus rien voir, n'en plus rien entendre.

— Ce ne doit pas être si terrible, dit Charlotte en souriant, puisque même des acteurs qui sont descendus de ce théâtre y voudraient bien jouer de nouveau un rôle.

— Il n'y a rien à répliquer à cela, dit le comte : on prend volontiers un nouveau rôle, et, quand on connaît le monde, on voit bien aussi que, dans le mariage, ce n'est que cette durée absolue, éternelle, entre tant de choses changeantes au monde, qui porte en soi quelque chose de choquant. Un de mes amis, dont la bonne humeur se manifestait surtout en projets de lois nouvelles, soutenait que tout mariage ne devrait être conclu que pour cinq ans. C'est, disait-il, un beau nombre, un nombre impair et sacré, ce délai est juste suffisant pour apprendre à se connaître, pour mettre au monde quelques enfants, se brouiller, et, ce qui est le plus beau, se raccommoder. Il s'écriait d'ordinaire : « Que les premiers temps passeraient heureusement ! Deux ans, trois ans, pour le moins, s'écouleraient dans la joie. Ensuite une des parties tiendrait sans doute à voir la liaison durer plus longtemps, les égards augmenteraient à mesure qu'on approcherait du terme de la résiliation. La partie indifférente et même la partie mécontente serait apaisée et gagnée par cette conduite. Comme on oublie les heures en bonne compagnie, on oublierait que le temps passe, et l'on se trouverait fort agréablement surpris lorsqu'on s'apercevrait, après l'expiration du terme, qu'il a été tacitement prolongé. »

Si agréable et spirituel que fût ce discours, et bien que l'on pût, comme Charlotte le sentait bien, donner de cette plaisanterie une interprétation morale profonde, cependant les sorties de ce genre lui étaient désagréables, surtout à cause d'Odile. Elle savait fort bien que rien n'est plus dangereux qu'une conversation trop libre, qui présente comme normale, naturelle et même digne de louange, une situation blâmable ou à demi blâmable, et assurément il y faut faire entrer tout ce qui porte atteinte à l'union conjugale. Elle chercha donc, avec son habituelle adresse, à détourner la conversation ; comme elle n'y arriva point, elle regretta qu'Odile eût tout organisé assez bien pour n'être pas obligée de se lever. L'enfant, tranquille et attentive, n'avait qu'à s'entendre par un regard et par un signe avec le maître d'hôtel, pour que tout marchât à la perfection, bien que quelques nouveaux domestiques assez maladroits portassent la livrée.

Ainsi, le comte, sans remarquer la diversion de Charlotte, continua de s'expliquer sur ce sujet. Lui, qui, en général, n'avait coutume d'être le moins du monde importun dans la conversation, avait cette affaire-là trop sur le cœur, et les difficultés qu'il éprouvait à se séparer de sa femme le rendaient amer en tout ce qui concerne le lien conjugal, qu'il désirait toutefois, si ardemment, avec la baronne.

« Cet ami, poursuivit-il, présentait encore un autre projet de loi. Un mariage ne devait être tenu pour indissoluble que quand les deux parties, ou du moins l'une d'elles, auraient été mariées pour la troisième fois. Car, une personne de cet acabit reconnaissait incontestablement qu'elle regardait le mariage comme indispensable. On savait déjà aussi comment elle s'était comportée dans ses précédents liens, et si elle avait de ces singularités qui donnent souvent plus lieu aux séparations que les mauvaises qualités. On n'avait donc qu'à se renseigner réciproquement ; on aurait à prendre garde aux gens mariés, aussi bien qu'aux non mariés, parce qu'on ne sait pas ce qui peut se produire.

— L'intérêt de la société s'en trouverait sans doute accru, dit Édouard, car aujourd'hui, par le fait, quand nous sommes mariés, personne ne s'inquiète plus de nos qualités, de nos défauts.

— Avec une organisation comme celle-là, interrompit en souriant la baronne, nos aimables hôtes auraient déjà franchi heureusement deux degrés et pourraient se préparer au troisième.

— Les choses vous ont réussi, dit le comte : la mort a fait de bonne volonté ce que les consistoires ont accoutumé de ne faire que de mauvaise grâce.

— Laissons les morts en paix, reprit Charlotte, avec un regard à moitié grave.

— Pourquoi ? reprit le comte, puisqu'on peut les évoquer avec honneur. Ils ont été assez modestes pour se contenter de quelques années, en échange de tout le bien qu'ils ont laissé derrière eux.

— Si seulement, dit la baronne avec un soupir étouffé, il ne fallait pas, dans des cas comme celui-ci, porter au sacrifice ses meilleures années !

— C'est vrai, reprit le comte ; il y aurait de quoi se désoler si, dans le monde, il n'y avait si peu de chose à tourner comme on l'espérait. Les enfants ne tiennent pas ce qu'ils promettent ; les jeunes gens très rarement, et, quand ils gardent leur parole, c'est le monde qui ne la leur garde pas. »

Charlotte, contente de voir la conversation prendre un autre tour, reprit avec gaieté :

« Eh bien ! il faut nous habituer assez tôt à ne jouir de ce qui est bon que par morceaux et par parties.

— Assurément, répondit le comte, vous avez connu tous deux de très beaux jours. Quand je me rappelle les années où vous formiez, avec Édouard, le plus beau couple de la cour ! Il n'est plus question aujourd'hui de temps aussi brillants ni de figures aussi radieuses. Lorsque vous dansiez ensemble, les yeux de tous étaient fixés sur vous, et combien vous étiez sollicités tous deux, tandis que vous n'aviez d'yeux que l'un pour l'autre !

— Comme beaucoup de choses ont changé, dit Charlotte, nous pouvons écouter de si beaux compliments avec modestie.

— J'ai souvent blâmé Édouard en secret, dit le comte, de n'avoir pas été plus obstiné ; car ses parents bizarres auraient bien fini par céder, et gagner dix années de jeunesse, ce n'est pas une bagatelle.

— Il faut que je prenne sa défense, dit la baronne. Charlotte n'était pas tout à fait sans péché, tout à fait exempte de coquetterie, et, quoiqu'elle aimât Édouard du fond du cœur, et qu'elle se le fût secrètement destiné pour époux, j'ai été témoin des tourments qu'elle lui a infligés plus d'une fois, en sorte qu'il fut facile de le pousser à la malheureuse résolution de voyager, de s'éloigner, de se désaccoutumer d'elle. »

Édouard fit un signe à la baronne, et parut reconnaissant de son intervention. « Et maintenant il faut, poursuivit-elle, que j'ajoute un mot à la décharge de Charlotte : l'homme qui la recherchait en ce temps-là s'était fait remarquer depuis longtemps déjà par son amour pour elle, et il était, quand on le connaissait mieux, certainement plus aimable que vous autres ne voulez l'admettre.

— Chère amie, reprit le comte un peu vivement, avouons qu'il ne vous était pas tout à fait indifférent, et que Charlotte avait plus à craindre de vous que d'une autre. Je trouve que c'est un joli trait des femmes que de garder si longtemps leur attachement pour un homme, sans le laisser troubler ni effacer par aucune sorte de séparation.

— Cette qualité, les hommes la possèdent peut-être encore plus, reprit la baronne. Au moins, pour ce qui vous regarde, mon cher comte, j'ai remarqué que personne n'a plus de pouvoir sur vous qu'une femme pour laquelle vous avez eu un sentiment autrefois. Je vous ai vu, à la prière de l'une d'elles, vous donner, pour arriver à quelque résultat, plus de peine que n'en aurait peut-être obtenue l'amie du moment.

— On peut accepter de bonne grâce un pareil reproche, répondit le comte ; mais, pour ce qui est du premier mari de Charlotte, je ne pouvais le souffrir, justement parce qu'il me ruinait ce beau couple, un couple véritablement prédestiné, qui, une fois réuni, n'avait plus à craindre les cinq ans fatidiques, ni à s'occuper d'une seconde ou même d'une troisième union.

— Nous essayerons, dit Charlotte, de rattraper le temps perdu.

— Alors il faudra vous y tenir, dit le comte. Vos premiers mariages, poursuivit-il avec quelque violence, étaient de vrais mariages de la pire espèce ; et, malheureusement, les mariages — passez-moi une expression un peu vive — ont en général quelque chose de mal fichu : ils gâtent les rapports les plus tendres, et cela ne tient qu'à la lourde sécurité dont une des parties au moins se prévaut. Tout s'entend de soi-même, et l'on semble s'être uni seulement pour que tout suive désormais le chemin tracé. »

A cet instant, Charlotte, qui voulait absolument rompre une fois pour toutes la conversation, recourut à une transition audacieuse, qui lui réussit. La conversation devint plus générale ; les deux époux et le capitaine purent y prendre part ; Odile elle-même fut amenée à parler, et l'on goûta au dessert dans les meilleures dispositions, à quoi contribuèrent la richesse des fruits présentés en d'élégantes corbeilles et l'abondance bigarrée des fleurs réparties avec goût en des vases précieux.

On parla aussi des allées neuves du parc, que l'on alla visiter en sortant de table. Odile se retira sous prétexte d'occupations domestiques, mais, en réalité, elle se remit à la copie. Le comte s'entretint avec le capitaine ; plus tard Charlotte se joignit à lui. Lorsqu'ils furent arrivés sur la hauteur, et comme le capitaine plein de prévenances descendait en hâte pour aller chercher le plan, le comte dit à Charlotte :

« Cet homme me plaît extraordinairement. Il est fort instruit et de façon logique. Son activité paraît sérieuse et conséquente. Ce qu'il fait ici aurait une portée considérable, dans un milieu plus élevé. »

Charlotte entendit l'éloge du capitaine avec une intime satisfaction. Elle se contint cependant, et confirma avec calme et clarté ce qui avait été dit. Mais quelle fut sa surprise quand le comte poursuivit :

« Cette rencontre m'arrive fort à propos : je sais un poste auquel cet homme convient parfaitement. Si je le recommande, je puis, tout en faisant son bonheur, m'attacher un ami puissant. »

Ce fut comme si la foudre eût frappé Charlotte. Le comte ne remarqua rien, car les femmes, accoutumées à se maîtriser sans cesse, gardent toujours dans les circonstances les plus extraordinaires, un semblant de contenance. Mais elle n'entendait déjà plus ce que disait le comte, lorsqu'il ajouta :

« Quand ma conviction est faite, je vais vite en besogne. J'ai déjà ma lettre composée dans ma tête, et j'ai hâte de l'écrire. Vous me procurerez un messager à cheval, que je puisse expédier dès ce soir. »

Charlotte était intérieurement déchirée. Surprise par ces projets, tout comme par elle-même, elle ne pouvait proférer un mot. Heureusement le comte continua de parler de ses plans au sujet du capitaine et les avantages n'en sautaient que trop vivement aux yeux de Charlotte. Il était temps que le capitaine arrivât et développât son rouleau devant le comte. Mais de quels yeux nouveaux vit-elle l'ami qu'elle allait perdre ! Avec un pauvre salut, elle se détourna et se hâta de descendre à la cabane de mousse. A mi-chemin déjà, les larmes lui jaillissaient des yeux, elle se jeta dans l'étroite enceinte du petit ermitage, et s'abandonna tout entière à une douleur, à une passion, à un désespoir, dont elle n'aurait pas eu le moindre soupçon, quelques instants auparavant.

De l'autre côté Édouard était allé avec la baronne le long des étangs. La fine mouche qui aimait à s'instruire de tout, eut tôt fait de remarquer, au cours d'une conversation prudente, qu'Édouard se répandait en éloges sur Odile et elle sut peu à peu le mettre en train, d'une manière si naturelle, qu'à la fin il ne lui resta plus aucun doute qu'il y avait là une passion, non pas en train de grandir, mais bien arrivée à sa plénitude.

Les femmes mariées, même quand elles ne s'aiment pas entre elles, se liguent tacitement, en particulier contre les jeunes filles. Les suites de cette inclination ne se présentèrent que trop vite à son esprit expérimenté. Il se joignait à cela que, déjà, dans la matinée, elle avait parlé d'Odile avec Charlotte, désapprouvé le séjour de cette enfant à la campagne, surtout en raison de la réserve de son caractère ; elle avait proposé de placer Odile à la ville, chez une amie, qui faisait de grands frais pour l'éducation de sa fille unique, et ne cherchait pour elle qu'une compagne d'un bon naturel, qui serait regardée comme une seconde fille et jouirait des mêmes avantages. Charlotte s'était réservé d'y réfléchir.

Le regard qu'elle jeta dans l'âme d'Édouard changea chez la baronne cette proposition en projet arrêté, et plus la décision se précipitait en elle, plus elle flattait extérieurement les désirs d'Édouard. Car personne ne se possédait mieux que cette femme, et l'empire que nous exerçons sur nous-mêmes dans les occasions extraordinaires nous accoutume à traiter avec dissimulation même un cas des plus communs, nous incline, puisque nous avons tant de force sur nous-mêmes, à étendre aussi notre domination sur les autres, afin de compenser, en quelque sorte, par des succès extérieurs, ce qui nous manque au-dedans.

A cet état d'esprit se joint en général une sorte de joie maligne à constater l'aveuglement des autres et l'inconscience qui les fait tomber dans le piège. Nous ne prenons pas seulement plaisir au succès présent, mais encore à la confusion qui les surprendra plus tard. Ainsi la baronne eut assez de malice pour inviter Édouard aux vendanges avec Charlotte, dans ses propriétés, et pour répondre à la question d'Édouard qui demandait s'il leur serait permis d'amener Odile, d'une manière qu'il pouvait à son gré interpréter en sa faveur.

Édouard parlait déjà avec ravissement de la magnifique contrée, du grand fleuve, des coteaux, des rochers et des vignes, des vieux châteaux, des promenades en bateau, des joies de la vendange, du pressoir et ainsi de suite : dans l'innocence de son cœur, il se réjouissait tout haut par avance de l'impression que de pareilles scènes feraient sur l'âme fraîche d'Odile. A ce moment, on vit approcher Odile, et la baronne dit bien vite à Édouard de ne point parler de ce voyage projeté pour l'automne, car d'ordinaire ce dont on s'est réjoui si longtemps à l'avance n'arrive pas. Édouard promit, mais il la contraignit à aller plus vite au-devant d'Odile, et à la fin il la précéda de quelques pas, pour s'empresser vers l'aimable enfant. Une joie profonde s'exprimait dans tout son être. Il lui baisa la main où il mit un bouquet de fleurs champêtres, qu'il avait cueillies en chemin. A cet aspect, la baronne ressentit en elle presque de l'amertume. Car, si elle ne pouvait approuver ce qu'un tel amour avait de coupable, elle arrivait moins encore à pardonner à cette insignifiante petite fille, ce qu'il avait d'aimable et de charmant.

Lorsqu'on se fut réuni pour souper, une tout autre disposition d'esprit s'était répandue dans la compagnie. Le comte, qui avait écrit avant qu'on se mît à table et expédié le messager, s'entretenait avec le capitaine, qu'il étudiait de plus en plus, avec sagacité et réserve, et qu'il avait placé à son côté ce soir-là. La baronne, assise à la droite du comte, trouvait de ce côté peu de distraction et tout aussi peu chez Édouard, qui, d'abord altéré, puis échauffé, ne ménageait pas le vin, et causait très vivement avec Odile, qu'il avait attirée près de lui, tandis que Charlotte, placée de l'autre côté, près du capitaine, sentait qu'il lui était difficile, et même presque impossible de cacher les mouvements de son cœur.

La baronne eut tout loisir de faire ses observations. Elle remarqua le malaise de Charlotte, et, comme elle n'avait dans l'esprit que les rapports d'Édouard avec Odile, elle se persuada aisément que Charlotte, elle aussi, était inquiète et fâchée de la conduite de son mari, et elle réfléchit aux meilleurs moyens d'atteindre dès lors son but.

Après souper, une certaine gêne continua de régner dans la compagnie. Le comte, qui voulait confesser à fond le capitaine, dut recourir à divers détours, avec un homme si calme, nullement vaniteux, fort laconique, pour apprendre ce qu'il désirait. Ils marchaient ensemble de long en large d'un côté du salon, tandis qu'Édouard, animé par le vin et l'espérance, plaisantait avec Odile près d'une fenêtre, et que, de l'autre côté, Charlotte et la baronne allaient et venaient l'une près de l'autre, mais en silence. Leur mutisme, et leurs stations oisives provoquèrent finalement une contrainte dans le reste de la compagnie. Les femmes se retirèrent dans leur aile, les hommes dans l'autre, et la journée parut ainsi achevée.

CHAPITRE XI

Édouard accompagna le comte dans sa chambre, et se laissa volontiers entraîner par la conversation à rester encore un certain temps avec lui. Le comte se perdait dans les temps passés, et rappelait avec vivacité les beautés de Charlotte, qu'il décrivait en connaisseur, avec beaucoup de feu.

« Un joli pied, disait-il, est un grand don de la nature. Ce charme-là est indestructible. Je l'ai observée aujourd'hui quand elle marchait. On voudrait, aujourd'hui encore, baiser son soulier, et renouveler l'hommage, un peu barbare, il est vrai, mais profondément senti, des Sarmates, qui ne savent rien de mieux, pour marquer leur amour et leur respect à une personne, que de boire dans son soulier. »

La pointe du pied ne resta pas le seul objet de louanges entre les deux confidents. De la personne ils passèrent à d'anciennes histoires et aventures, pour en arriver aux obstacles que l'on avait autrefois opposés aux rencontres des deux amants, à la peine qu'ils s'étaient donnée, aux artifices qu'ils avaient inventés pour se pouvoir dire seulement qu'ils s'aimaient.

« Te souvient-il, poursuivit le comte, des aventures d'où, avec le désintéressement de l'amitié, je t'ai aidé à sortir, quand nos princes visitaient leur oncle et se rassemblaient dans cette grande bâtisse de château ? Le jour s'était passé en solennités et en grande toilette ; une partie de la nuit devait au moins s'écouler en libres et aimables entretiens.

— Vous aviez fort bien, dit Édouard, remarqué le chemin du logement des dames de la cour. Nous arrivâmes heureusement chez ma belle.

— Laquelle, reprit le comte, avait plus songé aux convenances qu'à mon contentement, et avait gardé près d'elle un fort vilain porte-respect ; si bien que, tandis que vous occupiez fort bien vos regards et vos paroles, le lot qui m'était échu était très désagréable.

— Hier encore, reprit Édouard, quand vous vous êtes fait annoncer, j'ai rappelé cette histoire à ma femme, et en particulier notre retraite. Nous nous trompâmes de chemin, et arrivâmes à l'antichambre des gardes. Comme nous savions fort bien nous retrouver à partir de là, nous pensions pouvoir nous en tirer sans difficulté, et passer devant ce poste comme devant les autres. Mais quelle ne fut pas notre surprise en ouvrant la porte ! Le chemin était barré de matelas, sur lesquels dormaient des géants étendus sur plusieurs rangées. Le seul homme éveillé du poste nous regardait avec étonnement ; mais nous, avec le courage et l'audace de la jeunesse, nous passâmes tout tranquillement par-dessus les bottes alignées sans qu'un seul de ces ronfleurs s'éveillât.

— J'avais grande envie de buter, dit le comte, afin

de faire du bruit. Quelle singulière résurrection nous aurions vue ! »

A cet instant l'horloge du château sonna minuit. « Minuit tapant, dit le comte en souriant, c'est le moment tout juste. Cher baron, il faut que je vous demande une grâce : conduisez-moi aujourd'hui, comme je vous conduisis alors. J'ai fait promesse à la baronne de lui rendre encore visite. De tout le jour, nous ne nous sommes pas parlés seul à seule, nous sommes restés bien longtemps sans nous voir, et rien n'est plus naturel que d'aspirer à une heure d'intimité. Montrez-moi le chemin de l'aller : je saurai bien trouver celui du retour, et, dans tous les cas, je n'aurai pas à buter sur des bottes.

— Je remplirais bien volontiers à votre endroit ce devoir d'hospitalité, répondit Édouard ; seulement les trois dames sont ensemble dans l'autre aile. Qui sait si nous ne les trouverons pas encore réunies, ou ce que nous allons provoquer comme histoires qui prendront un aspect bizarre !

— Aucun danger, dit le comte : la baronne m'attend. A l'heure qu'il est, elle est certainement dans sa chambre, et seule.

— L'affaire est d'ailleurs facile », reprit Édouard.

Il prit une lumière, et descendit, en éclairant le comte, un escalier dérobé, qui menait à un long couloir. Au bout, Édouard ouvrit une petite porte. Ils montèrent un escalier tournant ; en haut, sur un étroit palier, Édouard indiqua au comte, en lui remettant la lumière, à droite, une porte tapissée qui s'ouvrit dès le premier essai, recueillit le comte et laissa Édouard dans l'obscurité.

Une autre porte, à gauche, conduisait dans la

chambre à coucher de Charlotte. Il entendit causer et écouta. Charlotte parlait à sa femme de chambre :

« Odile est-elle déjà au lit ?

— Non, répondit l'autre. Elle est encore en bas, et écrit.

— Allumez donc la veilleuse, dit Charlotte, et retirez-vous. Il est tard. J'éteindrai moi-même la bougie, et me coucherai toute seule. »

Édouard apprit avec ravissement qu'Odile était encore en train d'écrire.

« Elle travaille pour moi ! » pensait-il triomphant. Tout resserré en lui-même par l'obscurité, il la voyait assise, écrivant ; il croyait aller à elle, la voir se retourner vers lui ; il sentait un invincible besoin de se trouver encore une fois près d'elle. Mais, du lieu où il était, il n'y avait aucun chemin vers l'entresol où elle demeurait. Or il se trouvait juste à la porte de sa femme. Il se fit dans son âme une singulière confusion, il essaya d'ouvrir la porte, il la trouva fermée. Il y frappa doucement : Charlotte n'entendit pas.

Elle allait et venait avec vivacité dans la chambre voisine, plus spacieuse. Elle se répétait encore et encore ce qu'elle avait assez souvent roulé en elle-même, depuis la proposition inattendue du comte. Elle croyait voir le capitaine devant elle. Il remplissait encore la maison ; il animait encore les promenades et il allait partir ! Tout serait vide ! Elle se disait tout ce qu'on peut se dire ; elle trouvait même, par avance, comme on a coutume de le faire, une pauvre consolation à songer que ces douleurs s'apaisent aussi par le temps. Elle maudissait le temps qu'il faut pour les apaiser ; elle maudissait le temps mortel où elles seraient apaisées.

A la fin le recours aux larmes lui fit d'autant plus de

bien qu'il était rare chez elle. Elle se jeta sur le canapé, et s'abandonna tout entière à sa douleur. Édouard, de son côté, n'arrivait pas à s'éloigner de la porte. Il frappa encore et, une troisième fois, un peu plus fort, si bien que Charlotte l'entendit tout à fait distinctement dans le silence de la nuit, et se leva effrayée. Sa première pensée fut que ce pouvait, que ce devait être le capitaine, la seconde, que c'était impossible. Elle crut à une illusion : mais elle avait entendu ; elle désirait, elle craignait d'avoir entendu. Elle alla dans sa chambre à coucher, s'approcha doucement de la porte verrouillée. Elle se gourmandait de sa frayeur. « La baronne, se dit-elle, peut très bien avoir besoin de quelque chose » ; et elle demanda avec fermeté et sang-froid :

« Y a-t-il quelqu'un ici ?

— C'est moi, répondit une voix basse.

— Qui ? » répliqua Charlotte qui ne pouvait distinguer la voix. Elle voyait devant la porte la figure du capitaine. La voix résonna un peu plus fort :

« Édouard. »

Elle ouvrit : son mari était devant elle. Il la salua d'une plaisanterie. Elle fut capable de poursuivre sur ce ton. Il enveloppa son énigmatique visite dans d'énigmatiques explications.

« Pourquoi donc je viens ? dit-il enfin, je dois te l'avouer : j'ai fait vœu de baiser ce soir même ton soulier.

— Il y a longtemps que cela ne t'est venu à l'esprit, dit Charlotte.

— Tant pis et tant mieux », repartit Édouard.

Elle s'était assise dans un fauteuil, pour soustraire à ses regards son léger déshabillé. Il se jeta à ses pieds, et elle ne put l'empêcher de baiser son soulier, et le soulier lui étant resté dans la main, de saisir le pied et de le presser tendrement sur sa poitrine.

Charlotte était une de ces femmes qui, modérées de nature, conservent dans le mariage, sans préméditation et sans effort, les manières des amantes. Jamais elle ne faisait d'avances à son mari, et à peine venait-elle au-devant de son désir ; mais, sans froideur et sans sévérité rebutante, elle ressemblait toujours à une amoureuse fiancée, qui éprouve encore une crainte secrète même devant ce qui est permis. Édouard, ce soir-là, la trouva disposée de la sorte, et pour un double motif. Avec quelle ardeur elle aurait voulu son mari bien loin ! Car l'aérienne figure de l'ami semblait lui faire des reproches. Mais ce qui aurait dû éloigner Édouard ne faisait que l'attirer plus encore. Une certaine émotion était visible chez elle ; elle avait pleuré, et, si les femmes molles y perdent généralement quelque chose de leur charme, celles que nous savons d'ordinaire fortes et contenues, y gagnent infiniment. Édouard était si aimable, si amical, si pressant ; il la priait de lui permettre de rester près d'elle ; il n'exigeait pas, tantôt sérieux, tantôt plaisant, il cherchait à la persuader ; il ne pensait pas qu'il eût des droits, et enfin d'un geste espiègle il éteignit la bougie.

Dans la demi-lumière de la veilleuse, l'inclination secrète, l'imagination reprirent leurs droits sur la réalité. Édouard tenait dans ses bras la seule Odile. Devant l'âme de Charlotte, tantôt près, tantôt loin, planait la forme du capitaine, et ainsi, par une sorte de prodige, l'absence et la présence s'entrelaçaient l'une à l'autre avec un charme voluptueux.

Mais la présence ne se laisse pas ravir ses droits exorbitants. Ils passèrent une partie de la nuit en conversations et en jeux variés qui furent d'autant plus libres que le cœur n'y prenait malheureusement point de part. Mais quand, le lendemain, Édouard s'éveilla sur le sein de sa femme, il lui sembla que le jour entrait avec une lueur menaçante et que le soleil éclairait un crime ; il se glissa silencieusement hors du lit et elle se trouva, non sans quelque surprise, seule à son réveil[6].

CHAPITRE XII

Lorsque la compagnie fut à nouveau rassemblée pour le déjeuner, un observateur attentif aurait pu deviner, par les manières de chacun, la diversité des pensées et des sentiments. Le comte et la baronne se rencontrèrent avec la joyeuse satisfaction ressentie par deux amants, qui, après avoir subi une séparation, se tiennent de nouveau pour assurés de leur inclination mutuelle ; Édouard et Charlotte, par contre, accueillirent Odile et le capitaine avec une sorte de confusion et de repentir. Car l'amour est ainsi fait, qu'il se croit seul des droits et que tous les autres droits s'effacent devant lui. Odile était d'une gaieté enfantine, on aurait pu dire qu'elle était expansive à sa manière. Le capitaine paraissait sérieux. Au cours de son entretien avec le comte qui réveillait en lui tout ce qui avait quelque temps reposé et dormi, il n'avait senti que trop bien qu'il ne remplissait pas en ce lieu sa véritable vocation, et qu'il ne faisait au fond que paresser dans une demi-oisiveté.

A peine les deux invités se furent-ils éloignés, qu'il arriva une nouvelle visite, bienvenue pour Charlotte, qui désirait sortir d'elle-même, se distraire, importune pour Édouard, qui ressentait doublement le désir de s'occuper d'Odile, indésirable aussi pour Odile, qui n'avait pas encore terminé la copie, si nécessaire pour le lendemain matin. Aussi bien, dès que les étrangers tardifs s'éloignèrent, elle regagna en hâte sa chambre.

Le soir était venu. Édouard, Charlotte et le capitaine, qui avaient fait un bout de chemin à pied avec les étrangers, avant qu'ils montassent en voiture, furent d'accord pour faire encore une promenade aux étangs. Il était arrivé un canot, qu'Édouard avait fait venir de loin à grands frais. On voulait essayer s'il était facile à manier et à gouverner.

Il était amarré au bord de l'étang du milieu, non loin de quelques vieux chênes, sur lesquels on avait déjà compté pour les futures promenades. Là devait être aménagé un débarcadère, et sous les arbres se dresserait une retraite, un morceau d'architecture vers lequel auraient à gouverner ceux qui passeraient l'étang.

« Et en face, où abordera-t-on le mieux ? demanda Édouard. Vers mes platanes, je pense.

— Ils sont un peu trop loin à droite, dit le capitaine. Si l'on aborde plus bas, on se trouve plus près du château. Pourtant, il faut y réfléchir. »

Le capitaine se trouvait déjà à l'arrière du canot et avait saisi une rame. Charlotte embarqua, et aussi Édouard, qui prit l'autre rame. Mais juste comme il était en train de repousser l'embarcation, il songea à Odile, il songea que cette promenade le retarderait, et le ramènerait Dieu sait quand. Il prit sa résolution sur-le-champ, sauta sur la rive, tendit la seconde rame au capitaine, et se mit à courir vers la maison en s'excusant hâtivement.

Une fois arrivé, il apprit qu'Odile s'était enfermée,

qu'elle écrivait. Agréablement touché qu'elle travaillât pour lui, il éprouva le plus vif déplaisir de ne pas la voir en personne. Son impatience croissait à chaque instant. Il allait et venait dans le grand salon, essayait de tout, et rien ne pouvait fixer son attention. Il désirait la voir, la voir seule, avant le retour de Charlotte et du capitaine. La nuit vint : on alluma les flambeaux.

Enfin elle entra, rayonnante d'amabilité. Le sentiment d'avoir fait quelque chose pour son ami l'avait élevée au-dessus d'elle-même. Elle posa l'original et la copie devant Édouard, sur la table.

« Allons-nous collationner ? » dit-elle en souriant.

Édouard ne savait ce qu'il devait répondre. Il la regardait, il regardait la copie. Les premières pages étaient écrites avec le plus grand soin, d'une écriture délicatement féminine ; puis le trait semblait se modifier, devenir plus léger et plus libre ; mais quelle ne fut pas sa surprise, lorsqu'il parcourut des yeux les dernières pages !

« Pour l'amour de Dieu ! s'écria-t-il, que veut dire ceci ? C'est mon écriture ! »

Il regarda Odile et encore les feuilles : la fin surtout était absolument comme s'il l'eût écrite lui-même. Odile se taisait mais le regardait dans les yeux avec la joie la plus vive. Édouard leva les bras : « Tu m'aimes, s'écria-t-il, Odile, tu m'aimes ! »

Et ils se tenaient embrassés. Lequel avait d'abord saisi l'autre le premier, il eût été impossible de le discerner.

A partir de ce moment, le monde avait changé de face pour Édouard ; il n'était plus, le monde n'était plus ce qu'ils avaient été. Ils se tenaient l'un devant l'autre. Il serrait ses mains ; ils se regardaient dans les yeux, sur le point de s'embrasser encore.

Charlotte entra avec le capitaine. A leurs excuses d'avoir tardé trop longtemps, Édouard souriait en secret : « Ah ! que vous arrivez bien trop tôt ! » disait-il à part lui.

Ils se mirent à souper. On jugea les personnes, venues en visite dans la journée. Édouard, incité à l'indulgence, disait du bien de tout le monde, toujours avec ménagement, souvent avec approbation. Charlotte, qui n'était pas tout à fait de son avis, remarqua cette disposition et le plaisanta de ce qu'il était, ce jour-là, si doux et si indulgent ; lui dont la langue portait toujours des jugements très sévères sur les gens qui s'en allaient.

Édouard s'écria avec feu et avec une conviction profonde :

« Il suffit d'aimer du fond du cœur un seul être, pour que tous les autres nous paraissent aimables. »

Odile baissa les yeux, et Charlotte regarda devant elle. Le capitaine prit la parole et dit :

« Il en va à peu près de même pour les sentiments d'estime et de respect. On ne reconnaît ce qu'il y a d'estimable au monde que lorsqu'on trouve l'occasion d'exercer ces sentiments sur un objet. »

Charlotte chercha bientôt à se retirer dans sa chambre pour s'abandonner au souvenir de ce qui s'était passé ce soir-là entre elle et le capitaine.

Lorsque Édouard, sautant sur la rive, eut écarté le canot du bord, et confié à l'élément instable sa femme et son ami, Charlotte vit l'homme pour qui elle avait déjà tant souffert en secret, assis devant elle dans le crépuscule, et guidant à son gré la barque, sous l'impulsion des deux rames. Elle éprouva une tristesse profonde qu'elle avait rarement sentie. La courbe décrite par le canot, le bruissement des rames, la brise du soir qui caressait le miroir de l'eau, le murmure des roseaux, le dernier vol des oiseaux, tout avait quelque chose de spectral dans ce silence universel. Il lui semblait que son ami l'emmenait au loin, pour la débarquer, la laisser seule. Son cœur était étrangement agité et elle ne pouvait pleurer.

Cependant le capitaine lui décrivait les allées telles qu'il avait l'intention de les arranger. Il vantait les qualités du canot, qu'une seule personne pouvait manœuvrer et conduire aisément à deux rames. Elle apprendrait elle-même à le faire ; c'est une agréable sensation que de voguer parfois seul sur l'eau et d'être son propre matelot, son propre pilote.

A ces mots le sentiment de la séparation prochaine tomba sur le cœur de son amie. « Parle-t-il intentionnellement ? pensait-elle. Sait-il ce qu'il en est, le suppose-t-il, ou dit-il cela par hasard, et m'annonce-t-il inconsciemment mon sort ? » Une profonde mélancolie, une impatience la saisirent : elle le pria d'aborder le plus tôt possible et de retourner avec elle au château.

C'était la première fois que le capitaine naviguait sur les étangs, et, quoiqu'il en eût étudié en général la profondeur, il n'en connaissait pas les différentes parties. Il commençait à faire sombre ; il dirigea sa course vers un endroit où il supposait le débarquement facile, et qu'il savait peu éloigné du sentier qui conduisait au château. Mais il fut encore quelque peu détourné de cette direction, quand Charlotte, avec une sorte d'angoisse, répéta son désir d'être bientôt à terre. Il s'approcha de la rive avec de nouveaux efforts, mais malheureusement il se sentit retenu à quelque distance. Il s'était échoué, et ses tentatives pour se dégager furent vaines. Que faire ? Il ne lui restait qu'à descendre dans l'eau, qui était assez basse, et à porter son amie jusqu'au bord. Il passa heureusement ce cher fardeau, il était assez fort pour ne point chanceler, ou lui donner quelque inquiétude ; cependant, elle avait mis anxieusement ses bras autour de son cou. Il la tenait ferme et la pressait contre lui. C'est seulement sur un talus de gazon qu'il la déposa, non sans émotion et sans trouble. Elle était encore suspendue à son cou ; il l'enferma de nouveau dans ses bras, et imprima sur ses lèvres un ardent baiser. Mais, au même instant, il était à ses pieds, pressait ses lèvres sur sa main, et s'écriait : « Charlotte, me pardonnerez-vous ? »

Le baiser, que son ami avait risqué, qu'elle lui avait presque rendu, fit revenir Charlotte à elle-même. Elle lui serra la main, mais ne le releva point. Toutefois, en se penchant vers lui et en posant une main sur son épaule, elle s'écria :

« Nous ne pouvons empêcher que ce moment fasse époque dans notre vie, mais il dépend de nous que cette époque soit digne de ce que nous sommes. Il faut que vous partiez, cher ami, et vous partirez. Le comte fait des arrangements pour améliorer votre sort ; ce qui me réjouit et m'afflige. Je voulais le taire jusqu'à ce que ce fût certain. L'instant m'oblige à découvrir ce secret. Je ne puis vous pardonner, je ne puis me pardonner à moi-même, qu'autant que nous aurons le courage de changer notre situation, puisqu'il ne dépend pas de nous de changer nos sentiments. »

Elle le releva et prit son bras pour s'appuyer sur lui, et ils revinrent ainsi en silence au château.

Maintenant elle était dans sa chambre à coucher, où elle devait se sentir et se considérer comme la femme d'Édouard. Parmi ces contradictions, la force de son caractère, trempé par les vicissitudes de l'existence, lui vint en aide. Toujours accoutumée à avoir conscience d'elle-même, à se dominer elle-même, il ne lui fut pas difficile, même alors, de s'approcher, par de sérieuses réflexions, de l'équilibre souhaité ; même elle en vint à sourire de son propre personnage, en songeant à la singulière visite de la nuit. Mais très vite elle fut prise d'un pressentiment singulier, d'un tremblement d'inquiétude et de joie, qui se fondit en pieux désirs et en espérances. Émue, elle s'agenouilla, elle répéta le serment qu'elle avait fait à Édouard, devant l'autel. L'amitié, l'amour, le renoncement passaient devant elle en sereines images. Elle se sentait intérieurement rétablie. Bientôt une douce lassitude s'empare d'elle et elle s'endort paisiblement.

CHAPITRE XIII

Édouard, de son côté, est dans une disposition toute différente. Il songe si peu à dormir, qu'il ne lui vient même pas à l'idée de se déshabiller. Il baise mille fois la copie du document, le début, où se reconnaît la main enfantine et timide d'Odile ; la fin, il ose à peine la baiser, parce qu'il croit voir sa propre écriture. « Oh ! si ce pouvait être un autre écrit », se dit-il en lui-même ; et cependant c'est déjà pour lui la plus belle des assurances que son vœu le plus cher est accompli. Ce papier restera dans ses mains, et ne le pressera-t-il pas toujours sur son cœur, quoique profané par la signature d'un tiers !

La lune décroissante se lève sur la forêt. La chaleur de la nuit attire Édouard en plein air ; il erre de toutes parts ; il est le plus agité et le plus heureux de tous les mortels. Il parcourt les jardins ; ils sont trop étroits pour lui ; il court dans la campagne et se sent trop au large. Il est attiré vers le château ; il se trouve sous les fenêtres d'Odile. Là il s'assied sur l'escalier d'une terrasse. « Des murs et des verrous, se dit-il, nous séparent maintenant, mais nos cœurs ne sont pas séparés. Si elle était devant moi, elle tomberait dans mes bras, et moi dans les siens ; et que faut-il de plus que cette certitude ? » Tout était calme autour de lui ; aucun souffle n'agitait l'air ; le silence était tel, qu'il pouvait percevoir sous terre le travail de fouille des animaux infatigables, qui ne font point différence entre la nuit et le jour [7]. Il s'attachait tout entier à ses rêves heureux, il s'endormit enfin, et ne s'éveilla pas avant que le soleil s'élevât dans sa magnificence et dissipât les premières vapeurs.

Il se trouva le premier éveillé dans ses domaines. Les ouvriers lui semblèrent en retard. Ils arrivèrent ; ils lui parurent trop peu nombreux, et le travail prescrit pour la journée trop faible au gré de ses désirs. Il demanda plus d'ouvriers : on les promit et on les mit à sa disposition dans le cours de la journée. Mais ceux-là non plus ne lui suffisent pas encore, pour voir ses projets exécutés en hâte. Créer ne lui fait plus aucun plaisir, il faut que tout soit déjà fini, et pour qui ? Les chemins doivent être aplanis, afin qu'Odile y puisse marcher aisément ; les bancs à leur place, afin qu'Odile s'y puisse reposer. Il pousse encore tant qu'il peut les travaux de la nouvelle maison : il faut qu'elle soit montée pour l'anniversaire d'Odile. Dans les sentiments comme dans les actions d'Édouard, il n'y a plus aucune mesure. La conscience d'aimer et d'être aimé l'entraîne dans l'infini. Quel changement pour lui dans l'aspect de tous les appartements, de tous les alentours ! Il ne se retrouve plus dans sa propre maison. La présence d'Odile absorbe pour lui tout le reste ; il est tout plongé en elle ; aucune autre considération ne s'élève devant lui, sa conscience ne lui parle plus ; tout ce qui, dans sa nature, était refoulé, éclate ; tout son être se précipite vers Odile.

Le capitaine observe ce comportement passionné et désire en prévenir les suites funestes. Toutes ces promenades dont on pousse maintenant l'achèvement sans mesure, sous une aveugle impulsion, il les avait calculées pour le calme d'une aimable intimité. La vente de la métairie avait été effectuée par lui, le premier paiement s'était fait, et, selon la convention, Charlotte l'avait pris dans sa caisse. Mais, dès la première semaine, elle doit mettre en œuvre plus que jamais ses qualités de sérieux, de patience et d'ordre et s'aviser qu'avec cette hâte excessive, les crédits ne suffiront pas longtemps.

On avait beaucoup entrepris et beaucoup à faire. Comment laisser Charlotte dans cette situation ? Ils se consultent et tombent d'accord qu'il vaut mieux hâter eux-mêmes les travaux convenus, faire un emprunt pour les achever, affecter à son remboursement les termes qui restaient dus sur la vente de la métairie. Cela pouvait se faire presque sans perte, par la cession des droits ; on avait les mains plus libres ; on en faisait plus à la fois, puisque tout était en train et qu'il y avait assez d'ouvriers, et l'on arrivait certainement et vite au but. Édouard donna son approbation volontiers, parce que le projet s'accordait à ses intentions.

Au fond de son cœur Charlotte persiste cependant

dans ce qu'elle a pensé et résolu, et son ami se tient virilement à ses côtés avec les mêmes sentiments. Mais par là même leur intimité ne fait que s'accroître. Ils s'expliquent mutuellement sur la passion d'Édouard ; ils se consultent là-dessus. Charlotte attire Odile plus près d'elle, l'observe plus sérieusement ; et, plus elle est devenue consciente de son propre cœur, plus elle regarde profondément dans le cœur de la jeune fille. Elle ne voit d'autre salut que d'éloigner cette enfant.

Elle regarde maintenant comme une heureuse rencontre que Lucienne ait remporté dans sa pension des succès si remarquables ; car sa grand'tante, informée, veut une fois pour toutes la prendre chez elle, l'avoir près d'elle, lui faire faire son entrée dans le monde. Odile pourrait retourner à la pension ; le capitaine s'éloigner avec une bonne situation, et tout se passerait comme quelques mois auparavant, et même bien mieux. Charlotte espérait rétablir bientôt ses rapports avec Édouard ; et elle arrangeait si raisonnablement cela dans sa tête, qu'elle se fortifiait toujours davantage dans l'illusion que l'on peut revenir à un état ancien plus resserré, et que ce qui a été libéré avec violence se laisse de nouveau étroitement enfermer.

Cependant Édouard ressentait très impatiemment les obstacles qu'on mettait sur sa route. Il remarqua bientôt qu'on le tenait éloigné d'Odile ; qu'on lui rendait difficile de lui parler seul et même de l'approcher, sinon en présence de plusieurs personnes ; et irrité sur ce point, il le devint sur bien d'autres. Quand il pouvait causer en passant avec Odile, ce n'était pas seulement pour l'assurer de son amour, mais aussi pour se plaindre de sa femme, du capitaine. Il ne sentait pas qu'il était en train lui-même, par sa conduite inconsidérée, d'épuiser la caisse ; il blâmait amèrement Charlotte et le capitaine d'agir, en cette affaire, à l'encontre de la première convention ; et pourtant il avait approuvé la seconde, et c'était lui-même qui l'avait provoquée et rendue nécessaire.

La haine est partiale, mais l'amour l'est encore plus. Odile aussi s'écartait quelque peu de Charlotte et du capitaine. Comme Édouard se plaignait un jour devant Odile de ce qu'il n'agît pas en ami et avec une entière franchise, en ces circonstances, Odile répondit inconsidérément :

« Déjà, autrefois, il m'avait déplu qu'il manquât de loyauté à votre égard. Je l'ai entendu dire un jour à Charlotte : « Si seulement Édouard nous épargnait avec sa manie de flûtiste ; il n'en sortira jamais rien, et quel ennui pour les auditeurs ! » Vous pouvez imaginer combien cela m'a blessée, moi qui ai tant de plaisir à vous accompagner. »

A peine eut-elle parlé, que son esprit lui souffla qu'elle aurait mieux fait de se taire : mais les mots étaient partis. Édouard changea de visage. Jamais rien ne l'avait plus vexé. Il était attaqué dans ses prétentions les plus chères. Il avait conscience de s'être abandonné à un penchant ingénu, sans la moindre prétention. Ce qui le distrayait, ce qui le réjouissait, pourquoi ses amis ne le traiteraient-ils pas avec ménagement ? Il ne songeait pas combien il est effroyable pour un tiers de se laisser écorcher les oreilles par un talent insuffisant. Il était blessé, furieux à ne jamais pardonner. Il se sentait dégagé de tous ses devoirs.

Le besoin d'être près d'Odile, de la voir, de lui murmurer quelque chose, de se confier à elle, augmentait tous les jours. Il se décida à lui écrire, à solliciter d'elle une correspondance secrète. Le petit bout de papier sur lequel il l'avait fait de façon bien laconique se trouvait sur son bureau, et fut emporté par un courant d'air au moment où son valet de chambre entrait pour lui friser les cheveux. D'habitude, pour essayer la chaleur du fer, il ramassait les bouts de papier qui traînaient à terre : cette fois, il prit le billet, le pinça en hâte, et le billet se consuma. Édouard, remarquant la méprise, le lui arracha des mains. Bientôt après il se mit à le récrire ; mais, la seconde fois, sa plume ne retrouvait plus la même aisance. Il éprouvait quelque scrupule, quelque souci, qu'il surmonta néanmoins. Il glissa le billet dans la main d'Odile, au premier instant où il put s'approcher d'elle.

Odile ne tarda pas à lui répondre. Il mit le petit billet, sans le lire, dans son gilet, qui, court, comme le voulait la mode, le retint mal. Il glissa dehors et tomba sur le sol sans qu'Édouard s'en aperçût. Charlotte le vit, le ramassa et le lui tendit après y avoir jeté un coup d'œil rapide.

« Voici quelque chose de ta main, dit-elle, que tu serais peut-être fâché de perdre. »

Il fut frappé : « Dissimule-t-elle ? pensa-t-il. S'est-elle rendu compte du contenu du billet ou est-elle trompée par la ressemblance des écritures ? » Il espérait, et sa pensée s'arrêtait à cette dernière supposition. Il était averti, doublement averti, mais ces signes étranges et fortuits par où un être supérieur semble nous parler, restaient incompréhensibles à sa passion ; au contraire, comme elle le menait toujours plus loin, il ressentit plus désagréablement encore les contraintes qu'on paraissait lui imposer. Le charme de l'intimité se perdit. Son cœur était fermé, et, lorsqu'il était obligé d'être avec son ami et sa femme, il ne réussissait pas à retrouver, à ranimer dans son cœur son ancienne affection pour eux. Le muet reproche qu'il devait s'adresser lui-même à ce sujet lui était incommode, et il cherchait à s'en tirer par une sorte d'ironie qui manquait de la grâce habituelle, parce qu'elle était dépourvue d'amour.

Pour Charlotte, son sentiment intime lui fit surmonter toutes ces épreuves. Elle était assurée du sérieux de la résolution qui la faisait renoncer à une si belle, à une si noble inclination.

Quel était son désir de venir aussi en aide aux deux amants ! L'éloignement, elle le sent bien, ne suffira pas à lui seul à guérir un si grand mal. Elle se propose de s'expliquer avec la pauvre enfant, mais elle n'y parvient pas : le souvenir de ses propres hésitations l'arrête. Elle tente de s'exprimer en termes généraux : les généralités s'appliquent aussi à sa propre situation, qu'elle craint de dévoiler. Tous les avis qu'elle veut donner à Odile prennent en retour une signification dans son propre cœur. Elle veut avertir, et elle sent qu'elle pourrait bien elle-même avoir besoin d'être avertie.

En silence, elle continue à tenir les amants séparés l'un de l'autre, et les choses n'en vont pas mieux. De légères allusions qui lui échappent parfois sont sans effet sur Odile, car Édouard avait persuadé celle-ci de l'inclination de Charlotte pour le capitaine. Il l'avait persuadée que Charlotte désirait elle-même un divorce qu'il songeait à provoquer maintenant d'une manière décente.

Odile, portée par le sentiment de son innocence sur la route qui la conduit au bonheur rêvé, ne vit plus que pour Édouard. Fortifiée en tout ce qui est bon par son amour pour lui, plus joyeuse dans ses actions pour lui plaire, plus ouverte à l'égard des autres, sur la terre elle se trouve au ciel.

C'est ainsi qu'ils poursuivent tous ensemble, chacun à sa manière, leur vie quotidienne, avec et sans réflexion. Tout semble suivre son cours ordinaire : de même que dans des circonstances effroyables, où tout est en jeu, on continue à vivre comme si de rien n'était.

CHAPITRE XIV

Cependant il était arrivé une lettre du comte au capitaine, ou plutôt deux : une, faite pour être montrée, et qui laissait prévoir de très belles perspectives dans un lointain avenir ; l'autre, qui contenait une proposition ferme pour le présent, un poste important à la cour et dans l'administration, le grade de commandant, un traitement considérable et d'autres avantages, devait, en raison de diverses circonstances accessoires, encore être tenue secrète. Aussi bien le capitaine instruisit-il ses amis de ces espérances seulement et cacha ce qui était si proche.

Entre-temps il poursuivait les affaires présentes, et prenait en secret les dispositions voulues pour qu'en son absence tout pût continuer sans obstacles. Il lui importe maintenant à lui-même qu'un délai soit fixé pour certains travaux et que l'anniversaire d'Odile les accélère. Désormais les deux amis coopèrent volontiers, encore que sans accord exprès. Édouard est enchanté que, par une perception anticipée, la caisse se soit remplie ; toute l'entreprise avance avec la plus grande rapidité.

Le capitaine aurait bien préféré déconseiller maintenant la transformation des trois étangs en un lac. Il fallait renforcer la digue inférieure, enlever les digues intermédiaires, et, à plus d'un point de vue, toute l'affaire était sérieuse et délicate. Mais les deux ouvrages dans la mesure où ils pouvaient réagir l'un sur l'autre, étaient déjà commencés, et un ancien élève du capitaine, un jeune architecte, vint fort à propos. Tant en employant des maîtres habiles, qu'en donnant les travaux à forfait, quand c'était possible, il fit avancer l'entreprise, et promit sécurité et durée à l'ouvrage. Le capitaine se réjouissait dans son for intérieur de ce qu'on ne sentirait point son éloignement. Car il avait pour principe de ne pas laisser inachevée une affaire dont il s'était chargé, tant qu'il ne se voyait pas convenablement remplacé. Il méprisait même ceux qui, pour faire sentir leur départ, mettent la confusion autour d'eux, et souhaitent, grossiers égoïstes, de détruire ce qu'ils ne doivent pas continuer.

On travaillait donc toujours assidûment pour célébrer l'anniversaire d'Odile, sans le dire et sans même se l'avouer bien franchement. A l'idée de Charlotte, bien qu'elle fût sans jalousie, ce ne pouvait pourtant pas être une vraie fête. La jeunesse d'Odile, sa situation, ses rapports avec la famille, ne l'autorisaient pas à paraître en reine de la journée. Et Édouard ne voulait point qu'on en parlât parce que tout devait se faire comme de soi-même, surprendre et plaire avec naturel.

Tous s'accordèrent donc tacitement sur le prétexte que ce jour-là, sans faire mine de rien, on monterait la charpente du pavillon ; et à cette occasion, on pourrait annoncer une fête au peuple ainsi qu'aux amis.

Mais la passion d'Édouard était sans bornes ; comme il voulait avoir à lui Odile, il ne connaissait aucune mesure à ses libéralités, à ses cadeaux, à ses promesses. Pour quelques cadeaux qu'il voulait faire à Odile ce jour-là, Charlotte lui avait fait des propositions beaucoup trop mesquines. Il en parla à son valet de chambre qui prenait soin de sa garde-robe, et qui restait en relations constantes avec des marchands et des modistes. Celui-ci, qui n'ignorait point les cadeaux les plus agréables et la meilleure manière de les présenter, commanda aussitôt à la ville le coffret le plus ravissant, couvert de maroquin rouge, garni de clous d'acier, et qui fut rempli de cadeaux dignes d'une telle enveloppe.

Il fit encore une autre proposition à Édouard. Il existait un petit feu d'artifice, qu'on avait toujours négligé de tirer. On pouvait facilement le renforcer et le compléter. Édouard sauta sur cette idée, et l'autre promit de veiller à l'exécution. Ce devait rester un mystère.

Entre-temps, comme le jour approchait, le capitaine avait pris ses mesures de police, qu'il jugeait fort nécessaires, quand on convoque ou qu'on attire la foule. Il avait même pris des précautions pour éconduire les mendiants et éviter les autres incommodités qui pourraient troubler l'agrément d'une fête.

En revanche, Édouard et son confident s'occupaient surtout du feu d'artifice. On devait le tirer sur l'étang du milieu, devant les grands chênes ; la société se tiendrait vis-à-vis, sous les platanes, afin d'en admirer l'effet, commodément, en toute sécurité et à bonne distance, et de contempler les reflets dans l'eau et les artifices qui brûlent en flottant sur l'eau même.

Sous un autre prétexte, Édouard fit donc débarrasser des broussailles, de l'herbe et de la mousse, l'emplacement qui se trouvait sous les platanes, et la magnificence des arbres, tant en hauteur qu'en largeur, se manifesta alors sur le sol nettoyé. Édouard en ressentit la plus grande joie. « C'est à peu près en cette saison que je les ai plantés, mais combien peut-il y avoir de temps ? » se dit-il à lui-même. Dès qu'il fut de retour à la maison, il feuilleta l'ancien journal que son père avait tenu avec beaucoup d'ordre, en particulier à la campagne. A la vérité, cette plantation ne pouvait être mentionnée ; mais un autre événement domestique d'une certaine importance, arrivé le même jour, et dont Édouard se souvenait encore bien, ne pouvait manquer d'y être noté. Il parcourt quelques volumes, l'événement s'y trouve ; mais quelles ne sont pas la surprise et la joie d'Édouard, lorsqu'il reconnaît la plus singulière des coïncidences. Le jour, l'année de cette plantation sont en même temps le jour, l'année de la naissance d'Odile.

CHAPITRE XV

Enfin brilla pour Édouard la matinée passionnément attendue ; de nombreux hôtes arrivèrent peu à peu, car on avait lancé des invitations au loin à la ronde, et beaucoup de gens, qui avaient laissé échapper la pose de la première pierre, dont on avait dit tant de bien, ne voulaient pas manquer cette seconde solennité.

Avant le repas, les charpentiers parurent dans la cour du château avec une musique, portant leur riche couronne, composée de nombreux cerceaux de feuillage et de fleurs, qui s'étageaient et se balançaient les uns au-dessus des autres. Ils firent leur compliment, et sollicitèrent du beau sexe, pour la décoration d'usage, des mouchoirs de soie et des rubans. Tandis que les châtelains dînaient, ils poursuivirent plus loin leur joyeux cortège, et, après s'être arrêtés un certain temps dans le village et y avoir aussi extorqué quelques rubans aux femmes et aux jeunes filles, ils arrivèrent enfin, accompagnés et attendus par une grande foule, sur la hauteur où se dressait la maison.

Charlotte retint quelque temps la compagnie après le repas : elle ne voulait pas de cortège solennel en règle et l'on se retrouva tout naturellement à l'endroit voulu, par groupes séparés, sans préséance et sans ordre. Charlotte resta en arrière avec Odile, ce qui n'arrangea pas les choses ; car, comme Odile était vraiment la dernière à paraître, il sembla que les trompettes et les timbales n'eussent attendu qu'elle, comme si la fête ne dût commencer qu'à son arrivée.

Pour ôter à la maison sa nudité, on l'avait savamment décorée de branchages et de fleurs, d'après les indications du capitaine. Cependant, à son insu, Édouard avait invité l'architecte à dessiner avec des fleurs la date sur la corniche. Ce qui pouvait encore passer, mais le capitaine arriva assez à temps pour empêcher que le nom d'Odile brillât aussi sur le champ du fronton. Il sut adroitement éluder cette initiative et faire écarter les lettres fleuries, déjà prêtes.

La couronne était en place et visible de loin dans la contrée. La bigarrure des rubans et des mouchoirs flottait en l'air ; un bref discours se perdit en grande partie dans le vent. La fête était à sa fin ; la danse allait commencer sur un emplacement aplani et entouré de feuillages, devant la maison. Un compagnon charpentier, tout faraud, amena à Édouard une gentille paysanne et invita Odile, qui se tenait auprès. Les deux couples trouvèrent aussitôt des imitateurs, et Édouard ne tarda pas à changer en s'emparant d'Odile et en faisant la ronde avec elle. Les jeunes de la société se mêlèrent gaiement à la danse du peuple, tandis que les vieux regardaient.

Ensuite, avant qu'on se dispersât pour la promenade, il fut convenu qu'on se rassemblerait de nouveau, au coucher du soleil, près des platanes. Édouard s'y trouva le premier, régla tout, et prit langue avec le valet de chambre, qui, de l'autre côté, en compagnie de l'artificier, devait s'occuper des réjouissances des yeux.

Le capitaine ne vit pas sans déplaisir les dispositions prises. Il voulait parler à Édouard de l'affluence de spectateurs à laquelle il fallait s'attendre, quand celui-ci le pria, avec quelque désinvolture, de vouloir bien lui laisser cette partie de la fête.

Déjà le peuple se pressait sur les digues, taillées à leur partie supérieure et dépouillées de gazon, où le sol était inégal et peu sûr. Le soleil se couchait, le crépuscule vint, et, en attendant que l'obscurité fût plus grande, on servit des rafraîchissements à la société sous les platanes. On trouvait ce lieu incomparable, et l'on se réjouissait à l'idée de goûter là, dans l'avenir, la vue sur un vaste lac aux rivages si divers.

Une soirée tranquille, un calme parfait de l'air, promettaient de favoriser la fête de nuit, quand soudain éclatèrent des cris horribles. De grosses mottes s'étaient détachées de la digue. On vit plusieurs personnes précipitées dans l'eau. Le sol avait cédé sous l'affluence et sous le piétinement de la foule, qui augmentait toujours. Chacun voulait avoir la meilleure place, et maintenant nul ne pouvait avancer ou reculer.

Tous bondirent et accoururent, plus pour regarder que pour agir ; car que faire là où personne ne pouvait atteindre ? Avec quelques hommes résolus, le capitaine s'empressa, refoula aussitôt la foule de la digue vers les rives, afin de laisser les mains libres aux sauveteurs qui s'efforçaient de tirer de l'eau ceux qui se noyaient. Ils étaient déjà tous revenus à terre, les uns par leurs propres efforts, les autres grâce au secours d'autrui, sauf un petit garçon, qui, dans son angoisse, au lieu de se rapprocher de la digue, s'en était éloigné. Les forces paraissaient lui manquer ; parfois une main, parfois un pied s'élevait encore. Par malheur, le canot était de l'autre côté, rempli de fusées. On ne pouvait le décharger que lentement, et le secours tardait. Le capitaine se décida. Il se débarrassa de son habit, les yeux de tous se dirigeaient sur lui, et son aspect de solidité et de force inspirait la confiance à tous ; cependant un cri de surprise s'éleva de la foule lorsqu'il se jeta à l'eau. Tous les yeux suivaient l'habile nageur, qui atteignit bientôt le jeune garçon, et le ramena sur la digue, mais comme mort.

Cependant le canot approchait à force de rames ; le capitaine y monta, et s'enquit exactement, auprès des personnes présentes, si tous étaient effectivement sauvés. Le chirurgien arrive et s'occupe de l'enfant qu'on croyait mort. Charlotte court, elle prie le capitaine de ne songer qu'à lui-même, de retourner au château pour changer de vêtements. Il hésite jusqu'à ce que des gens posés, intelligents, et qui ont vu les choses de tout près, qui ont eux-mêmes contribué au sauvetage, lui affirment, sur ce qu'ils ont de plus sacré, que tout le monde est sauvé.

Charlotte le voit se diriger vers la maison, elle pense que le vin, le thé, et tout ce qui serait nécessaire, est sous clé, qu'en pareille circonstance, les gens font ordinairement tout de travers ; elle court à travers la compagnie dispersée, qui se trouve encore sous les platanes ; Édouard s'occupe à persuader chacun de rester ; il a l'intention de donner bientôt le signal et le feu d'artifice commencera. Charlotte l'aborde et le prie de remettre un divertissement qui serait maintenant déplacé et dont on ne pourrait jouir en pareil moment ; elle lui rappelle ce qu'on doit à l'enfant sauvé et à son sauveur.

« Le chirurgien fera son métier, réplique Édouard. Il a tout ce qu'il faut, et notre empressement ne pourrait que l'embarrasser. »

Charlotte persista dans son idée et fit signe à Odile, qui se disposa aussitôt à partir. Édouard saisit sa main et s'écria :

« Nous n'allons pas finir cette journée à l'hôpital. Elle a mieux à faire que de jouer les sœurs de charité. Même sans nous, les morts prétendus s'éveilleront et les vivants se sécheront. »

Charlotte se tut et s'en alla. Quelques-uns l'accompagnèrent, d'autres les suivirent ; à la fin personne ne voulait être le dernier, et tous partirent. Édouard et Odile se trouvèrent seuls sous les platanes. Il s'obstina à rester, quelque insistance, quelque angoisse qu'elle mît à sa prière de revenir avec elle au château.

« Non, Odile ! s'écria-t-il, l'extraordinaire n'arrive pas sur la banalité des chemins plats. L'accident de ce soir précipite notre amour. Tu es à moi ! Je te l'ai déjà dit et juré assez souvent ; nous ne le dirons et ne le jurerons plus : il est temps que cela soit. »

Le canot s'approcha, venant de l'autre bord. C'était le valet de chambre, qui demanda avec embarras ce qu'il adviendrait du feu d'artifice.

« Qu'on le tire ! lui cria Édouard. Il avait été commandé pour toi seule, Odile, et tu seras seule à le voir. Permets-moi d'en jouir, assis à ton côté. »

Avec une tendre réserve, il se mit auprès d'elle, sans la toucher.

Les fusées partirent, les détonations roulèrent, les étoiles montèrent, les serpenteaux se tordirent et éclatèrent, les soleils sifflèrent, d'abord isolément, puis, par paires, puis tous à la fois et toujours plus fort, les uns après les autres et tous ensemble. Édouard, dont le cœur brûlait, suivait, d'un regard animé et satisfait, ces apparitions enflammées. Pour l'âme tendre et émue d'Odile, leur naissance et leur disparition bruyante et étincelante l'inquiétaient plus qu'elles ne lui plaisaient. Elle s'appuya timidement sur Édouard, à qui ce contact, cette confiance, donnèrent la pleine certitude qu'elle lui appartenait tout entière.

La nuit avait à peine repris ses droits, que la lune se leva et éclaira le sentier des deux amants, qui rentraient. Un homme, le chapeau à la main, barra la route, et leur demanda l'aumône, car on l'avait, disait-il, oublié en ce jour de fête. La lune éclairait son visage, et Édouard reconnut les traits du mendiant importun. Mais heureux comme il l'était, il ne pouvait s'impatienter. Il ne pouvait lui venir à l'esprit que la mendicité avec été particulièrement défendue pour ce jour-là. Il ne fouilla pas longtemps dans ses poches, et donna une pièce d'or. Il aurait volontiers rendu tout le monde heureux car son propre bonheur semblait sans bornes.

Au château, tout avait réussi au mieux. L'habileté du chirurgien, la provision de ce qui était nécessaire, l'aide de Charlotte, tout y contribua, et le petit garçon fut ramené à la vie. Les hôtes se séparèrent, tant pour voir encore de loin quelque chose du feu d'artifice, que pour regagner, après ces scènes de confusion, leur paisible chez-soi.

Le capitaine, après avoir rapidement changé d'habits, avait pris également une part active aux soins nécessaires. Tout était redevenu calme, et il se trouva seul avec Charlotte. Avec la confiance de l'amitié, il lui déclara alors que son départ était proche. Elle en avait tant vu ce soir-là, que cette révélation fit sur elle peu d'effet. Elle avait vu son ami se sacrifier, sauver les autres, se sauver lui-même. Ces événements singuliers paraissaient présager pour elle un avenir plein de signification, mais non point malheureux.

Édouard, qui entra avec Odile, fut également informé du prochain départ du capitaine. Il soupçonnait que Charlotte avait connu la nouvelle avant lui, mais il était trop occupé de lui-même et de ses projets, pour le mal prendre.

Au contraire, il apprit avec intérêt et avec joie la situation avantageuse et honorable à laquelle le capitaine allait être promu. Déjà il le voyait uni à Charlotte, il se voyait uni à Odile. On n'aurait pu lui faire un plus beau cadeau pour cette fête.

Mais quelle ne fut pas la surprise d'Odile, lorsqu'elle entra dans sa chambre et qu'elle vit le ravissant petit coffret sur sa table ! Elle ne tarda pas à l'ouvrir. Tout s'offrit à ses yeux si bien empaqueté et arrangé, qu'elle n'osait rien déplacer, à peine soulever les objets. La mousseline, la batiste, la soie, les châles et les dentelles rivalisaient de finesse, d'élégance et de prix. La parure n'avait pas été oubliée. Elle comprit fort bien l'intention de l'habiller plus d'une fois de la tête aux pieds : mais tout était si précieux et si nouveau pour elle, qu'elle n'osait se l'approprier en pensée.

CHAPITRE XVI

Le matin suivant, le capitaine avait disparu et avait laissé à ses amis une lettre bien sentie et reconnaissante. Le soir précédent, Charlotte et lui avaient déjà pris à moitié congé en quelques mots. Elle sentait que la séparation serait éternelle, et elle s'y résignait ; car dans la seconde lettre du comte, que le capitaine lui communiqua à la fin, il était également question d'un mariage avantageux en perspective ; et, bien qu'il n'y prêtât aucune attention, elle tenait déjà l'affaire pour certaine, et renonçait purement et simplement à lui.

En revanche, elle croyait pouvoir exiger des autres l'effort qu'elle avait exercé sur elle-même. Ce qui ne lui avait pas été impossible devait être possible aux autres. C'est en ce sens qu'elle engagea avec son mari la conversation, avec d'autant plus de franchise et d'assurance, qu'elle sentit qu'il fallait en finir une fois pour toutes.

« Notre ami nous a quittés, dit-elle : nous voilà de nouveau l'un en face de l'autre comme auparavant, et il ne dépendrait que de nous de revenir tout à fait à notre ancien état. »

Édouard, qui n'entendait rien que ce qui flattait sa passion, supposa que par ces paroles Charlotte désignait leur précédent veuvage, et qu'elle voulait, bien que de façon imprécise, lui faire espérer un divorce. Aussi répondit-il avec un sourire :

« Pourquoi pas ? Il ne s'agirait que de s'entendre. »

Il se trouva donc bien déçu, quand Charlotte reprit :

« Quant à Odile, pour lui trouver une autre situation, nous n'avons maintenant qu'à choisir, car il se présente une double occasion de lui donner un établissement désirable pour elle. Elle peut retourner à la pension, puisque ma fille est allée chez sa grand'tante ; elle peut être admise aussi dans une maison considérée, pour y jouir, avec une fille unique, de tous les avantages d'une éducation conforme à son rang.

— Cependant, reprit Édouard avec assez de sang-froid, Odile a été si gâtée en notre amicale compagnie, qu'elle aurait de la peine à se faire à toute autre.

— Nous nous sommes tous gâtés, dit Charlotte, et toi le premier. Mais il est venu un temps qui nous invite à réfléchir, qui nous avertit sérieusement de songer au plus grand bien de tous les membres de notre petit cercle, et de ne pas nous refuser à un sacrifice, quel qu'il soit.

— Tout au moins, reprit Édouard, je ne trouve pas équitable qu'Odile soit sacrifiée, et c'est ce qui arriverait, si on la rejetait maintenant parmi des étrangers. La chance est venue chercher ici le capitaine ; nous pouvons le laisser partir en toute tranquillité et même avec joie. Qui sait ce qui attend Odile ? Pourquoi précipiter les choses ?

— Ce qui nous attend est assez clair », répondit Charlotte avec quelque émotion, et, comme elle avait l'intention de s'expliquer une fois pour toutes, elle poursuivit : « Tu aimes Odile, tu t'accoutumes à elle. Chez elle aussi, naissent et se nourrissent l'amour et la passion. Pourquoi ne pas exprimer par des mots ce que chaque heure nous avoue et nous confesse ? N'aurons-nous pas assez de prudence pour nous demander ce qu'il en adviendra ?

— Bien qu'on ne puisse répondre sur-le-champ à cette question, dit Édouard, qui se contenait, on pourrait prétendre, tout au moins, qu'on se résout d'autant plus aisément à attendre les leçons de l'avenir qu'on ignore le succès d'une affaire.

— Pour faire ici des prédictions, répliqua Charlotte, il n'est pas besoin d'une grande sagesse ; et ce qu'on peut dire en tout cas, c'est que nous ne sommes plus assez jeunes l'un et l'autre pour courir en aveugles où l'on ne voudrait ni ne devrait aller. Personne ne peut plus veiller sur nous ; nous devons être nos propres amis, nos propres gouverneurs. Personne n'attend de nous que nous tombions dans les extrêmes, personne n'attend de nous trouver blâmables ou ridicules.

— Peux-tu m'en vouloir, dit Édouard, incapable de répondre au langage franc et sincère de sa femme, peux-tu me blâmer si le bonheur d'Odile me tient au cœur ? et non pas son bonheur futur, qui toujours échappe à nos calculs, mais son bonheur présent ? Figure-toi, en toute sincérité et sans t'abuser, Odile arrachée de nos bras et livrée à des étrangers ! Pour moi du moins je ne me sens pas assez cruel pour lui imposer un pareil changement. »

Charlotte discernait fort bien la décision de son mari derrière la feinte. C'est alors seulement qu'elle sentit combien il s'était éloigné d'elle. Avec émotion, elle s'écria :

« Odile peut-elle être heureuse, si elle nous divise ?

si elle m'enlève un époux ? si elle arrache un père à ses enfants ?

— Pour nos enfants, dit Édouard, souriant et froid, il y aura toujours, je pense, ce qu'il faut. » Mais il ajouta avec un peu plus d'amabilité : « Pourquoi aller tout de suite à l'extrême ?

— L'extrême est bien près de la passion, remarqua Charlotte. Ne repousse pas, quand il est temps encore, un bon conseil, ne refuse pas l'aide que je nous offre à tous deux. Dans les situations confuses, c'est à celui qui voit le plus clair d'agir et de servir. Aujourd'hui, c'est moi. Mon cher, mon très cher Édouard, laisse-moi faire. Peux-tu me demander de renoncer sans plus à un bonheur bien acquis, aux droits les plus beaux, à toi ?

— Qui dit cela ? reprit-il avec quelque embarras.

— Toi-même ! En prétendant retenir Odile, n'admets-tu pas tout ce qui doit en résulter ? Je ne veux pas te presser ; mais, si tu ne peux te vaincre, tu ne pourras du moins t'abuser plus longtemps. »

Édouard sentait combien elle avait raison. Une fois prononcée, une parole est terrible, si elle exprime soudain ce que le cœur s'est longtemps permis, et, afin de se dérober, du moins un moment, il répondit : « Je ne vois pas encore clairement à quoi tu veux en venir.

— Mon intention était de réfléchir avec toi aux deux projets. Tous deux ont du bon. La pension est ce qui conviendrait le mieux à Odile, lorsque je considère l'état présent de cette enfant. L'autre situation, plus importante et plus large, promet davantage, quand je pense à son avenir. »

Là-dessus, elle exposa en détail à son mari les deux situations, et conclut en ces termes :

« En ce qui me concerne, je préférerais à la pension, la maison de cette dame, pour plusieurs motifs, mais particulièrement parce que je ne voudrais pas augmenter le penchant, voire la passion du jeune homme dont Odile a gagné le cœur là-bas. »

Édouard fit semblant de donner son approbation, mais seulement pour obtenir un délai. Charlotte, à qui il importait d'arriver à une décision, profita de ce qu'Édouard ne la contredisait pas directement pour fixer aux premiers jours le départ d'Odile ; elle avait déjà tout préparé secrètement.

Édouard frémissait ; il se tenait pour trahi et le langage affectueux de sa femme lui semblait prémédité, artificieux, et concerté pour le séparer à jamais de son bonheur. Il feignit de lui abandonner toute l'affaire, mais sa décision était prise en lui-même. Pour avoir le temps de respirer, pour détourner le malheur imminent, irrémédiable de l'éloignement d'Odile, il résolut de quitter sa maison, mais non pas tout à fait sans en informer Charlotte, qu'il parvint toutefois à égarer, en lui faisant croire qu'il ne voulait pas assister au départ d'Odile, ni même à dater de ce moment, la voir. Charlotte, qui croyait avoir gain de cause, lui donna toute assistance. Il commanda ses chevaux, donna au valet de chambre les instructions nécessaires sur ce qu'il devait emballer et sur la manière dont il aurait à le suivre, et, comme s'il avait déjà le pied à l'étrier, il s'assit et écrivit.

Édouard à Charlotte

Que le mal qui nous a atteints, ma chère, se puisse guérir ou non, je ne sens qu'une seule chose : pour ne pas désespérer dans l'instant même, il faut que je trouve du répit pour moi, pour nous tous. Puisque je me sacrifie, je puis poser des conditions. Je quitte ma maison et je n'y reviendrai que dans des conjonctures plus favorables, plus tranquilles. Tu en disposeras dans l'intervalle, mais avec Odile. Je veux la savoir auprès de toi, et non parmi des étrangers. Prends soin d'elle, traite-la comme autrefois, comme jusqu'à ce jour, et même de façon toujours plus affectueuse, plus amicale, plus tendre. Je promets de ne chercher aucun rapport secret avec Odile. Laissez-moi plutôt quelque temps dans l'ignorance complète de ce qu'est votre vie : j'imaginerai que tout va pour le mieux. Imaginez-en autant pour moi. Tout ce que je te demande, de la manière la plus instante et la plus vive, c'est de ne faire aucune tentative pour placer Odile quelque part, pour l'engager dans un nouvel état. Hors de l'enceinte de ton château, de ton parc, confiée à des étrangers, elle m'appartient, et je m'emparerai d'elle. Mais, si tu respectes mon penchant, mes vœux, mes douleurs, si tu flattes ma folie, mes espérances, je ne m'opposerai pas à la guérison, si elle s'offre à moi.

Cette dernière phrase sortit de sa plume, et non de son cœur. Quand il la vit sur le papier, il se mit à pleurer amèrement. Il lui fallait, de manière ou d'autre, renoncer au bonheur, ou au malheur, d'aimer Odile ! C'est alors seulement qu'il sentit ce qu'il faisait. Il s'éloignait, sans savoir ce qui en pouvait résulter. Tout au moins devait-il ne plus la revoir à présent. La reverrait-il un jour ? Quelle assurance pouvait-il s'en promettre ? Mais la lettre était écrite ; les chevaux étaient devant la porte ; il devait craindre à chaque instant d'apercevoir quelque part Odile, et de voir du même coup sa résolution déjouée. Il se reprit ; il pensa qu'après tout, il lui serait toujours possible de revenir, et de se rapprocher de l'objet de ses désirs par l'éloignement. Il se représenta, au contraire, Odile, chassée de la maison, s'il restait. Il cacheta la lettre, descendit rapidement l'escalier, et sauta à cheval.

Comme il passait devant l'auberge, il vit sous la tonnelle le mendiant auquel il avait fait largesse la nuit précédente. Celui-ci était confortablement attablé devant son dîner. Il se leva et s'inclina respectueusement, même avec vénération, devant Édouard. C'était justement cette figure qui lui était apparue la veille, alors qu'il donnait le bras à Odile ; elle lui rappelait maintenant douloureusement le moment le plus heureux de sa vie. Ses souffrances s'accrurent. Le sentiment de ce qu'il laissait derrière lui, lui était insupportable ; il jeta encore une fois les yeux sur le mendiant. « Que tu es digne d'envie ! s'écria-t-il ; tu peux encore jouir de l'aumône d'hier ; et moi je ne jouis plus du bonheur d'hier. »

CHAPITRE XVII

Odile se mit à la fenêtre lorsqu'elle entendit quelqu'un s'éloigner à cheval, et elle vit encore le dos d'Édouard. Il lui parut singulier qu'il quittât la maison sans l'avoir vue, sans lui avoir souhaité le bonjour. L'inquiétude la prit, et elle devint de plus en plus pensive quand Charlotte l'entraîna avec elle dans une longue promenade, où elle lui parla de divers sujets, mais ne fit pas mention de son mari, de propos délibéré, à ce qu'il semblait. Elle fut donc doublement saisie, à son retour, de ne trouver que deux couverts sur la table.

Nous renonçons malaisément à des habitudes qui semblent insignifiantes, mais nous ne commençons à ressentir douloureusement cette privation que dans des circonstances graves. Édouard et le capitaine manquaient ; pour la première fois depuis longtemps, Charlotte avait ordonné elle-même le repas et Odile se sentait comme destituée. Les deux femmes étaient assises l'une en face de l'autre ; Charlotte parla sans aucune gêne de la promotion du capitaine et du peu d'espérance qu'on avait de le revoir bientôt. La seule consolation d'Odile, dans sa situation, c'est qu'elle pouvait croire qu'Édouard, pour accompagner encore son ami sur un bout de chemin, l'avait rattrapé à cheval.

Mais, lorsqu'elles se levèrent de table, elles virent sous la fenêtre la berline d'Édouard, et, comme Charlotte, avec un peu d'humeur, demandait qui avait commandé de l'amener là, on lui répondit que c'était le valet de chambre qui voulait y mettre quelques bagages. Odile eut besoin de tout son sang-froid pour cacher son étonnement et sa douleur.

Le valet de chambre entra et demanda encore quelques objets : c'était une tasse appartenant à son maître, plusieurs cuillers d'argent et diverses choses, qui, dans l'esprit d'Odile, paraissaient présager un lointain voyage, une longue absence. Charlotte repoussa très sèchement sa requête ; elle ne comprenait pas ce qu'il voulait dire, puisqu'il avait lui-même sous sa garde tout ce qui se rapportait à son maître. L'habile homme, à qui il importait seulement, en vérité, de parler à Odile, et, sous un prétexte quelconque, de l'attirer à cet effet hors de la pièce, parvint à s'excuser et persista dans sa demande, qu'Odile désirait aussi lui accorder : mais Charlotte refusa, le valet de chambre dut se retirer et la voiture partit.

Ce fut pour Odile un instant terrible. Elle ne comprenait pas, elle ne saisissait pas, mais qu'Édouard lui fût arraché pour longtemps, elle le sentait bien. Charlotte compatissait à son état et la laissa seule. Nous n'oserons décrire sa douleur, ses larmes, elle souffrait infiniment. Elle pria Dieu de l'aider seulement à passer cette journée. Elle endura le jour et la nuit, et, quand elle revint à elle-même, elle se crut en face d'une autre créature.

Elle ne s'était pas reprise, ne s'était pas résignée, mais elle était toujours là, après une si grande perte, et avait encore plus à craindre. Son permier souci, quand la conscience lui fut revenue, était qu'après l'éloignement des deux hommes, elle dût être éloignée à son tour. Elle ne soupçonnait rien des menaces d'Édouard qui lui garantissaient le séjour près de Charlotte ; mais la conduite de Charlotte servit à la calmer quelque peu. Celle-ci cherchait à occuper la pauvre enfant, et ne se séparait d'elle que rarement, à regret ; et encore qu'elle sût fort bien qu'avec des mots on ne peut pas grand-chose contre une passion déclarée, elle connaissait cependant le pouvoir de la réflexion, du raisonnement, et amenait sur divers sujets la conversation avec Odile.

C'était, par exemple, une grande consolation pour celle-ci quand, à l'occasion, Charlotte développait de propos délibéré et à dessein cette sage considération :

« Qu'elle est vive, disait-elle, la reconnaissance de ceux que nous aidons à sortir avec calme des embarras où les jettent les passions ! Intervenons joyeusement et avec bonne humeur dans les affaires que les hommes ont laissées inachevées : nous nous préparerons ainsi les plus belles perspectives pour leur retour, en conservant et en améliorant par notre modération ce que leur fougue et leur impatience pourraient détruire.

— Puisque vous parlez de modération, ma chère tante, répondit-elle, je ne puis vous cacher que la démesure des hommes me frappe, surtout pour ce qui est du vin. Que de fois j'ai été troublée et angoissée, quand j'ai dû remarquer que la clarté et l'intelligence, la sagesse, la délicatesse, la grâce et l'amabilité se perdaient, même pour plusieurs heures, et qu'au lieu de tout le bien qu'un homme peut faire et assurer, c'est souvent le mal et le trouble qui menacent d'éclater ! Que de fois il en peut résulter des résolutions brutales ! »

Charlotte lui donna raison, mais elle ne poursuivit pas la conversation ; car elle comprenait trop bien que, là encore, Odile ne pensait qu'à Édouard, qui se laissait aller, non pas habituellement, mais plus souvent qu'il n'eût été désirable, à exalter à l'occasion, par un coup de vin, ses plaisirs, sa loquacité et son activité.

Si Odile, lors de ces propos de Charlotte, avait pu se remémorer les hommes, et en particulier Édouard, elle fut d'autant plus frappée quand Charlotte lui parla d'un prochain mariage du capitaine, comme d'une chose tout à fait connue et certaine, ce qui donnait à tout un aspect autre qu'elle n'avait pu se le figurer d'après les assurances précédentes d'Édouard. Tout cela rendit Odile plus attentive à la moindre parole, au moindre signe, à la moindre action, à la moindre démarche de Charlotte. Elle était devenue habile, clairvoyante, soupçonneuse sans le savoir.

Cependant Charlotte portait la netteté pénétrante de ses regards sur le détail des affaires qui l'entouraient et y déployait sa claire activité, obligeant sa nièce d'y prendre une part constante. Elle réduisit la tenue de maison sans parcimonie. Tout bien considéré, elle tenait pour un heureux coup du destin ces événements passionnés. Car, sur le chemin que l'on avait suivi jusqu'alors, on aurait facilement perdu toute mesure, et par une conduite inconsidérée on aurait sinon détruit, du moins ébranlé, sans s'en aviser à temps, le bel état de biens de fortune abondants.

Pour ce qui était en train des allées du parc, elle ne l'interrompit point. Au contraire elle fit continuer ce qui devait servir de base à un aménagement futur; mais on s'en tint là. Au retour, il fallait que son mari trouvât encore suffisamment d'occupations agréables.

Au cours de ces travaux et de ces projets, elle ne put se louer assez des procédés de l'architecte. En peu de temps le lac s'étala devant ses yeux et les rives nouvelles se couvrirent agréablement et diversement de plantes et de gazons. Au pavillon neuf, tout le gros œuvre était achevé; on avait pourvu à ce qui était nécessaire à la conservation, et Charlotte s'arrêta au point où l'on pouvait recommencer avec plaisir. Elle était calme, et sereine. Odile ne faisait que le paraître, car en tout elle ne voyait que symptômes d'une attente proche ou lointaine d'Édouard. Rien ne l'intéressait que cette considération.

Aussi trouva-t-elle plaisir à une entreprise pour laquelle on rassembla les petits paysans, et qui avait pour but de tenir toujours propre le parc devenu vaste. Édouard en avait eu déjà l'idée. On fit faire aux enfants une sorte d'uniforme plaisant, qu'ils revêtaient vers le soir, après s'être lavés et nettoyés à fond. La garde-robe était au château; on en confia la surveillance au plus raisonnable, au plus soigneux. L'architecte dirigea le tout, et avant qu'on eût le temps de s'en aviser, les enfants avaient tous acquis une certaine adresse. On trouva en eux une main-d'œuvre facile à dresser, et ils exécutèrent leur tâche un peu comme une manœuvre. Certes, lorsqu'ils défilaient avec leurs plantoirs, leurs raclettes, leurs râteaux, leurs petites bêches, leurs pioches, leurs balais en éventail ; que d'autres les suivaient avec des corbeilles, pour enlever les mauvaises herbes et les pierres, que d'autres enfin tiraient derrière eux le grand rouleau de fer, c'était un joli et réjouissant cortège, où l'architecte notait une agréable suite d'attitudes et d'actions, pour la frise d'un pavillon champêtre. Odile, par contre, n'y voyait qu'une sorte de parade qui saluerait bientôt le retour du maître de maison.

Elle en prit le courage et l'envie de lui préparer une réception analogue. On avait cherché depuis longtemps à encourager les jeunes filles du village à coudre, à tricoter, à filer, et à exécuter d'autres ouvrages féminins. Ces qualités s'étaient développées depuis qu'on avait pris des mesures pour la propreté et la beauté du village. Odile s'en était constamment occupée, mais accidentellement, suivant l'occasion et la fantaisie. Elle résolut de le faire d'une manière plus complète et suivie. Mais de quelques petites filles, on ne compose pas un chœur, comme de quelques petits garçons. Elle suivit son bon sens, et, sans s'en rendre bien compte, elle s'efforça simplement d'inspirer à ces enfants de l'attachement pour leur maison, leurs parents, leurs frères et sœurs.

Elle réussit avec beaucoup d'entre elles. Mais on se plaignait toujours d'une petite fille fort vive, parce qu'elle n'était bonne à rien, et que décidément, elle ne voulait rien faire à la maison. Odile ne pouvait en vouloir à la petite fille, qui lui témoignait une affection particulière. Elle s'attachait à sa personne, allait et courait avec elle, quand elle en avait la permission. Alors elle était active, joyeuse, infatigable. L'attachement à une belle maîtresse semblait un besoin pour cette enfant. Au commencement, Odile souffrit la compagnie de l'enfant ; puis elle prit à son tour de l'inclination pour elle ; à la fin elles ne se séparaient plus, et Nane suivait partout sa maîtresse.

Celle-ci prenait souvent le chemin du jardin et se réjouissait de sa prospérité. Le temps des fraises et des cerises touchait à sa fin, mais Nane se régalait particulièrement des plus tardives. Devant les autres fruits qui promettaient pour l'automne une si abondante récolte, le jardinier pensait constamment à son maître, et jamais sans souhaiter son retour. Odile aimait à écouter le bon vieillard. Il entendait parfaitement son métier, et ne cessait de lui parler d'Édouard.

Comme elle se réjouissait que les greffes du printemps eussent toutes si bien réussi, le jardinier répondit, soucieux :

« Je souhaite seulement que mon bon maître y puisse trouver beaucoup de plaisir. S'il était ici cet automne, il verrait combien il reste encore dans le vieux jardin du château d'espèces précieuses du temps de monsieur son père. Messieurs les pépiniéristes d'aujourd'hui ne sont pas aussi sûrs que l'étaient autrefois les Chartreux [8]. On trouve, il est vrai, dans les catalogues, des noms qui sonnent fort bien : on greffe, on élève, et, lorsqu'enfin paraissent les fruits, ce n'est pas la peine d'avoir de pareils arbres dans le jardin. »

Ce dont s'enquérait le plus fréquemment le fidèle serviteur, presque toutes les fois qu'il voyait Odile, c'était du retour de son maître et de sa date. Et, comme Odile ne pouvait le lui indiquer, le bonhomme lui laissait entendre, non sans un chagrin secret, qu'il croyait qu'elle n'avait pas confiance en lui ; et le sentiment de son ignorance, qui s'imposait fortement à elle de cette façon, lui était pénible. Pourtant elle ne pouvait se séparer de ces plates-bandes et de ces parterres. Ce qu'ils avaient semé ensemble pour une part, ce qu'ils avaient planté était alors en pleine fleur ; il y fallait à peine d'autres soins encore que ceux de Nane, toujours prête à arroser. Avec quels sentiments Odile regardait les fleurs tardives, qui ne faisaient que s'annoncer, dont l'éclat et l'abondance devaient briller plus tard, et exprimer son amour et sa reconnaissance à Édouard le jour de son anniversaire qu'elle se promettait parfois de fêter ! Cependant l'espérance de voir cette fête n'était pas toujours aussi vivante. Le doute et le souci assaillaient sans cesse de leurs murmures l'âme de la charmante fille.

Aucun accord bien franc ne pouvait se rétablir avec Charlotte. Car la situation des deux femmes était au fond très différente. Si tout restait en état, si l'on rentrait dans l'ornière de la légitimité, Charlotte gagnait en bonheur actuel, et d'heureuses perspectives s'ouvraient à elle dans l'avenir ; Odile, par contre, perdait tout. Car pour la première fois, elle avait trouvé en Édouard la vie et la joie, et, dans sa situation présente, elle ressentait un vide infini, dont elle avait eu à peine quelque soupçon auparavant. Un cœur qui cherche sent bien qu'il lui manque quelque chose ; mais un cœur qui a perdu sent qu'il est vide. La nostalgie se change en mécontentement et en impatience et une âme féminine, accoutumée à attendre et à patienter, pourrait alors sortir de son cadre, exercer son activité, entreprendre, et travailler aussi à son bonheur.

Odile n'avait pas renoncé à Édouard. Comment le pouvait-elle, bien que Charlotte, cependant prudente, le tînt, contre sa propre conviction, pour entendu, et supposât établi que des rapports de tranquille amitié étaient possibles entre son mari et Odile ? Mais que de fois, celle-ci, la nuit, après s'être enfermée, s'était-elle mise à genoux devant le coffret ouvert, et avait-elle contemplé les cadeaux d'anniversaire dont elle n'avait encore rien employé, rien coupé, rien préparé ! Que de fois la pauvre enfant avait couru, au lever du soleil, hors de la maison, où elle avait trouvé autrefois tout son bonheur, dans la campagne, qui naguère ne lui disait rien ! Elle ne pouvait même demeurer sur la terre ferme. Elle sautait dans la barque et ramait jusqu'au milieu du lac ; puis elle tirait une description de voyage, se laissait balancer par les ondes remuées, lisait, se transportait au loin en rêve, et toujours y trouvait son ami ; elle était toujours demeurée près de son cœur, et lui près du sien.

CHAPITRE XVIII

Que cet original remuant, avec lequel nous avons déjà fait connaissance, que Courtier, quand il eut reçu la nouvelle du malheur qui avait éclaté chez ses amis, fût disposé à prouver et à exercer en cette occasion son amitié, son adresse, bien qu'aucune des parties n'eût encore fait appel à son aide, on peut le penser. Mais il lui parut recommandable de commencer par différer quelque peu ; car il ne savait que trop qu'il est plus difficile dans les complications sentimentales de venir en aide aux gens cultivés qu'aux simples. Il les laissa donc quelque temps à eux-mêmes ; mais à la fin il n'y put tenir, et courut dénicher Édouard, dont il avait déjà découvert la trace.

Son chemin le conduisit dans une agréable vallée où les eaux abondantes d'un ruisseau toujours vif, tantôt serpentaient, tantôt bouillonnaient à travers un fond de prairies d'un vert agréable et richement plantées d'arbres. Sur la douceur des collines s'étendaient des champs fertiles et des vergers bien entretenus. Les villages n'étaient pas trop voisins les uns des autres ; le tout avait un caractère paisible, et les diverses parties, si elles n'étaient pas à peindre, semblaient bien faites pour la vie.

Une métairie bien entretenue, une habitation propre et modeste, entourée de jardins, lui tomba enfin sous les yeux. Il supposa que c'était le présent séjour d'Édouard, et il ne se trompait point.

De cet ami solitaire, tout ce que nous pouvons dire c'est que, dans la retraite, il s'abandonnait entièrement au sentiment de sa passion, et en même temps concevait mille projets, nourrissait maintes espérances. Il ne pouvait se leurrer : il désirait voir Odile en ce lieu ; l'y conduire, l'y attirer, avec tout ce qu'il ne se défendait point de penser encore, le permis et l'interdit. Puis son imagination errait parmi toutes les possibilités. S'il ne devait pas la posséder ici, s'il ne pouvait pas la posséder légitimement, il voulait du moins lui assurer la possession de ce domaine. Elle y vivrait pour elle-même, tranquille, indépendante ; elle serait heureuse, et, peut-être même — quand son imagination torturante le menait plus loin encore — avec un autre.

Ainsi s'écoulaient ses jours, dans un éternel balancement entre l'espérance et la douleur, entre les larmes et la sérénité, entre les projets, les préparatifs et le désespoir. La vue de Courtier ne le surprit pas. Il avait depuis longtemps attendu son arrivée, il était pour lui à moitié le bienvenu. Comme il le croyait envoyé par Charlotte, il s'était déjà préparé à toutes sortes d'excuses et de moyens dilatoires, et ensuite à des propositions plus déterminées ; mais comme il espérait d'autre part apprendre de lui quelques nouvelles d'Odile, Courtier lui était aussi cher qu'un messager céleste.

Aussi fut-il chagrin et mal disposé lorsqu'il apprit que Courtier ne venait point de la part de Charlotte, mais de son propre mouvement. Son cœur se referma, et, au commencement, la conversation n'arrivait pas à s'engager. Mais Courtier ne savait que trop bien qu'un cœur occupé par l'amour a le besoin pressant de s'exprimer, de répandre devant un ami ce qui se passe en lui. Aussi, après quelques répliques, il consentit, pour cette fois, à sortir de son rôle, et à jouer les confidents au lieu des médiateurs.

Comme il blâmait amicalement Édouard de sa vie solitaire, celui-ci lui répondit :

« Oh ! je ne saurais passer plus agréablement mon temps. Je suis toujours occupé d'elle, toujours auprès d'elle. J'ai l'avantage inestimable de pouvoir imaginer où Odile se trouve, où elle marche, où elle s'arrête, où elle repose. Je la vois agir devant moi comme d'habitude, mais faire et entreprendre toujours ce qui me flatte le plus. Mais je n'en reste pas là ; en effet, comment être heureux loin d'elle ? Mon imagination élabore ce que devrait faire Odile pour se rapprocher de moi. J'écris en son nom des lettres intimes et tendres, qu'elle m'adresse ; je lui réponds et conserve les lettres ensemble. J'ai promis de ne faire aucune démarche vers elle et je m'y tiendrai. Mais qu'est-ce qui la lie et l'empêche de se tourner vers moi ? Charlotte a-t-elle eu la cruauté d'exiger d'elle la promesse et le serment de ne pas m'écrire, de ne pas me donner de ses nouvelles ? Cela est naturel, cela est vraisemblable, et pourtant je le trouve inouï, insupportable. Si elle m'aime, comme je le crois, comme je le sais, pourquoi ne se décide-t-elle pas, pourquoi n'ose-t-elle pas fuir, et se jeter dans mes bras ? Elle le devrait, pensé-je quelquefois, elle le pourrait. Quand je perçois un mouvement dans l'antichambre, je regarde du côté de la porte. Elle va entrer ! Je l'imagine, je l'espère, hélas ! et, comme le possible est impossible, je me figure que l'impossible deviendra possible. La nuit, quand je m'éveille, quand la lampe jette à travers la chambre une lueur incertaine, sa figure, son ombre, un je-ne-sais-quoi émanant d'elle devrait passer devant moi, approcher, me saisir, ne fût-ce qu'un instant, afin que j'aie comme l'assurance qu'elle pense à moi, qu'elle est à moi !

» Une seule joie me reste encore. Quand j'étais près d'elle, je ne rêvais jamais d'elle ; mais, maintenant, au loin, nous sommes réunis en rêve. Et, bizarrerie, c'est seulement depuis que j'ai fait ici connaissance d'autres aimables personnes des environs, que son image m'apparaît en songe, comme si elle voulait me dire : « Regarde à droite et à gauche : tu ne trouveras rien de plus beau, de plus cher que moi. » Ainsi son image se mêle à tous mes rêves. Tout ce qui m'arrive avec elle s'entremêle et se superpose. Parfois nous signons un contrat : voilà son écriture et voici la mienne, son nom et le mien ; ils s'effacent l'un l'autre, ils s'entrelacent. Ces voluptueuses tromperies de l'imagination ne vont pas sans douleurs. Il lui arrive de faire ce qui blesse la pure idée que j'ai d'elle ; c'est seulement alors que je sens combien je l'aime, car je me sens angoissé au-delà de toute description. Parfois elle me provoque tout à l'opposé de sa manière, et me tourmente ; mais son image se transforme aussitôt ; son beau petit visage rond et céleste s'allonge : c'est une autre femme. Mais je n'en suis pas moins tourmenté, insatisfait et ébranlé.

» Ne souriez pas, cher Courtier, ou souriez, comme il vous plaira. Je n'ai pas honte de cet attachement, de cet amour insensé, furieux, si vous voulez ! Non, je n'ai encore jamais aimé ; j'apprends aujourd'hui, pour la première fois, ce que ces mots veulent dire. Jusqu'ici, tout, dans ma vie, n'était que prélude, attente, temps passé, temps perdu, jusqu'à ce que je l'aie connue, aimée, aimée de tout mon être. On m'a fait reproche, non pas précisément en face, mais dans le dos, de ne faire que gâter, en amateur, la plupart des besognes. Peut-être, mais je n'avais pas encore trouvé le lieu de montrer ma maîtrise. Qu'on me fasse voir celui qui me dépasse dans le talent d'aimer.

» C'est sans doute un talent lamentable, riche de douleurs, riche de larmes ; mais je le découvre en moi si naturel, si personnel, que j'y renoncerai certes malaisément. »

Par cette explosion venue du cœur, Édouard s'était soulagé sans doute, mais d'un seul coup chacun des traits de son étrange situation s'était offert si distinctement à ses yeux que, terrassé par cette lutte douloureuse, il fondit en larmes qui coulèrent avec d'autant plus d'abondance que ces épanchements avaient amolli son cœur.

Courtier, qui pouvait d'autant moins démentir sa brusquerie naturelle et son impitoyable raison, qu'il se voyait rejeté bien loin du but de son voyage par le douloureux éclat de la passion d'Édouard, exprima franchement et rudement sa désapprobation. Édouard devait, prétendait-il, reprendre des façons viriles ; il devait songer à ce qu'on doit à la dignité d'homme ; il ne devait pas oublier que le plus grand honneur humain est de se contenir dans le malheur, de supporter la douleur avec égalité et dignité, afin d'obtenir l'estime, le respect, et se voir cité en modèle.

Agité, pénétré comme il l'était, des plus pénibles sentiments, Édouard trouvait forcément ces paroles creuses et insignifiantes.

« Les heureux, les satisfaits en peuvent parler à leur aise, s'écria-t-il ; mais ils rougiraient, s'ils voyaient combien ils sont insupportables à celui qui souffre. La patience doit être infinie, et les satisfaits imperturbables se refusent à admettre l'infini de la douleur. Il est des cas, oui, il en est, où toute consolation abaisse, où le devoir est de désespérer. Un noble Grec, qui sait aussi peindre les héros, ne dédaigne aucunement de faire pleurer les siens sous l'aiguillon de la douleur. Même il va jusqu'à dire en manière d'adage : « Les hommes qui pleurent beaucoup sont bons ». Loin de moi les cœurs secs, les yeux secs ! Je maudis les heureux à qui le malheureux ne sert que de spectacle. Dans les plus cruelles angoisses du corps et de l'esprit, il doit, pour obtenir leur suffrage, garder encore une noble attitude, et, pour qu'ils l'applaudissent au moment de sa mort, il faut, comme un gladiateur, qu'il tombe sous leurs yeux avec dignité. Cher Courtier, je vous remercie de votre visite, mais vous me donneriez un grand témoignage d'amitié en allant faire un tour dans le jardin, dans la campagne. Nous nous retrouverons. Je tenterai d'être plus retenu et plus semblable à vous. »

Courtier aimait mieux se montrer conciliant que rompre un entretien qu'il n'aurait pu facilement renouer. Il convenait sans doute aussi à Édouard de poursuivre la conversation, qui, d'ailleurs, tendait à le rapprocher de son but.

« A la vérité, dit-il, il ne sert de rien de ressasser idées et paroles ; cependant, au cours de notre entretien, j'ai pris conscience de mon être intime ; j'ai senti nettement à quoi je devais me résoudre, à quoi je suis résolu. Je vois devant moi ma vie présente, ma vie future. Je n'ai à choisir qu'entre la misère et la jouissance. Homme de bien, provoquez un divorce qui est si nécessaire, qui existe déjà en fait. Procurez-moi le consentement de Charlotte. Je ne m'expliquerai pas davantage sur les raisons que j'ai de croire qu'on pourra l'obtenir. Allez, mon cher, donnez-nous la paix à tous ; rendez-nous heureux. »

Courtier ne manifestait rien ; Édouard continua :

« Mon sort et celui d'Odile ne se peuvent séparer, et nous ne succomberons pas. Voyez ce verre, nos chiffres y sont gravés. Un gai compagnon l'a lancé en l'air ; personne ne devait plus y boire ; il devait se briser sur le roc, mais il a été rattrapé en l'air. Je l'ai racheté à grand prix, et j'y bois tous les jours désormais, pour me convaincre tous les jours que tous les liens fixés par le destin sont indestructibles.

— Malheur à moi ! s'écria Courtier, quelle patience ne dois-je pas avoir avec mes amis ! Voilà que je rencontre encore la superstition, que je hais comme ce qu'il y a de plus nuisible qui puisse pénétrer chez les hommes. Nous jouons avec les prédictions, les pressentiments et les songes, et nous donnons par là du poids à la vie quotidienne. Mais, quand la vie prend elle-même du poids, quand tout s'agite et gronde autour de nous, alors l'orage est rendu encore plus effrayant par ces spectres.

— Dans cette incertitude de la vie, fit Édouard, entre l'espérance et la crainte, laissez donc au cœur nécessiteux une sorte d'étoile, vers laquelle il puisse regarder, quand même il ne saurait se diriger sur elle.

— Je l'admettrais bien, répondit Courtier, si on pouvait s'attendre à quelque suite dans les idées ; mais j'ai toujours constaté que personne ne prend garde aux mauvais présages ; l'attention se dirige uniquement sur ceux qui flattent et qui promettent, et la foi en eux est seule vivante. »

Comme Courtier se voyait attiré dans des régions obscures où il se sentait toujours plus gêné, à mesure qu'il y séjournait, il se montra un peu mieux disposé à accéder au pressant désir d'Édouard, qui lui prescrivait d'aller trouver Charlotte. En effet, que pouvait-il encore opposer à Édouard en cet instant ? Gagner du temps pour rechercher où en étaient les femmes, c'était tout ce qui lui restait, même à son propre jugement.

Il s'empressa de se rendre auprès de Charlotte, qu'il trouva, comme autrefois, maîtresse d'elle-même et sereine. Elle l'instruisit volontiers de ce qui s'était passé ; car, des propos d'Édouard, Courtier n'avait pu tirer que les résultats. De son côté, il se conduisit avec précaution, mais ne put prendre sur lui de prononcer, même en passant, le mot de divorce. Aussi, quels ne furent pas sa surprise, son étonnement — et si l'on songe à ses sentiments, — sa joie lorsque Charlotte, à la suite de tant de choses pénibles, lui dit enfin :

« Je dois croire, je dois espérer, que tout s'arrangera, qu'Édouard me reviendra. Comment pourrait-il en être autrement, puisque vous me trouvez enceinte ?

— Vous ai-je bien comprise ? s'écria Courtier.

— Parfaitement, répondit Charlotte.

— Que cette nouvelle soit mille fois bénie ! reprit-il en joignant les mains. Je connais la force de cet argument sur le cœur d'un homme. Que de mariages j'ai vu ainsi hâtés, consolidés, rétablis ! Des espérances font plus que des milliers de mots, et c'est en effet le meilleur espoir que nous puissions avoir.

» Cependant, poursuivit-il, en ce qui me concerne, j'aurais tout lieu d'être fâché. Dans ce cas, je le vois bien, mon amour-propre n'aura pas à être flatté. Chez vous, mon activité ne méritera pas de remerciement. Je me compare à ce médecin, mon ami, dont toutes les cures réussissaient, quand il les entreprenait sur les pauvres, pour l'amour de Dieu ; mais qui arrivait rarement à guérir un riche, qui l'aurait bien payé. Heureusement les choses s'arrangent toutes seules ; car mes peines, mes conseils, seraient restés infructueux. »

Charlotte lui demanda de porter la nouvelle à Édouard, de se charger d'une lettre d'elle, et de voir ce qu'il y avait à faire, à remettre d'aplomb. Il s'y refusa. « Tout cela est déjà fait, s'écria-t-il ; écrivez. Le premier messager venu vaudra autant que moi. Il faut que je porte mes pas là où je suis plus nécessaire. Je ne reviendrai que pour vous féliciter, je reviendrai pour le baptême. »

Cette fois encore, Charlotte fut mécontente de Courtier, comme elle l'avait été souvent. Sa diligence donnait quelques bons résultats, mais sa précipitation était responsable de bien des échecs. Personne n'était plus esclave que lui des préventions du moment.

Le messager de Charlotte arriva chez Édouard, qui

le reçut avec une demi-frayeur. La lettre pouvait contenir un non aussi bien qu'un oui. Longtemps, il n'osa pas l'ouvrir, et, frappé en la lisant, il demeura pétrifié au passage suivant qui la terminait :

« Rappelle-toi cette nuit, où tu rejoignais ta femme en aventureux amant, où tu l'attirais irrésistiblement à toi, où tu la pressais dans tes bras comme une amante, comme une fiancée. Vénérons en cette singulière conjoncture une indication du ciel, qui a pris soin de former entre nous un nouveau lien, à l'instant où le bonheur de notre vie menace de se décomposer et de disparaître. »

Ce qui se passa à partir de ce moment dans l'âme d'Édouard serait difficile à dépeindre. Dans une pareille tourmente, les anciennes habitudes, les anciennes inclinations, reparaissent enfin, pour tuer le temps, pour remplir le cadre de la vie. La chasse et la guerre sont alors une ressource toujours prête pour un gentilhomme. Édouard aspirait au danger extérieur, pour faire équilibre au danger intérieur ; il aspirait à la mort, parce que l'existence menaçait de lui devenir insupportable. C'était même une consolation pour lui de penser qu'il ne serait plus, et qu'il pourrait, par là même, rendre heureux ceux qu'il aimait, ses amis. Personne ne mit d'obstacle à sa volonté, parce qu'il cacha sa résolution. Il fit son testament dans les formes. C'était pour lui une douce satisfaction de pouvoir léguer le domaine à Odile. Il pourvut aux besoins de Charlotte, de l'enfant à naître, du capitaine, de ses domestiques. La guerre, qui venait d'éclater à nouveau, favorisait son projet. Des militaires médiocres lui avaient donné beaucoup de tablature dans sa jeunesse, et c'était pour cela qu'il avait quitté le service ; maintenant c'était pour lui une magnifique sensation que de partir avec un chef dont il pouvait se dire : « Sous sa conduite la mort est probable et la victoire certaine. »

En apprenant le secret de Charlotte, Odile, aussi interdite qu'Édouard, et plus encore, rentra en elle-même. Elle n'avait plus rien à dire désormais. Elle ne pouvait espérer ; et il ne lui était pas permis de désirer. Son journal, dont nous nous proposons de faire connaître quelques passages, nous permettra de jeter un coup d'œil dans son âme.

Deuxième partie

CHAPITRE I

Dans la vie de tous les jours il arrive souvent ce que, dans l'épopée, nous avons coutume de célébrer comme un artifice du poète : lorsque les personnages principaux s'éloignent, se cachent, s'adonnent à l'inaction, tout aussitôt un personnage de second ou de troisième plan, un personnage à peine remarqué jusque-là, remplit la scène, et, en exprimant toute son activité, nous paraît à son tour digne d'attention, de sympathie, voire de louange et d'estime.

C'est ainsi qu'immédiatement après le départ du capitaine et d'Édouard, l'architecte dont dépendait l'ordonnance et l'exécution de diverses entreprises, prit chaque jour plus d'importance. Il se montrait précis, intelligent et actif. En même temps, il rendait service aux dames de maintes façons et savait les distraire aux heures de tranquillité et d'ennui. Son extérieur déjà était de nature à inspirer la confiance et l'affection. Un jeune homme, dans toute la force du terme, bien bâti, élancé, plutôt un peu trop grand, modeste sans timidité, communicatif sans importunité. Il se chargeait avec plaisir de tous les ennuis et de toutes les corvées, et, comme il calculait avec une grande facilité, toute la tenue de maison n'eut bientôt plus de mystère pour lui, et son heureuse influence s'étendit partout. On lui faisait ordinairement recevoir les étrangers, et il savait, soit écarter les visites inattendues, soit, tout au moins, y préparer les dames, de sorte qu'il ne leur en résultât point d'incommodité.

Un jour, entre autres, un jeune juriste lui donna beaucoup de peine. Envoyé par un gentilhomme du voisinage, il venait traiter une affaire qui, sans avoir une importance spéciale, touchait cependant profondément Charlotte. Nous devons signaler cet incident, parce qu'il mit en branle divers événements qui, sans cela, auraient peut-être longtemps sommeillé.

Nous nous rappelons la transformation que Charlotte avait entreprise du cimetière. Tous les monuments avaient été déplacés et avaient été rangés contre le mur, et contre le soubassement de l'église. Le reste du terrain avait été aplani. A l'exception d'un large chemin, qui menait à l'église, et, le long de celle-ci, à la petite porte de l'autre côté, on avait tout ensemencé de différentes espèces de trèfle, qui verdoyaient et fleurissaient fort bien. Les nouvelles tombes devaient se disposer à partir du bout, suivant un certain ordre, mais chaque fois l'emplacement serait nivelé et également ensemencé. On ne pouvait nier que cet arrangement ne présentât, les dimanches et les jours de fête, à ceux qui fréquentaient l'église, un aspect agréable et digne. Le pasteur lui-même, avancé en âge, attaché aux anciennes coutumes, et qui, au commencement, n'avait pas été particulièrement content de cette innovation, se plaisait maintenant, lorsqu'il se reposait, comme Philémon avec sa Baucis, sous les tilleuls antiques [9], devant sa porte derrière la maison, à voir, au lieu du terrain raboteux des tombes, un beau tapis bigarré, qui d'ailleurs devait profiter à son ménage, car Charlotte avait fait assurer au presbytère la jouissance du terrain.

Cependant, malgré cela, quelques paroissiens avaient déjà trouvé mauvais qu'on eût enlevé les inscriptions du lieu où reposaient leurs ancêtres, et qu'on eût, en quelque sorte, effacé ainsi leur mémoire. En effet, les monuments bien entretenus indiquaient à la vérité le nom de celui qui était enterré, mais non pas le lieu où il l'était ; or c'est le lieu qui importe surtout, à ce que prétendaient beaucoup de gens.

Ce fut l'avis d'une famille du voisinage, qui s'était réservé, pour elle et les siens, depuis plusieurs années, un emplacement dans ce champ de repos, et qui avait fait, en échange, une petite fondation en faveur de l'église. Le jeune juriste était donc envoyé pour révoquer la fondation, et notifier qu'on ne payerait plus, parce que la condition sous laquelle on l'avait fait jusqu'alors avait été violée unilatéralement, et qu'il n'avait été tenu aucun compte de toutes les représentations et oppositions. Charlotte, qui était à l'origine de cette transformation, voulut parler elle-même au jeune homme, qui exposa vivement sans doute, mais sans trop d'impertinence, ses raisons et celles de son client, et fit plus d'une fois réfléchir la compagnie.

« Vous voyez, dit-il, après un court préambule, dans lequel il sut justifier son importunité, vous voyez qu'il importe aux plus petits comme aux plus grands de désigner le lieu où reposent les leurs. Pour le plus pauvre laboureur qui enterre un enfant, c'est une sorte de consolation que de placer sur sa tombe une maigre croix de bois, de l'orner d'une couronne, afin de conserver au moins le souvenir tant que dure la douleur, quand bien même ce signe, comme le deuil lui-même, doit être effacé par le temps. Ceux qui ont du bien changent ces croix de bois en croix de fer, les affermissent et les protègent de diverses façons et la durée est déjà de plusieurs années. Cependant, comme ces croix aussi tombent et cessent de se voir, les riches n'ont rien de plus pressé que d'ériger une pierre, qui promet de durer pour plusieurs générations, et que les descendants peuvent restaurer et renouveler. Cependant cette pierre n'est pas ce qui nous attire, mais ce qui est dessous, ce qui a été confié près d'elle à la terre. Il ne s'agit point tant de la mémoire que de la personne même, du souvenir que de la présence. J'étreins bien mieux et plus intimement un mort chéri sous un tertre que dans un monument, car celui-ci n'est pas grand-chose par lui-même ; mais tout autour, comme autour d'un centre d'attraction, les époux, les parents, les amis, se rassembleront encore, même après leur mort, et il faut que le vivant conserve le droit d'écarter et d'éloigner du mort chéri les étrangers et les malveillants.

» Je maintiens donc que mon commettant a pleinement le droit de reprendre sa fondation ; et c'est encore assez modéré, car le préjudice causé aux membres de la famille est de ceux auxquels on ne saurait concevoir de dédommagement. Ils sont privés de la douce et triste jouissance de porter à leurs bien-aimés une offrande funèbre, ils perdent le consolant espoir de reposer un jour tout près d'eux.

— L'affaire n'a pas assez d'importance, répondit Charlotte, pour qu'on se tracasse d'un procès. J'ai si peu de remords de ce que j'ai fait, que je dédommagerai volontiers l'église de ce qu'elle perd. Mais je dois vous avouer franchement que vos arguments ne m'ont point convaincue. Le pur sentiment d'une égalité suprême, universelle, au moins après la mort, me semble plus reposant que cette persistance obstinée et irréductible de nos personnalités, de nos attachements et de nos conditions de vie. Et qu'en dites-vous ? demanda-t-elle à l'architecte.

— Je ne voudrais, répondit celui-ci, ni disputer, ni décider en pareille affaire. Laissez-moi exprimer modestement ce qui touche de plus près à mon art, à ma façon de penser. Depuis que nous ne sommes plus assez heureux pour presser sur notre poitrine les restes d'un objet aimé, enfermés dans une urne ; puisque nous ne sommes ni assez riches, ni d'âme assez sereine, pour les conserver intacts dans de grands sarcophages bien décorés ; puisque nous ne trouvons plus même de place dans les églises pour nous et pour les nôtres [10], et que nous sommes relégués dehors, en plein air, nous avons tout lieu, Madame, d'approuver l'arrangement que vous avez mis en train. Quand les membres d'une paroisse sont couchés en rangs les uns à côté des autres, ils reposent près des leurs, et au milieu d'eux, et, puisque la terre doit nous recueillir un jour, je ne vois rien de plus naturel et de plus propre que d'aplanir sans retard les tertres qui se sont élevés au hasard et qui s'affaissent peu à peu, et de rendre plus légère pour chacun cette chape en la faisant porter par tous.

— Et tout cela devrait passer sans le moindre signe du souvenir, sans rien qui vienne au-devant de la mémoire ? repartit Odile.

— Aucunement, poursuivit l'architecte : ce n'est pas du souvenir, c'est de l'emplacement qu'il se faut détacher. L'architecte, le sculpteur ont le plus grand intérêt à ce que l'homme attende d'eux, de leur art, de leur main, un prolongement de son existence : c'est pourquoi je désirerais des monuments bien conçus, bien exécutés, non pas semés isolément et au hasard, mais érigés en un lieu où ils peuvent se promettre la durée. Puisque les saints et les grands eux-mêmes renoncent au privilège de reposer en personne dans les églises, qu'on dresse, au moins dans ces édifices, ou dans de belles galeries autour des lieux de repos, des monuments, des inscriptions. Il y a mille formes que l'on peut leur prescrire, mille espèces d'ornements dont on peut les décorer.

— Si les artistes sont si riches, reprit Charlotte, dites-moi donc comment on n'arrive jamais à s'affranchir de la forme d'un maigre obélisque, d'une colonne tronquée et d'une urne cinéraire ? Au lieu des mille inventions dont vous vous vantez, je n'ai jamais vu que mille répétitions.

— C'est bien le cas chez nous, lui répliqua l'architecte, mais non partout. Et, en général, le problème de l'invention et de la convenance dans l'application paraît quelque chose de tout particulier. Singulièrement il s'offre, dans ce cas, bien des difficultés pour égayer un objet sérieux, et, avec un sujet pénible, pour ne point tomber dans le pénible. Pour ce qui est des projets de monuments de tout genre, j'en ai rassemblé un grand nombre, et je les montre à l'occasion ; cependant le monument le plus beau reste toujours le portrait même de l'homme. Il donne, mieux que quoi que ce soit, une idée de ce qu'il était ; c'est le meilleur texte qui se prête à des notes nombreuses ou rares. Mais, il faudrait qu'il fût exécuté dans les plus belles années, ce qu'on néglige d'ordinaire [11]. Personne ne songe à conserver des formes vivantes, et, quand on le fait, c'est d'une manière insuffisante. Alors on se hâte de prendre le moulage d'un mort, on pose ce masque sur un bloc, et cela s'appelle un buste. Qu'il est rare que l'artiste soit en état de lui restituer complètement la vie !

— Vous avez, sans peut-être le savoir et le vouloir, répondit Charlotte, dirigé cette conversation tout à fait à mon gré. L'image d'un homme a son autonomie ; partout où elle se trouve, elle existe pour elle-même, et nous n'exigerons point d'elle de désigner le lieu proprement dit de la sépulture. Mais dois-je vous confesser un sentiment singulier ? Même à l'égard des portraits, j'ai une sorte de répugnance. Ils paraissent toujours me faire un secret reproche. Ils rappellent quelque chose d'éloigné, quelque chose qui n'est plus, et me mettent en mémoire la difficulté d'honorer convenablement le présent. Si l'on songe au nombre d'hommes que l'on a vus, connus, et si l'on s'avoue le peu que nous avons été pour eux, le peu qu'ils ont été pour nous, nous ne nous sentons pas très fiers. Nous rencontrons l'homme d'esprit sans nous entretenir avec lui, le voyageur sans rien apprendre de lui, l'homme sensible sans lui rien témoigner d'aimable.

» Et, par malheur, cela n'arrive pas seulement avec les passants : les sociétés et les familles se conduisent ainsi à l'égard de leurs membres les plus chers, les villes, à l'égard de leurs plus dignes citoyens, les peuples, à l'égard de leurs meilleurs princes, les nations à l'égard de leurs hommes les plus excellents.

» J'ai entendu demander pourquoi l'on dit du bien des morts sans faire de réserve, et des vivants toujours avec une certaine prudence. On a répondu : « Parce que nous n'avons rien à craindre des premiers, et que les autres peuvent encore se mettre quelque part en travers de notre chemin. » Si impur est notre souci de la mémoire des autres, ce n'est en général qu'un amusement égoïste, tandis que ce serait une préoccupation sérieuse et sainte que d'entretenir toujours l'activité et la vie dans nos rapports avec ceux qui restent. »

CHAPITRE II

Avec une animation provoquée par cet incident et par les conversations qui s'y rattachent, on se rendit le lendemain au champ du repos, et l'architecte présenta plusieurs projets heureux pour le décorer et le rendre plus agréable. Mais sa sollicitude dut s'étendre aussi à l'église, à un édifice qui, dès l'origine, avait attiré son attention.

Cette église datait de plusieurs siècles, bâtie suivant de bonnes proportions dans le style et le goût allemand [12], et heureusement décorée. On pouvait fort bien déceler que l'architecte d'un monastère voisin avait montré également ses capacités et ses qualités en ce petit monument, qui produisait encore sur le spectateur un effet grave et plaisant, bien que le nouvel arrangement intérieur pour le culte protestant lui eût enlevé quelque chose de sa paisible majesté.

Il ne fut pas difficile à l'architecte d'obtenir de Charlotte une somme modique, avec laquelle il se proposait de restaurer l'extérieur, aussi bien que l'intérieur, dans le style primitif, et de le mettre en accord avec le champ du repos, qui s'étendait au-devant. Il avait lui-même beaucoup d'adresse, et on était disposé à conserver quelques ouvriers, encore occupés aux constructions, jusqu'à ce que ce pieux ouvrage fût également achevé.

On se mit donc à visiter l'édifice même, avec tous ses environs et dépendances, et il se découvrit, à la très grande surprise et à la très grande joie de l'architecte, une petite chapelle latérale peu remarquée, de proportions encore plus spirituelles et légères, d'ornementation encore plus agréable et soignée. Elle contenait également bien des restes de sculptures et de peintures de son ancien culte, qui s'entendait à caractériser par toutes sortes d'images et d'accessoires les diverses fêtes et à célébrer chacune d'elles à sa façon particulière.

L'architecte ne put s'empêcher de comprendre aussitôt la chapelle dans son plan, et de restaurer spécialement cette étroite enceinte, à titre de monument des siècles passés et de leur goût. Il avait imaginé déjà de décorer à son gré les surfaces vides et se réjouissait d'exercer son talent de peintre ; mais il en fit d'abord un secret à ses compagnons.

Avant toute autre chose, il montra aux dames, comme il l'avait promis, diverses reproductions et divers projets de tombeaux, de vases antiques, et d'autres objets qui s'en rapprochaient, et, comme on en venait, dans la conversation, à parler des tertres plus simples des peuples du Nord, il présenta sa collection d'armes et d'ustensiles divers qu'on y avait trouvés. Il avait tout disposé, d'une manière très propre et portative, dans des tiroirs et dans des compartiments, sur des planches entaillées, revêtues de drap, en sorte que ces vieilleries rébarbatives prenaient par ses soins un air de coquetterie, et qu'on les regardait avec plaisir, comme on regarde les boîtes d'une modiste. Et une fois lancé dans ses présentations, comme la solitude imposait de se distraire, il prit l'habitude, chaque soir, de montrer une partie de ses trésors. Ils étaient en général d'origine allemande :

bractéates, monnaies épaisses, sceaux et tout ce qui s'y peut rapporter. Tous ces objets reportaient l'imagination vers les temps anciens, et, comme il agrémenta enfin ce délassement par les débuts de l'imprimerie, et par les anciens bois et les anciens cuivres, et comme, dans le même esprit, l'église, par ses peintures et le reste de sa décoration, allait chaque jour en quelque sorte au-devant du passé, on en venait presque à se demander si l'on vivait réellement dans le présent, si ce n'était pas un rêve de passer son temps désormais au milieu de mœurs, de coutumes, de modes de vie et de convictions tout autres.

Après cette préparation, un grand portefeuille, qu'il apporta en dernier lieu, fit le meilleur effet. Il ne renfermait guère, il est vrai, que des figures au trait, mais qui, parce qu'elles avaient été calquées sur les originaux mêmes, en avaient conservé parfaitement le caractère primitif : et ce caractère, qu'il eut de séduction pour les spectateurs ! De toutes ces formes ne se dégageait que la plus pure essence ; toutes, on devait les qualifier de bonnes, sinon de nobles. Un recueillement plein de sérénité, la joyeuse acceptation d'un être suprême, le tranquille abandon dans l'amour et l'espérance, s'exprimaient sur tous les visages, dans tous les gestes. Le vieillard au crâne chauve, l'enfant aux boucles abondantes, le vif adolescent, l'homme grave, le saint en gloire, l'ange planant, tous semblaient heureux dans une innocente satisfaction, dans une pieuse attente[13]. L'événement le plus commun avait un trait de vie céleste, et le service de Dieu semblait propre à la nature de chacun.

La plupart des hommes regardaient vers cette région comme vers un âge d'or évanoui, un paradis perdu. Odile seule était peut-être en état de se sentir au milieu de ses semblables.

Qui aurait pu résister, lorsque l'architecte, prenant occasion de ces premiers modèles, se proposa pour peindre les champs qui se trouvaient entre les nervures des ogives de la chapelle, et pour fixer ainsi son souvenir en un lieu où il avait été si heureux ? Il s'expliqua là-dessus avec une certaine mélancolie, car il pouvait fort bien se rendre compte, d'après l'état des choses, que son séjour dans une société si parfaite ne pourrait durer toujours, et devrait peut-être même finir bientôt.

D'ailleurs ces jours, pauvres en événements, furent pleins d'occasions à entretiens sérieux. Nous en profitons pour faire connaître quelques passages de ce qu'Odile en nota dans son journal, et nous ne trouvons pas, à cet effet, de transition plus convenable qu'une comparaison, qui se présente à nous en jetant les yeux sur ces pages aimables.

On nous parle d'une pratique particulière à la marine anglaise. Tous les cordages de la marine royale, du plus gros au plus mince, sont tressés de telle sorte qu'un fil rouge va d'un bout à l'autre et qu'on ne peut le détacher sans tout défaire ; ce qui permet de reconnaître, même aux moindres fragments, qu'ils appartiennent à la couronne [14].

De même, il passe à travers le journal d'Odile un fil d'amour et de tendresse qui relie tout et caractérise l'ensemble. De la sorte, ces remarques, ces considérations, ces sentences d'emprunt, et tout ce qu'on y peut rencontrer d'autre, deviennent spécialement propres à celle qui écrit, et prennent pour elle de l'importance. Même chacun des passages que nous avons choisis, et que nous communiquons, pris à part, en donne le témoignage le plus net.

Extraits du Journal d'Odile

« Reposer un jour à côté de ceux qu'on aime est l'imagination la plus agréable que puisse avoir l'homme, pour peu que sa pensée se porte au-delà de la vie. « Être réuni aux siens », c'est une expression si touchante !

» Il y a bien des monuments et des signes sensibles, qui rapprochent de nous les absents et les morts. Aucun n'a l'importance du portrait. S'entretenir avec le portrait d'un être cher, même s'il n'est pas ressemblant, a quelque chose de charmant, de même qu'il y a parfois quelque chose de charmant à se disputer avec un ami. On sent d'une manière agréable, que l'on est à deux et qu'on ne peut pourtant pas se séparer

» On s'entretient parfois avec un être présent comme avec un portrait. Il n'a pas besoin de parler, de nous regarder, de s'occuper de nous ; nous le voyons, nous sentons nos rapports avec lui ; et même nos rapports avec lui peuvent devenir plus étroits, sans qu'il fasse rien pour cela, sans qu'il ressente le moins du monde qu'il se comporte à notre égard simplement comme un portrait.

» On n'est jamais content du portrait des personnes que l'on connaît. C'est pourquoi j'ai toujours plaint les portraitistes. Il est rare que l'on demande aux gens l'impossible, et c'est précisément ce qu'on exige de ceux-là. Ils doivent faire entrer dans leur ouvrage, pour chacun de nous, ses rapports avec le modèle, son amour, son antipathie ! Ils ne doivent pas seulement représenter un être comme ils le conçoivent, mais comme chacun le concevrait. Je ne m'étonne pas si ces artistes deviennent peu à peu butés, indifférents et obstinés. Peu importe ce qui en résulterait, si, justement de ce fait, nous ne devions être privés des effigies de tant d'êtres chers.

» C'est bien vrai, la collection de l'architecte, avec ses armes, ses ustensiles antiques qui étaient recouverts, ainsi que le corps, de tertres élevés et de morceaux de roc, nous prouve l'inutilité des précautions humaines pour conserver la personnalité après la mort. Et quelle est notre contradiction ! L'architecte avoue avoir ouvert lui-même ces tombeaux des ancêtres, et cependant il continue à s'occuper de monuments pour la postérité.

» Mais pourquoi prendre les choses de manière aussi stricte ? Tout ce que nous faisons est-il donc fait pour l'éternité ? Est-ce que nous ne nous habillons pas le matin pour nous déshabiller le soir ? Est-ce que nous ne nous mettons pas en route pour revenir ? Et pourquoi ne désirerions-nous pas reposer près des nôtres, quand ce serait seulement pour un siècle !

» Lorsqu'on aperçoit tant de pierres tombales enfoncées, usées sous les pas des fidèles, et les églises mêmes écroulées sur leurs tombeaux, la vie après la mort peut encore apparaître comme une seconde vie, dans laquelle on pénètre à l'état d'image, à l'état d'inscription, et dans laquelle on subsiste plus longtemps que dans la vie des vivants proprement dite. Mais cette image même, cette seconde existence s'éteint tôt ou tard. De même que sur les hommes, le temps ne se laisse pas ravir ses droits sur les monuments. »

CHAPITRE III

C'est une impression si agréable de se mêler de ce qu'on ne connaît qu'à moitié, que personne ne devrait blâmer l'amateur quand il s'adonne à un art qu'il n'apprendra jamais [15], non plus que l'artiste qui, sortant des limites de son art, prend fantaisie de s'aventurer dans un domaine voisin.

C'est avec ces sentiments d'équité que nous considérons les préparatifs de l'architecte pour peindre la chapelle. Les couleurs étaient préparées, les mesures prises, les cartons dessinés ; il avait renoncé à prétendre à l'invention ; il s'en tenait à ses dessins ; son unique souci était de distribuer habilement les figures assises et volantes, d'en décorer avec goût l'espace. L'échafaudage était dressé, le travail avançait, et, comme l'artiste avait déjà poussé certaines parties qui frappaient les regards, il ne pouvait lui être désagréable que Charlotte vînt le voir avec Odile. La vie des figures angéliques, le mouvement des draperies flottantes, sur le fond bleu du ciel, réjouissaient le regard, tandis que leur air calme et pieux invitait au recueillement la sensibilité, et produisait un grand effet de tendresse.

Les dames étaient montées près de lui sur l'échafaudage, et Odile eut à peine remarqué avec quelle facilité réglée, quelle aisance, tout cela se faisait, que le fruit de ses anciennes études parut se développer tout d'un coup ; elle prit couleurs et pinceaux et, sur les indications qu'elle reçut, elle mit en place, avec autant de pureté que d'adresse, une draperie riche de plis.

Charlotte qui aimait à voir Odile s'occuper et se distraire d'une manière quelconque, les laissa tous deux à leur travail et s'en fut, pour se livrer à ses propres pensées, et pour aller au fond des réflexions et des soucis qu'elle ne pouvait confier à personne.

Si les gens du commun font naître chez nous un sourire de pitié, quand nous voyons les embarras de la vie quotidienne exciter en eux un comportement à la fois passionné et anxieux, nous considérons au contraire avec respect une âme qui a reçu la semence d'une grande destinée, et qui doit attendre le développement du germe, sans oser, sans pouvoir hâter ni le bien, ni le mal, ni le bonheur, ni le malheur qui en résultera.

Par la voie du messager de Charlotte qu'elle lui avait envoyé dans sa solitude, Édouard avait répondu avec amitié et sympathie, mais d'une manière plutôt réservée et sérieuse que confiante et affectueuse. Peu de temps après, Édouard avait disparu, et sa femme n'arrivait pas à avoir de ses nouvelles, jusqu'au jour où elle trouva, par hasard, son nom dans les gazettes, où il était cité avec distinction, parmi ceux qui s'étaient signalés dans une action de guerre importante. Elle sut alors en quel chemin il s'était engagé, elle apprit qu'il avait échappé à de grands périls ; mais elle se convainquit en même temps qu'il en chercherait de plus grands, et ne put que trop se rendre compte qu'à tous égards il serait malaisé de le retenir des résolutions extrêmes. Elle portait sans cesse en elle ces soucis, et de quelque façon qu'elle les retournât elle ne pouvait y trouver aucune perspective pour la tranquilliser.

Odile, qui ne soupçonnait rien de tout cela, avait pris le goût le plus vif à son travail et avait obtenu très facilement de Charlotte la permission d'y persister régulièrement. On fit alors des progrès plus rapides et le ciel d'azur se peupla bientôt de dignes habitants. Par un exercice soutenu, Odile et l'architecte acquirent, dans les derniers morceaux, plus de liberté : ils s'amélioraient à vue d'œil. Et les visages dont la peinture était réservée à l'architecte seul, présentèrent peu à peu une particularité caractéristique : ils se mirent tous à ressembler à Odile. Le voisinage de la belle enfant dut produire dans l'âme du jeune homme, qui ne portait encore en lui aucun type naturel ou artistique préconçu, une impression si vive, qu'insensiblement de l'œil à la main, rien ne se perdit, et à la fin l'un et l'autre travaillaient à l'unisson. Bref, un des derniers visages fut parfaitement réussi, en sorte qu'il semblait qu'Odile elle-même abaissât ses regards des demeures célestes.

La voûte était achevée ; on s'était proposé de laisser les parois nues, et de les revêtir simplement d'un enduit plus clair, brunâtre ; la délicatesse des colonnes et la finesse des ornements sculptés devaient ressortir sur un ton plus foncé. Mais en pareille occurrence une idée en amène toujours une autre, on se décida à ajouter des fleurs et des guirlandes de fruits, qui devaient, pour ainsi dire, unir le ciel à la terre. Odile était là tout à fait dans son élément. Les jardins fournirent les plus beaux modèles, et, bien que les couronnes fussent très richement fournies, on en vint à bout plus tôt qu'on ne l'avait pensé.

Mais tout cela paraissait encore désordonné et brut.

Des échafaudages s'entassaient pêle-mêle, les planches jetées les unes sur les autres, le pavé inégal, souillé encore par les couleurs répandues. L'architecte pria alors les dames de lui laisser huit jours et de ne pas entrer jusque-là dans la chapelle. Enfin, par une belle soirée, il les invita à s'y rendre chacune de son côté ; mais il désirait qu'il lui fût permis de ne pas les accompagner, et il prit aussitôt congé.

« Quelle que soit la surprise qu'il nous a ménagée, dit Charlotte, lorsqu'il fut parti, je n'ai en ce moment aucune envie de descendre là-bas. Tu t'en chargeras bien toute seule et m'en rendras compte. Certainement il a mis sur pied quelque chose de plaisant. J'en jouirai d'abord par ta description et ensuite, bien volontiers, en réalité. »

Odile, qui savait bien qu'en mainte occasion Charlotte se tenait sur ses gardes, qu'elle évitait toutes les émotions, et surtout ne voulait pas être surprise, se mit aussitôt seule en chemin, et chercha involontairement des yeux l'architecte, qui ne se montra nulle part et qui avait dû se cacher. Elle entra dans l'église, qu'elle trouva ouverte et qui avait été achevée, nettoyée et consacrée auparavant. Elle s'avança vers la chapelle, dont la lourde porte garnie de bronze s'ouvrit facilement devant elle, et qui la surprit par son aspect inattendu en un lieu qu'elle connaissait bien.

Par l'unique fenêtre haute, tombait une lumière grave et bigarrée, car elle était agréablement composée des teintes des verres de couleur. L'ensemble en recevait un ton étrange, et apprêtait l'âme à recevoir des impressions originales. La beauté de la voûte et des parois était relevée par l'ornement du pavé, composé de briques spécialement moulées, posées d'après un beau dessin, liées par un enduit de plâtre. Ces carreaux, ainsi que les vitraux, l'architecte les avait fait préparer en secret, et il avait pu tout assembler en peu de temps. Il avait même prévu des sièges pour s'y reposer. Parmi les antiquités de l'église, il s'était trouvé quelques stalles de chœur bien sculptées, qui, adossées avec goût aux murs, se dressaient alentour.

Odile jouissait des détails connus, qui s'offraient à elle en un ensemble inconnu. Elle s'arrêtait, allait et venait, voyait et regardait ; enfin elle s'assit dans une des stalles, et, comme elle contemplait au-dessus et autour d'elle, il lui semblait qu'elle était et n'était pas ; qu'elle sentait et ne sentait pas, que tout allait disparaître devant elle, et elle devant elle-même. Ce fut seulement quand le soleil abandonna la fenêtre, qu'il avait très vivement éclairée jusqu'alors, qu'Odile revint à elle et se hâta vers le château.

Elle ne se dissimulait point que cette surprise était tombée à une époque singulière. C'était le soir qui précédait l'anniversaire d'Édouard. Cet anniversaire, elle avait espéré sans doute de le fêter tout autrement, comment tout n'aurait-il pas été orné pour cette fête ? Mais maintenant toute la richesse automnale des fleurs s'étalait sans être cueillie. Les tournesols offraient toujours leur face au soleil, les modestes asters regardaient toujours devant eux, et ce que l'on avait lié en couronnes avait servi de modèle pour orner un lieu qui, s'il ne devait pas demeurer un simple caprice d'artiste, s'il devait être utilisé à quelque fin, ne paraissait convenir qu'à une sépulture commune.

Elle ne put alors s'empêcher de se rappeler la bruyante activité qu'avait mise Édouard à fêter son anniversaire à elle ; de se rappeler la maison nouvellement construite, sous le toit de laquelle on s'était promis tant d'heures agréables. Le feu d'artifice éclatait alors devant ses yeux et à ses oreilles ; plus elle était solitaire, plus son imagination travaillait, mais elle n'en sentait que davantage sa solitude. Elle ne s'appuyait plus sur le bras d'Édouard, et n'avait pas l'espérance d'y retrouver jamais un soutien.

EXTRAITS DU JOURNAL D'ODILE

« Je dois noter une remarque du jeune artiste : tout comme chez l'artisan, on peut, chez l'homme adonné aux arts plastiques, reconnaître, avec la plus grande netteté, que l'homme est surtout incapable de prendre pour lui ce qui lui appartient tout à fait en propre. Ses ouvrages l'abandonnent, comme les oiseaux le nid où ils furent couvés [16].

» En cela l'architecte a, entre tous, la plus étrange destinée. Que de fois il emploie tout son esprit, tout son cœur, à produire des édifices d'où il doit s'exclure lui-même ! Les salles des rois lui sont redevables de leur magnificence, et il ne jouit pas avec les autres de la grandeur de leur effet. Dans les temples, il trace une frontière entre lui et le saint des saints ; il ne doit plus fouler les marches qu'il a posées pour une solennité édifiante, tout comme l'orfèvre n'adore que de loin l'ostensoir dont il a disposé l'émail et les pierreries. Avec la clef du palais, l'architecte en remet au riche toute la commodité et l'agrément sans prendre la moindre part à sa jouissance. L'art, de cette façon, ne doit-il pas s'éloigner peu à peu de l'artiste, puisque l'œuvre, comme un enfant établi, ne réagit plus sur son père ? Et combien l'art devait s'assurer de progrès, lorsqu'il avait presque uniquement affaire à ce qui est public, à ce qui appartenait à tous et par conséquent aussi à l'artiste !

» Chez les peuples anciens on rencontre une idée sombre et qui peut sembler effrayante. Ils se figuraient leurs ancêtres assis en rond sur des trônes dans de vastes cavernes, en un muet entretien. Devant le nouvel arrivant, s'il en était digne, ils se levaient et s'inclinaient, en signe de bienvenue. Hier, comme j'étais assise dans la chapelle, et que, vis-à-vis de ma stalle sculptée, j'en voyais plusieurs autres, formant cercle avec elle, une idée m'apparut, tout aimable et plaisante. « Pourquoi ne peux-tu rester assise ? pensais-je à part moi, rester assise, silencieuse et recueillie en toi, longtemps, longtemps, jusqu'au jour où viendraient enfin les amis, devant qui tu te lèverais, et, en t'inclinant amicalement, tu leur indiquerais leur place ? Les vitraux font du jour un crépuscule grave et quelqu'un devrait fonder une lampe perpétuelle, afin que la nuit même ne fût pas tout à fait obscure. »

» On a beau faire, on se figure toujours que l'on voit. Je crois que l'homme rêve uniquement pour ne pas cesser de voir. Il se pourrait bien que la lumière intérieure se répandît un beau jour hors de nous-mêmes, en sorte que nous n'aurions besoin d'aucune autre.

» L'année s'en va. Le vent passe sur les chaumes, et ne trouve plus rien à remuer ; seules les baies rouges de ces arbres élancés semblent vouloir nous rappeler quelque chose de vivant, de même que le rythme du batteur éveille en nous la pensée que, dans l'épi moissonné, se cachent tant de nourriture et de vie. »

CHAPITRE IV

Après ces événements, après que le sentiment du passager et de l'éphémère se fut ainsi imposé à elle, Odile fut singulièrement frappée par la nouvelle, qu'on ne pouvait lui dissimuler plus longtemps, qu'Édouard s'était abandonné aux changeants hasards de la guerre. Il ne lui échappa, par malheur, aucune des réflexions qu'elle avait alors lieu de faire. Heureusement l'homme n'est capable que d'un certain degré d'infortune. Le surplus le détruit ou le laisse indifférent. Il y a des situations où la crainte et l'espérance ne font qu'un, se relèvent mutuellement, et se perdent dans une sombre insensibilité. Sans quoi, comment pourrions-nous savoir nos lointaines amours dans de continuels dangers, et cependant poursuivre toujours le tran-tran de notre vie quotidienne ?

Tout se passa donc comme si un génie tutélaire eût pris soin d'Odile, en amenant tout à coup dans la retraite où elle semblait s'enfoncer, solitaire et oisive, une troupe tumultueuse, qui, en lui donnant au-dehors assez à faire et en l'arrachant à elle-même, éveilla en même temps en elle le sentiment de sa propre force.

Lucienne, la fille de Charlotte, avait à peine passé de sa pension dans le grand monde, elle s'était vue à peine, dans la maison de sa tante, entourée d'une société nombreuse, que, voulant plaire, elle plut, et qu'un homme jeune et très riche ressentit bientôt un violent désir de la posséder. Sa fortune considérable lui donnait le droit de s'approprier ce qu'il y avait de mieux en tout genre, et rien ne paraissait plus lui manquer qu'une femme accomplie, que le monde lui dût envier comme tout le reste.

C'était une affaire de famille qui avait donné jusqu'alors beaucoup de tablature à Charlotte, à laquelle elle consacrait toutes ses réflexions, sa correspondance, pour autant que celle-ci n'avait pas pour but d'obtenir des nouvelles détaillées d'Édouard. Et c'est pourquoi aussi, les derniers temps, Odile restait seule plus qu'autrefois. Elle était informée sans doute de l'arrivée de Lucienne ; elle avait fait dans la maison les préparatifs les plus nécessaires, mais on ne se figurait pas la visite si proche. On voulait auparavant écrire encore, s'entendre, préciser, quand l'orage fondit tout à coup sur le château et sur Odile.

Arrivèrent donc femmes de chambre et domestiques, fourgons avec malles et coffres : on croyait avoir déjà dans la maison deux ou trois maîtres ; mais alors apparurent seulement les invités eux-mêmes : la grand'tante, avec Lucienne et quelques amies, le fiancé qui n'était pas lui-même sans escorte. Le vestibule était plein de porte-manteaux, de sacs et d'autres bagages de cuir. A grand-peine on tria ces nombreuses caisses, ces nombreux cartons. On ne cessait de remuer et de traîner les bagages. Entretemps il pleuvait à verse, et il en résultait bien des incommodités. Odile affronta cette agitation tumultueuse avec une activité tranquille ; sa sereine adresse parut dans le plus bel éclat ; car elle eut, en peu de temps, tout casé et tout réglé. Chacun était logé, avait les commodités qui lui convenaient et se croyait bien servi, parce qu'on ne l'empêchait pas de se servir lui-même.

Après un voyage extrêmement fatigant, tous auraient pris volontiers quelque repos ; le fiancé se serait volontiers rapproché de sa future belle-mère, pour lui témoigner son affection et ses bonnes intentions, mais Lucienne ne pouvait rester en repos. Elle était enfin parvenue au but de ses désirs : monter à cheval. Son fiancé avait de beaux chevaux, il fallut aussitôt se mettre en selle. Le mauvais temps et le vent, la pluie et l'orage n'entraient pas en ligne de compte ; tout se passait comme si l'on n'eût vécu que pour se mouiller et se sécher ensuite. Lorsqu'il lui prenait fantaisie de sortir à pied, elle ne se demandait pas quels vêtements et quelles chaussures elle portait, il fallait aller voir les allées dont elle avait beaucoup entendu parler. Ce qu'on ne pouvait faire à cheval, on le parcourait à pied. Elle eut bientôt tout vu et tout jugé. Avec sa vivacité, on ne la contredisait pas aisément. La compagnie eut maintes fois à en souffrir, mais surtout les femmes de chambre qui n'en finissaient pas de laver et de repasser, de découdre et de coudre.

A peine eut-elle épuisé les plaisirs du château et de la région, qu'elle se sentit obligée de faire des visites dans le voisinage, aux alentours. Et, comme on chevauchait et qu'on roulait très vite, le voisinage s'étendit assez loin. Le château fut inondé de visites rendues, et pour ne pas se manquer, on fixa bientôt des jours de réception.

Tandis que Charlotte s'efforçait, avec la tante et l'homme d'affaires du fiancé, de régler la situation du ménage, et qu'Odile, avec ses subordonnés, savait pourvoir à ce que rien ne manquât, au milieu d'une si grande presse — car des chasseurs et des jardiniers, des pêcheurs et des marchands furent mis en branle, — Lucienne prenait l'apparence d'un noyau de comète en fusion, qui traîne après lui une longue queue.

L'ordinaire distraction des visites lui sembla bientôt tout à fait insipide. A peine laissait-elle aux personnes les plus âgées un peu de repos à la table de jeu. Quiconque avait encore quelque mobilité — et qui ne se laissait mettre en mouvement par sa charmante insistance ? — devait se mêler, sinon à la danse, du moins aux petits jeux à gages, à attrapes et à surprises. Et, bien que tout cela, ainsi que le rachat des gages qui s'ensuivait, n'eût pour objet qu'elle seule, personne, d'autre part, et surtout aucun homme, quel que fût son genre, n'en sortait les mains vides. Elle réussit même à gagner entièrement à sa cause quelques vieilles personnes de distinction, en s'informant de leur anniversaire et de leur fête, qui tombaient tout juste, et en les célébrant de façon spéciale. Elle bénéficiait, à cet égard, d'un talent tout particulier : quand tous se voyaient favorisés, chacun se tenait pour le plus favorisé ; faiblesse dont se rendait coupable de la plus apparente façon même le doyen de la compagnie.

Elle paraissait avoir pour plan de plaire aux hommes qui représentaient quelque chose, qui avaient pour eux le rang, la considération, la célébrité ou quelque autre avantage, d'humilier la sagesse et la réflexion, et d'acquérir à ses extravagants caprices l'approbation des gens circonspects eux-mêmes ; cependant la jeunesse n'y perdait rien ; chacun avait sa part, son jour, son heure, où elle savait le ravir et l'enchaîner. Elle eut bientôt jeté les yeux sur l'architecte ; mais il avait, sous ses cheveux noirs à longues boucles, un tel air de candeur ; il se tenait à l'écart, si droit et si tranquille ; il répondait si brièvement et avec tant de raison à toutes les questions, sans paraître disposé à s'engager plus à fond, qu'elle se décida à la fin, moitié par dépit, moitié par malice, à en faire le héros du jour et à le gagner ainsi pour sa petite cour.

Ce n'était pas en vain qu'elle avait pris avec elle tant de bagages, encore beaucoup d'autres avaient-ils suivi. Elle s'était préparée à des changements de toilettes infinis. Et s'il lui plaisait de se rhabiller trois ou quatre fois le jour et de faire alterner, du matin à la nuit, les vêtements habituels du monde, elle paraissait aussi, dans l'intervalle, en véritable déguisement de paysanne, de pêcheuse, de fée, de bouquetière. Elle ne dédaignait pas de se costumer en vieille femme, pour que son jeune visage prît d'autant plus de fraîcheur sous la coiffe, et, véritablement, elle mêlait ainsi le réel et l'imaginaire, au point qu'on se croyait apparenté à l'ondine de la Saale [17].

Mais elle employait surtout ces déguisements pour les tableaux vivants et les danses où elle était habile à exprimer divers personnages. Un cavalier de sa suite s'était exercé à accompagner au clavecin sa mimique des quelques notes nécessaires. Il n'était besoin que d'une entente rapide et ils étaient aussitôt d'accord.

Un jour que, pendant l'arrêt d'un bal plein d'animation, on lui avait demandé, à son instigation secrète, d'improviser une représentation de ce genre, elle parut embarrassée et surprise, et, contre sa coutume, elle se fit longtemps prier. Elle se montrait irrésolue, laissait le choix aux autres, demandait, comme un improvisateur, un sujet jusqu'à ce qu'enfin son accompagnateur, avec lequel elle avait bien pu s'entendre, se mît au clavecin, commençât de jouer une marche funèbre, et l'invitât à incarner cette Artémise [18], dont elle avait si excellemment étudié le personnage. Elle se laissa fléchir, et, après une courte absence, elle parut, aux sons tristes et attendrissants de la marche des morts, sous l'aspect de la veuve royale, à pas mesurés, portant devant elle une urne cinéraire. Derrière elle, on apporta un grand tableau noir, et un bout de craie bien taillé, dans une gaine d'or.

L'un de ses adorateurs et aides de camp, à qui elle dit quelques mots à l'oreille, alla aussitôt inviter l'architecte, le pressa, et, en quelque façon, le traîna jusque-là pour qu'il dessinât, en spécialiste, le tombeau de Mausole. Ainsi on ne comptait aucunement sur lui comme figurant, mais comme protagoniste d'importance. Si embarrassé que parût l'architecte même par son extérieur — il faisait, avec son costume de ville noir, court, moderne, un singulier contraste avec les voiles, les crêpes, les franges, les houppes, les parures de jais et les couronnes, — il se reprit aussitôt intérieurement, mais ce ne fut que plus curieux à voir. Avec le plus grand sérieux, il se plaça devant le vaste tableau, que soutenaient deux pages, et il dessina, avec beaucoup de soin et d'exactitude, un tombeau, qui aurait mieux convenu, à vrai dire, à un roi lombard qu'à un roi de Carie, mais si beau de proportions, d'un goût si sévère dans ses parties, si ingénieux dans ses ornements, qu'on le vit naître avec plaisir et qu'on l'admira lorsqu'il fut achevé.

Pendant tout ce temps, il ne s'était presque pas tourné vers la reine : il avait consacré toute son attention à son affaire. Enfin, lorsqu'il s'inclina devant elle, et lui fit entendre qu'il croyait avoir maintenant exécuté ses ordres, elle lui tendit encore l'urne, et précisa son désir de la voir représentée en haut, sur le sommet. Il le fit, mais à regret, parce qu'elle n'allait pas avec le caractère du reste du projet. Pour Lucienne, elle était enfin délivrée de son impatience, car son intention n'avait été aucunement d'obtenir de lui un dessin consciencieux. S'il s'était borné à esquisser, en quelques traits, quelque chose qui ressemblât à un monument, et s'était occupé d'elle le reste du temps, il se serait bien mieux conformé aux intentions et aux désirs de la belle. Sa conduite la plongea au contraire dans le plus grand embarras. En effet, bien qu'elle s'efforçât de faire alterner le plus possible son expression de douleur, ses ordres et ses indications, son approbation sur ce qui naissait peu à peu, bien qu'elle le houspillât parfois, à la lettre, afin de briser la glace, il se montra si raide qu'elle dut recourir par trop souvent à son urne, la presser sur son cœur, lever les yeux au ciel ; à la fin même, car les situations de ce genre s'amplifient toujours, elle ressemblait plus à une matrone d'Éphèse qu'à une reine de Carie. La représentation tirait en longueur ; le claveciniste, qui était en général fort patient, ne savait plus comment en sortir. Il remercia Dieu quand il vit l'urne posée sur la pyramide, et, quand la reine voulut exprimer sa reconnaissance, il entama spontanément un thème joyeux, qui fit perdre, il est vrai, à la scène son caractère, mais qui égaya fort la compagnie, laquelle se partagea aussitôt, pour témoigner de sa joyeuse admiration à la dame pour son jeu expressif, et à l'architecte pour l'habileté et l'élégance de son dessin.

Le fiancé, en particulier, s'entretint avec l'architecte.

« Je regrette, lui dit-il, que le dessin soit si fragile. Vous permettez au moins que je le fasse porter dans ma chambre et que je m'en entretienne avec vous.

— Si cela vous fait plaisir, dit l'architecte, je puis vous soumettre des dessins soignés d'édifices et de monuments, dont celui-ci n'est qu'une ébauche fortuite et fugitive. »

Odile n'était pas loin et s'approcha des interlocuteurs :

« Ne manquez pas, dit-elle à l'architecte, de faire voir, à l'occasion, vos portefeuilles au baron. C'est un ami des arts et de l'antiquité. Je souhaite que vous fassiez mieux connaissance. »

Lucienne survint en trombe et demanda :

« De quoi s'agit-il ?

— D'une collection d'œuvres d'art, répondit le baron, que possède ce monsieur et qu'il nous montrera à l'occasion.

— Qu'il l'apporte donc tout de suite, s'écria Lucienne. N'est-ce pas, vous l'apporterez tout de suite ? ajouta-t-elle, d'une voix flatteuse, en le prenant amicalement à deux mains.

— Ce n'est guère le moment, répliqua l'architecte.

— Quoi ! reprit Lucienne, impérieuse ; vous ne voulez pas obéir à l'ordre de votre reine ? »

Puis elle se mit à le prier en l'agaçant.

« Ne soyez pas obstiné », dit Odile à mi-voix.

L'architecte s'éloigna avec une inclination de tête, qui n'était ni affirmative, ni négative.

A peine fut-il sorti, que Lucienne se mit à courir dans la salle avec un lévrier.

« Ah ! que je suis malheureuse ! s'écria-t-elle, en heurtant par hasard sa mère. Je n'ai pas amené mon singe ; on me l'a déconseillé ; mais ce n'est que la commodité de mes gens qui me prive de ce plaisir. Je veux le faire venir maintenant ; quelqu'un ira me le chercher. Si je pouvais seulement voir son portrait, je serais déjà contente. Mais je le ferai certainement peindre, et il ne me quittera plus.

— Peut-être puis-je te consoler, répondit Charlotte,

en faisant venir de la bibliothèque tout un volume d'étonnantes images de singes. »

Lucienne poussa un cri de joie et l'in-folio fut apporté. La vue de ces créatures répugnantes, semblables à l'homme, et plus humanisées encore par l'artiste, remplit Lucienne de la plus grande satisfaction. Elle se sentit au comble de la joie en trouvant en chacun de ces animaux une ressemblance avec des personnes qu'elle connaissait.

« Celui-là n'a-t-il pas l'air de mon oncle ? s'écria-t-elle impitoyable ; celui-là du marchand de nouveautés M..., celui-là, du pasteur S... ? et celui-ci, c'est... Machin... en chair et en os. Au fond, les singes sont les Incroyables, tout crachés, et il est inconcevable qu'on puisse les exclure de la bonne société. »

Elle le disait dans la bonne société, mais personne ne le prenait mal. On avait si bien accoutumé de beaucoup permettre à ses charmes qu'à la fin on permettait tout à ses incartades.

Pendant ce temps, Odile s'entretenait avec le fiancé. Elle espérait le retour de l'architecte dont les collections, sérieuses et pleines de goût, délivreraient la compagnie de toute cette singerie. Dans cette attente, elle avait causé avec le baron, et avait attiré son attention sur divers objets. Mais l'architecte restait absent, et, lorsque enfin il revint, il se perdit dans l'assemblée, sans rien apporter et en faisant comme s'il n'avait été question de rien. Odile fut un moment — comment dire ? — fâchée, piquée, interdite. Elle lui avait fait une gentillesse ; elle désirait procurer au fiancé une heure agréable selon son goût, car, malgré son amour infini pour Lucienne, il paraissait souffrir de sa conduite.

Les singes durent faire place à une collation. Des

jeux de société, des danses même, et à la fin une plate conversation et la poursuite d'un plaisir déjà évanoui, durèrent, cette fois comme les autres, bien au-delà de minuit. Car Lucienne s'était déjà accoutumée à ne pouvoir ni sortir du lit le matin, ni se mettre au lit le soir.

Vers ce temps les événements sont rarement notés dans le journal d'Odile ; il s'y trouve en revanche, plus fréquemment, des maximes et des sentences qui se rapportent à la vie et en sont tirées. Mais comme la plupart d'entre elles ne semblent guère être nées de ses propres réflexions, il est vraisemblable qu'on lui avait communiqué quelque manuscrit où elle avait copié ce qui la touchait. Certains passages personnels, d'un accent plus intime, se reconnaîtront au fil rouge[19].

Extraits du Journal d'Odile

« Nous regardons volontiers dans l'avenir, parce que nous voudrions orienter en notre faveur, par nos vœux secrets, l'indéterminé qui s'y meut.

» Nous ne nous trouvons guère en nombreuse compagnie sans penser que le hasard, qui rassemble tant de gens, devrait bien aussi nous amener nos amis.

» On a beau vivre retiré, on devient, avant qu'on s'en avise, débiteur ou créancier.

» Quand nous rencontrons celui qui nous doit de la reconnaissance, nous y pensons aussitôt. Que de fois pouvons-nous rencontrer sans y songer celui à qui nous devons de la reconnaissance !

» Se confier, c'est nature ; accueillir, tel quel, ce qu'on nous confie, c'est culture.

» Nul ne parlerait beaucoup en société, qui aurait conscience de souvent mal comprendre les autres.

» Quand on répète les paroles d'autrui, on ne les altère si fort que parce qu'on ne les a pas comprises.

» Quiconque parle longtemps devant les autres, sans flatter ses auditeurs, déplaît.

» Toute parole prononcée éveille la contradiction.

» Contradiction et flatterie font l'une et l'autre une piteuse conversation.

» Les sociétés les plus agréables sont celles dont les membres entretiennent dans le calme une estime réciproque.

» Rien n'indique mieux le caractère des hommes que ce qu'ils trouvent risible.

» Le ridicule résulte d'un contraste moral, perçu de manière inoffensive par les sens.

» L'homme qui vit par les sens rit souvent où il n'y a pas lieu de rire : quoi que ce soit qui l'excite, sa satisfaction intime apparaît.

» L'homme sensé trouve presque tout ridicule, l'homme raisonnable presque rien.

» On reprochait à un homme d'âge de s'occuper encore des jeunes femmes. « C'est le seul moyen, répondit-il, de se rajeunir, et tout le monde le souhaite. »

» On se laisse reprocher ses défauts, on se laisse punir, on supporte patiemment beaucoup à cause d'eux, mais on perd patience lorsqu'il faut s'en défaire.

» Certains défauts sont nécessaires à l'existence de l'individu. Il nous serait désagréable que nos vieux amis se défissent de certaines singularités.

» On dit : « Il mourra bientôt », d'un homme qui agit à l'encontre de sa façon d'être.

» Quels sont les défauts que nous devons conserver et même cultiver en nous ? Ceux qui flattent les autres plutôt qu'ils ne les blessent.

» Les passions sont des défauts ou des vertus, mais exaltés.

» Nos passions sont de véritables phénix. Quand l'ancien brûle, le nouveau renaît immédiatement de ses cendres.

» Les grandes passions sont des maladies sans espoir : ce qui pourrait les guérir ne fait que les rendre vraiment dangereuses.

» La passion s'accroît et s'apaise par l'aveu. En rien le juste milieu ne serait peut-être plus désirable que dans la confiance et le silence envers ceux que nous aimons. »

CHAPITRE V

C'est ainsi que, dans le tourbillon mondain, Lucienne faisait monter de plus en plus autour d'elle l'ivresse de l'existence. Sa cour augmentait tous les jours, tant parce que sa conduite animait et attirait les uns, que parce qu'elle savait s'attacher les autres par sa grâce et sa bienfaisance. Elle était généreuse au plus haut degré. Comme, grâce à l'affection de sa tante et de son fiancé, beauté et richesse avaient afflué soudain vers elle, elle paraissait ne rien posséder en propre et ne pas connaître la valeur de ce qui s'était amassé autour d'elle. Elle n'hésitait pas un instant à quitter un châle de prix, pour le mettre sur les épaules d'une femme qui, auprès des autres, lui semblait trop pauvrement vêtue, et elle le faisait d'un air si riant, si adroit, que personne ne pouvait refuser un tel cadeau. Un de ses courtisans portait constamment une bourse, et avait pour mission de s'informer, dans les lieux où l'on se rendait, des gens les plus âgés et les plus malades, et d'alléger leur situation, au moins pour l'instant. Il en résulta, pour elle, dans toute la contrée, un renom de bienfaisance, qui pourtant ne manquait pas de l'incommoder parfois, parce qu'il lui attirait par trop d'importuns nécessiteux.

Mais rien n'accrut autant sa réputation que son évidente et persévérante bonté à l'égard d'un jeune homme malheureux, qui fuyait la société, parce que, beau et bien fait d'ailleurs, il avait perdu, glorieusement pourtant, la main droite au combat. Cette mutilation éveillait chez lui un tel découragement, il lui était si pénible que toutes ses nouvelles relations s'enquissent de son malheur, qu'il aimait mieux se cacher, se livrer à la lecture et à d'autres études, et une fois pour toutes, ne pas avoir affaire au monde.

L'existence de ce jeune homme n'échappa point à Lucienne. Il dut paraître en petite, puis en plus grande, puis en très grande compagnie. Elle se conduisit avec plus d'amabilité à son égard qu'à l'égard de tout autre, elle sut en particulier, par son obligeante insistance, lui rendre précieuse une perte qu'elle s'appliquait à compenser. A table, il fallait qu'il prît place auprès d'elle, elle découpait ses aliments, en sorte qu'il n'avait à se servir que de sa fourchette. Si des gens plus âgés, plus distingués lui enlevaient sa compagnie, elle étendait jusqu'à lui son attention, à travers toute la table, et l'empressement des domestiques devait remplacer ce que l'éloignement menaçait de lui ravir. A la fin elle l'encouragea à écrire de la main gauche. Il dut lui adresser tous ses essais, et, de la sorte, lointaine ou proche, elle restait constamment en rapport avec lui. Le jeune homme ne savait pas ce qui lui était arrivé, et véritablement il inaugura, à partir de cet instant, une nouvelle vie.

Peut-être pourrait-on penser que cette conduite dût déplaire au fiancé, mais ce fut le contraire qui advint. Il mettait ces soins à l'actif de Lucienne, et il était d'autant plus tranquille là-dessus, qu'il connaissait sa faculté excessive d'écarter tout ce qui lui paraissait le moins du monde suspect. Elle aimait en user à son gré avec tout le monde ; chacun était en danger de se voir bousculé, houspillé ou taquiné par elle, mais il n'était permis à personne de lui rendre la pareille, à personne de l'effleurer par caprice, à personne de s'autoriser, même au sens le plus lointain, d'une liberté qu'elle prenait. Elle tenait ainsi tous les autres dans les plus strictes limites de la décence, qu'elle semblait franchir elle-même à chaque instant à leur endroit.

D'ailleurs, on aurait pu croire qu'elle s'était fait une maxime de s'exposer indifféremment à la louange et au blâme, à l'affection et à la réprobation. Car, si elle cherchait à s'attacher les gens de bien des manières, elle se brouillait d'ordinaire avec eux par la méchanceté d'une langue qui n'épargnait personne. Il ne se rendait aucune visite dans le voisinage, elle n'était nulle part aimablement reçue, elle et sa compagnie, dans les châteaux et les maisons, qu'elle ne fît remarquer, au retour, de la façon la plus extravagante, sa tendance à prendre toutes les choses humaines du côté comique. Là c'étaient trois frères, que l'âge avait gagnés tandis qu'ils se faisaient des cérémonies, à qui se marierait le premier ; ici c'était une petite femme avec un grand vieux mari ; ailleurs, un petit homme gai et une géante maladroite. Dans une maison, on butait à chaque pas sur un enfant ; une autre, par défaut d'enfants, n'arrivait pas à lui paraître pleine avec la plus grande compagnie. Les vieux époux n'avaient qu'à se faire vite enterrer, afin que quelqu'un pût se mettre à rire dans la maison, car ils n'avaient point d'héritiers légaux ; les jeunes mariés feraient mieux de voyager, parce que la tenue d'une maison leur convenait fort mal. Elle ne traitait pas mieux les choses que les personnes, n'épargnait ni les bâtiments, ni les meubles ni le service de table. En particulier toutes les tentures provoquaient ses plaisanteries : depuis la tapisserie de haute lisse la plus ancienne, jusqu'au papier peint le plus moderne; depuis le portrait de famille le plus vénérable, jusqu'à la gravure nouvelle la plus frivole, tout avait à souffrir, tout était, pour ainsi dire, déchiré par ses railleries; en sorte qu'on aurait pu s'étonner qu'il existât encore quoi que ce soit à cinq milles à la ronde.

Peut-être n'y avait-il pas, à proprement parler, de méchanceté dans cette manie de tout critiquer, il se pouvait qu'elle fût habituellement mue par une espièglerie trop personnelle, mais une véritable amertume avait surgi dans ses rapports avec Odile. Elle regardait de haut l'activité tranquille et constante de l'aimable enfant que tous remarquaient et prisaient, et comme on parlait du soin que prenait Odile des jardins et des serres, elle ne se contentait pas d'en railler, feignant de s'étonner, en dépit de l'hiver au sein duquel on vivait, que l'on n'eût ni fleurs ni fruits; mais encore, à partir de ce moment, elle fit apporter tant de verdure, tant de branches et de plantes, et en fit, pour la décoration journalière des salles et de la table un tel gaspillage, qu'Odile et le jardinier ne furent pas peu désolés de voir leurs espérances détruites pour l'année suivante et peut-être pour plus longtemps.

Elle ne pardonnait pas plus à Odile le calme des démarches domestiques où celle-ci vaquait avec aisance. Odile devait participer aux promenades, aux courses de traîneaux, fréquenter les bals qui se donnaient dans le voisinage; elle ne devait reculer ni devant la neige, ni devant le froid, ni devant la violence des orages nocturnes, puisque tant d'autres n'en mouraient pas. La délicate jeune fille n'en souffrit pas peu, mais Lucienne n'y gagna rien : car bien qu'Odile s'habillât très simplement, elle était toujours, ou du moins elle paraissait la plus belle aux yeux des hommes. Un doux attrait rassemblait tous les hommes autour d'elle, qu'elle se trouvât, dans les grandes salles, à la première ou à la dernière place. Le fiancé de Lucienne lui-même s'entretenait souvent avec elle, et d'autant plus qu'il lui demandait son conseil, son assistance en une affaire qui l'occupait.

Il avait appris à mieux connaître l'architecte ; à propos de sa collection d'œuvres d'art, il avait beaucoup parlé histoire avec lui, dans d'autres occasions encore, et particulièrement en regardant la chapelle, il avait appris à estimer son talent. Le baron était jeune, riche ; il collectionnait ; il voulait bâtir ; son goût d'amateur était vif, ses connaissances médiocres ; il croyait trouver dans l'architecte l'homme avec lequel il pourrait atteindre plus d'un de ses buts. Il avait parlé de cette intention à sa fiancée, elle l'en loua et fut fort satisfaite de son projet, mais peut-être plus encore pour enlever à Odile ce jeune homme — car elle croyait remarquer chez lui quelque chose comme une inclination — que dans le dessein de faire servir son talent d'artiste à ses intentions. En effet, bien qu'il se fût montré plein d'activité dans ses fêtes improvisées, et qu'il eût déployé bien des ressources en telle ou telle occurrence, elle croyait toujours s'y entendre elle-même beaucoup mieux ; et, comme ses inventions habituelles ne sortaient pas de l'ordinaire, il suffisait aussi bien pour les mettre à exécution de l'habileté d'un adroit valet de chambre que de celle d'un excellent artiste. Son imagination ne pouvait aller au-devant d'un autel destiné au sacrifice, et du couronnement d'une tête de plâtre, ou d'une tête vivante, quand elle se proposait de faire un compliment à quelqu'un, pour sa fête ou son anniversaire.

Odile put donner les meilleurs renseignements au

fiancé qui s'enquérait des rapports de l'architecte avec la maison. Elle savait que Charlotte s'était déjà occupée d'une position pour lui ; car, si tout ce monde ne fût arrivé, elle eût éloigné le jeune homme dès l'achèvement de la chapelle, parce que toutes les constructions devaient nécessairement être suspendues pendant l'hiver et il était donc fort désirable que l'habile artiste fût employé et encouragé par un nouveau mécène.

Les relations personnelles d'Odile avec l'architecte étaient toutes pures et innocentes. Son agréable présence, son activité l'avaient intéressée et réjouie, comme le voisinage d'un frère aîné. Ses sentiments pour lui restaient en surface, tranquilles et sans passion comme les liens du sang. Car il n'y avait plus de place dans son cœur ; il était tout plein de son amour pour Édouard et seule la Divinité qui pénètre tout, pouvait posséder ce cœur en communauté avec lui.

Cependant, plus on s'enfonçait dans l'hiver et plus le temps était orageux, et plus impraticables les chemins, plus il semblait attrayant de passer en si bonne compagnie les jours déclinants. Après les brèves relâches, la foule submergeait de temps en temps la maison. Des officiers affluèrent de garnisons éloignées, les plus cultivés à leur grand avantage, les plus rudes au détriment de la société ; les civils ne faisaient point non plus défaut, et, tout à fait à l'improviste, arrivèrent un beau jour le comte et la baronne.

Il fallait leur présence, pour former une véritable cour. Les hommes de qualité et du bon ton entourèrent le comte ; les femmes rendirent justice à la baronne. On ne s'étonna pas longtemps de les voir ensemble et si gais ; car on apprit que la femme du comte était morte, et qu'une nouvelle union se conclurait, dès que les convenances le permettraient. Odile se rappela leur première visite, tout ce qui s'était dit sur le mariage et le divorce, l'union et la séparation, sur l'espérance, l'attente, la privation et le renoncement. Deux êtres à qui ne se présentait alors aucune perspective, étaient maintenant devant elle si proches du bonheur espéré, et un soupir involontaire s'échappait de son cœur.

A peine Lucienne apprit-elle que le comte était amateur de musique, qu'elle sut organiser un concert ; elle voulait s'y faire entendre en chantant sur la guitare. Ce qui se fit. Elle ne jouait pas maladroitement de cet instrument, sa voix était agréable : mais, pour ce qui est des paroles, on les comprenait aussi peu que de coutume, lorsqu'une belle d'Allemagne chante sur la guitare. En attendant, tout le monde assura qu'elle avait chanté avec beaucoup d'expression et elle eut l'air d'être satisfaite d'une bruyante approbation. Cependant un singulier malheur lui advint en cette occasion. Dans la compagnie se trouvait un poète dont elle espérait aussi faire particulièrement la conquête, parce qu'elle désirait qu'il lui dédiât quelques chansons de sa manière, et c'est pourquoi, ce soir-là, elle chanta presque uniquement ses chansons. Il fut, comme tout le monde, poli à son égard, mais elle avait espéré plus. Elle le lui donna plusieurs fois à entendre, mais n'en put rien tirer de plus, jusqu'à ce que d'impatience, elle lui envoyât un de ses courtisans, pour tâcher de savoir s'il n'avait pas été ravi d'entendre chanter si excellemment ses excellents poèmes. « Mes poèmes ? répondit-il avec surprise. Pardonnez-moi, Monsieur, ajouta-t-il, je n'ai rien entendu que des voyelles, et encore pas toutes. N'importe, il est de mon devoir de témoigner ma reconnaissance pour une si aimable intention. » Le courtisan se tut et dissimula. L'autre tenta de se tirer d'affaire par quelques compliments bien tournés. Elle fit voir sans ambiguïté son désir de posséder aussi quelques vers composés spécialement pour elle. Si ce n'eût été par trop malhonnête, il aurait pu lui présenter l'alphabet, pour en composer elle-même un poème louangeur, sur la première mélodie venue. Mais elle ne devait pas sortir de cette affaire sans froissement. Peu de temps après, elle apprit que, le même soir, il avait mis sur un air favori d'Odile un poème délicieux et qui était plus que courtois.

Lucienne, comme toutes les personnes de son genre, qui mêlent toujours ce qui leur est avantageux et ce qui leur est défavorable, voulut tenter sa chance dans la déclamation. Sa mémoire était bonne, mais, à parler franchement, sa diction était sans esprit, et violente sans être passionnée. Elle récita des ballades, des contes et ce que l'on a encore coutume d'entendre déclamer. Elle avait pris la malheureuse habitude d'accompagner de gestes son débit, ce qui a pour effet de confondre désagréablement plus que d'unir l'épique et le lyrique avec le dramatique.

Le comte, bon psychologue, qui eut vite embrassé d'un coup d'œil la compagnie, ses inclinations, ses passions et ses distractions, suggéra heureusement, ou malheureusement, à Lucienne, un nouveau genre de spectacle, qui était tout à fait à sa mesure.

« Je trouve ici, dit-il, beaucoup de personnes bien faites, auxquelles il ne manque certainement rien pour imiter des mouvements et des attitudes pittoresques. Comment n'avez-vous pas encore essayé de représenter de vrais tableaux connus ? Cette imitation, même si elle donne bien de la peine, procure aussi par contre des plaisirs incroyables. »

Lucienne s'aperçut vite qu'elle serait tout à fait dans son élément. Sa belle taille, ses formes pleines, sa figure régulière et cependant expressive, ses tresses d'un brun clair, son col élancé, tout appelait déjà le tableau, et si elle avait su seulement qu'elle paraissait plus belle au repos qu'en mouvement, parce que, dans ce dernier cas, il lui échappait parfois quelque désordre, quelque défaut de grâce, elle se serait donnée avec plus d'ardeur encore à cette sculpture au naturel.

On chercha donc des gravures d'après des tableaux célèbres ; on choisit d'abord le *Bélisaire* d'après Van Dyck. Un homme grand et bien bâti, d'un certain âge, devait représenter le général aveugle, assis ; l'architecte le guerrier debout devant lui, triste et compatissant, et, en vérité, il avait quelque ressemblance avec lui. Lucienne avait choisi pour elle, assez modestement, la jeune personne du second plan, qui compte dans sa main ouverte la riche aumône qu'elle a tirée d'une bourse, tandis qu'une vieille paraît la réprimander et lui représenter qu'elle en donne trop. Une autre femme qui fait vraiment l'aumône au vieillard, n'était pas oubliée.

On s'occupa très sérieusement de ce tableau et d'autres encore. Le comte donna, sur le genre d'installation à adopter, quelques indications à l'architecte, qui dressa aussitôt un théâtre à cet effet, et prit le soin nécessaire des éclairages. On était déjà profondément engagé dans les préparatifs lorsqu'on s'aperçut qu'une pareille entreprise exigeait une dépense notable, et qu'à la campagne, au milieu de l'hiver, on manquait souvent du nécessaire. Aussi, pour que rien ne demeurât en suspens, Lucienne fit tailler presque toute sa garde-robe, afin de fournir les différents costumes que les artistes ont indiqués assez arbitrairement.

Le soir choisi arriva ; et le spectacle fut donné devant une nombreuse assemblée et à l'applaudissement général. Une musique caractéristique porta l'attente à son comble. *Bélisaire* ouvrit la scène. Les attitudes étaient si justes, les couleurs si heureusement distribuées, l'éclairage si savamment ménagé, que l'on se croyait vraiment dans un autre monde, si ce n'est que la présence du réel, substitué à l'apparence, produisait une sorte d'impression d'angoisse.

Le rideau tomba et se releva plus d'une fois à la demande des spectateurs. Un intermède musical fut une distraction pour la société, que l'on voulait surprendre par un tableau de style plus élevé : c'était l'ouvrage connu de Poussin, *Esther devant Assuérus.* Cette fois Lucienne s'était mieux servie. Elle déploya tout son charme dans le rôle de la reine évanouie ; elle avait prudemment choisi, pour les femmes qui l'entouraient et la soutenaient, des personnes toutes jolies et bien faites, mais dont aucune ne pouvait le moins du monde se comparer à elle. Odile resta exclue de ce tableau comme des autres. Sur le trône d'or, Lucienne avait mis, pour représenter le roi semblable à Zeus, l'homme le plus vigoureux et le plus beau de la société, en sorte que cette image en prenait réellement une incomparable perfection.

Comme troisième tableau, on avait choisi la *Remontrance paternelle* de Terborg, et qui ne connaît la superbe gravure de notre Wille d'après ce tableau ? Un père, noble et chevaleresque, est assis, les jambes croisées, et semble parler à la conscience de sa fille, debout devant lui. Celle-ci, imposante dans sa robe de satin blanc à grands plis, n'est vue que par-derrière, mais toute son attitude semble indiquer qu'elle se contient. Cependant la remontrance n'est ni rude ni humiliante : on le voit à la mine et au geste du père ; et pour ce qui est de la mère, elle semble dissimuler un léger embarras, en regardant dans un verre de vin, qu'elle est juste sur le point de boire.

En cette occasion, Lucienne devait paraître en son plus grand éclat. Ses tresses, la forme de sa tête, son cou et sa nuque étaient beaux au-delà de toute expression, et la taille dont on voit peu de chose, avec les vêtements modernes des femmes dans le goût antique, la taille très élégante, élancée et légère, se révélait d'une manière extrêmement avantageuse dans cet ancien costume ; l'architecte avait eu soin de disposer les larges plis du satin blanc avec le naturel et l'artifice le plus consommés, de sorte que, sans aucun doute, cette vivante imitation allait bien au-delà du tableau original, et excita un ravissement général. On n'en finissait pas avec les rappels, et le désir, tout naturel, de voir également de face une si belle personne, qu'on avait suffisamment vue par-derrière, l'emporta au point qu'un loustic impatient proféra tout haut les mots qu'on a coutume d'écrire parfois au bas d'une page : *Tournez, s'il vous plaît*[20] !, et souleva l'approbation générale. Mais les acteurs connaissaient trop bien leur avantage, et avaient trop bien saisi la règle du jeu, pour céder à l'appel général. La fille, apparemment honteuse, resta immobile, sans accorder aux spectateurs l'expression de son visage ; le père demeura assis, dans son attitude de gronderie, et la mère ne leva ni le nez, ni les yeux du verre transparent, où le vin ne diminuait pas bien qu'elle parût boire. Que dire encore des petits baissers de rideau, pour lesquels on avait choisi des scènes hollandaises d'auberge et de foire ?

Le comte et la baronne partirent, en promettant de

revenir dans les premières semaines fortunées de leur prochaine union, et Charlotte, après deux mois péniblement supportés, espérait être délivrée aussi du reste de la société. Elle était assurée du bonheur de sa fille, quand, chez celle-ci, la première ivresse des fiançailles et de la jeunesse se serait apaisée, car le fiancé se tenait pour l'homme du monde le plus fortuné. Avec de grands biens et un caractère modéré, il semblait étrangement flatté de l'avantage de posséder une femme qui devait plaire au monde entier. Il avait une tendance si particulière à tout ramener à elle, puis à lui-même par son truchement, qu'il ressentait une impression désagréable quand un nouvel arrivant ne portait pas d'abord toute son attention sur elle, et cherchait à se lier avec lui, sans s'occuper spécialement d'elle, ainsi qu'il advenait souvent, en particulier de la part des gens d'âge attirés par ses bonnes qualités. A propos de l'architecte, on se mit bientôt d'accord. Il suivrait le fiancé au nouvel an, passerait avec lui le carnaval en ville, où Lucienne se promettait un véritable ravissement de la répétition de ces tableaux vivants si bien montés et de cent autres choses, d'autant plus que sa tante et son fiancé semblaient considérer comme insignifiante toute dépense exigée par ses plaisirs.

Il fallut se quitter, ce qui ne pouvait pourtant se passer d'une façon ordinaire. Un beau jour on plaisantait assez haut sur les provisions d'hiver de Charlotte, qui allaient bientôt être épuisées, quand le gentilhomme qui avait représenté Bélisaire, et qui était, à vrai dire, assez riche, entraîné par les charmes de Lucienne auxquels il rendait hommage depuis fort longtemps, s'écria étourdiment :

« A la polonaise, donc ! Venez et dévorez-moi à mon tour, et on continuera à la ronde ! »

Aussitôt dit, aussitôt fait. Lucienne acquiesça. Le lendemain, on plia bagage, et l'essaim s'abattit sur une autre propriété. On y trouva aussi assez de place, mais moins de commodités et de bon ordre. Il en résulta quelques accrocs aux convenances, qui, d'abord, firent le bonheur de Lucienne. La vie devint toujours de plus en plus désordonnée et folle. On organisa des battues en pleine neige, et tout ce qu'on put inventer d'incommode. Femmes et hommes, il n'était permis à personne de se dérober ; et, ainsi, chassant et chevauchant, patinant et faisant vacarme, on alla d'une propriété à l'autre jusqu'à s'approcher de la résidence. Alors les nouvelles et les récits des plaisirs de la cour et de la ville donnèrent un autre tour à l'imagination, et attirèrent sans répit Lucienne, avec toute sa suite, dans un nouveau cadre d'existence, où sa tante l'avait déjà devancée.

Extraits du Journal d'Odile

« On prend dans le monde chacun pour ce qu'il se donne, encore doit-il se donner pour quelque chose. On supporte plus volontiers les fâcheux qu'on ne tolère les insignifiants.

» On peut tout imposer à la société, mais non ce qui a une suite.

» Nous n'apprenons pas à connaître les hommes quand ils viennent à nous : nous devons aller à eux pour apprendre ce qu'il en est d'eux.

» Je trouve naturel que nous ayons beaucoup à reprendre chez ceux qui nous font visite, et que, dès qu'ils sont partis, nous ne les jugions pas de la façon la plus favorable, car nous avons, pour ainsi dire, le droit de les mesurer à notre aune. Les gens raisonnables et justes eux-mêmes ne se gardent guère, en pareil cas, d'une censure rigoureuse.

» Quand, par contre, on est allé chez les autres, et qu'on les a vus dans leur entourage, dans leurs habitudes, dans leur milieu nécessaire, inévitable, qu'on a constaté comment ils agissent autour d'eux, comment ils s'adaptent, il faut de la déraison et de la mauvaise volonté pour trouver ridicule ce qui devrait nous sembler, sous plus d'un aspect, respectable.

» Par ce que nous appelons conduite et honnêteté, on prétend obtenir ce qu'on n'obtiendrait autrement que par la force ou pas même par elle.

» La fréquentation des femmes est la source de l'honnêteté.

» Comment le caractère, l'originalité de l'homme, peuvent-ils subsister avec le savoir-vivre ?

» Ce devrait être au savoir-vivre de mettre en relief l'originalité. Tout le monde recherche l'importance, mais cette importance ne doit pas importuner.

» Dans la vie en général, comme dans le monde, les plus grands avantages appartiennent au militaire cultivé.

» Les gens de guerre grossiers ne sortent pas, tout au moins, de leur caractère, et, comme derrière la force se cache le plus souvent un bon cœur, on peut même, au besoin, s'entendre avec eux.

» Rien de plus importun qu'un civil lourdaud. On pourrait exiger de lui la finesse, puisqu'il n'a point à s'occuper de ce qui est grossier.

» Quand nous vivons avec des gens qui ont un sentiment exquis des convenances, nous nous inquiétons pour eux, s'il se passe quelque chose d'indécent. C'est ce que je ressens toujours pour Charlotte et avec elle, pour peu que quelqu'un se balance sur sa chaise, ce qu'elle hait à mort.

» Nul n'entrerait, les lunettes sur le nez, dans un appartement intime, qui saurait qu'il nous fait passer aussitôt, à nous autres femmes, l'envie de le regarder et de nous entretenir avec lui.

» La familiarité qui prend la place du respect est toujours ridicule. Nul ne poserait son chapeau après avoir fait à peine son compliment, s'il savait combien sa conduite a l'air comique.

» Il n'est pas de signe extérieur de politesse qui n'ait une base morale profonde. La vraie éducation serait celle qui transmettrait à la fois ce signe et cette base.

» La conduite est un miroir où chacun montre son image.

» Il y a une politesse du cœur : elle s'apparente à l'amour. Il en jaillit la politesse la plus avisée des manières.

» Le plus bel état est celui de dépendance volontaire ; et comment serait-il possible sans amour ?

» Nous ne sommes jamais plus éloignés de nos vœux qu'au moment où nous imaginons posséder l'objet de notre désir.

» Personne n'est plus esclave que celui qui se croit libre sans l'être.

» Il suffit à l'homme de se déclarer libre pour se sentir à l'instant conditionné. S'il ose se déclarer conditionné, il se sent libre.

» Contre les grands avantages d'autrui, il n'y a d'autre planche de salut que l'amour.

» Rien n'est aussi effrayant qu'un homme supérieur dont les sots se prévalent.

» Il n'y a point, dit-on, de héros pour son valet de chambre. Or cela tient simplement à ce que le héros ne peut être reconnu que du héros. Mais il est vraisemblable que le valet de chambre saura apprécier son semblable.

» Il n'est point de plus grande consolation à la médiocrité que la certitude que le génie n'est pas immortel.

» Les plus grands hommes tiennent toujours à leur siècle par une faiblesse.

» On tient d'ordinaire les hommes pour plus dangereux qu'ils ne sont.

» Les fous et les gens sensés sont également inoffensifs. Mais les demi-fous et les demi-sages, voilà les plus dangereux.

» On ne saurait plus sûrement échapper au monde que par l'art ; et l'on ne saurait plus sûrement s'unir à lui que par l'art.

» Même au comble du bonheur, au comble de l'infortune, nous avons besoin de l'artiste.

» L'art s'occupe de la difficulté et de la qualité.

» En voyant traiter facilement la difficulté, nous concevons l'impossible.

» Les difficultés augmentent à mesure qu'on approche du but.

» Semer n'est pas si pénible que récolter. »

CHAPITRE VI

Les grands tracas que cette visite avait causés à Charlotte furent compensés parce qu'elle apprit à comprendre parfaitement sa fille : en quoi la connaissance du monde lui fut d'un grand secours. Ce n'était pas la première fois qu'elle rencontrait un caractère si singulier, bien que jamais encore ce ne fût à ce degré. Et cependant elle savait par expérience que les personnes de ce genre, instruites par la vie, les événements, les relations de famille, peuvent acquérir une très agréable et aimable maturité : l'égoïsme s'adoucit et le tourbillon d'activité s'oriente. Comme mère, Charlotte agréait d'autant plus volontiers un phénomène peut-être désagréable aux autres, qu'il sied aux parents d'espérer alors que les étrangers ne souhaitent que de jouir, ou du moins ne veulent pas être importunés.

Cependant Charlotte devait subir un coup singulier et inattendu après le départ de sa fille, en ce sens que celle-ci avait laissé derrière elle une mauvaise réputation non point tant pour ce qu'il y avait de répréhensible dans sa conduite que pour ce qu'on aurait pu y trouver de louable. Lucienne semblait s'être fait une loi non seulement d'être gaie avec les gens gais, mais encore triste avec les gens tristes, et, pour bien exercer son esprit de contradiction, d'attrister quelquefois les gens gais et d'égayer les gens tristes. Dans toutes les familles où elle se rendait, elle s'informait des malades et des infirmes qui ne pouvaient paraître en société. Elle les visitait dans leurs appartements, donnait médecine, et imposait à tous des remèdes énergiques, tirés de la pharmacie de voyage qu'elle avait constamment dans sa voiture. Le traitement, comme on peut le supposer, réussissait ou échouait au gré du hasard.

Dans ce genre de bienfaisance elle était fort cruelle, et ne se laissait point convaincre, car elle était fermement persuadée qu'elle agissait au mieux. Mais l'un de ses essais dans le domaine moral échoua également, qui donna bien des soucis à Charlotte, parce qu'il eut des suites et que tout le monde en parla. Ce fut seulement après le départ de Lucienne que le bruit s'en répandit. Odile, qui précisément était de la partie, en dut rendre un compte détaillé.

L'une des filles d'une maison considérée avait eu le malheur d'être responsable de la mort d'une sœur cadette, et ne pouvait ni trouver le repos, ni s'en remettre. Elle vivait dans son appartement, occupée et silencieuse, et ne supportait même la vue des siens que quand ils venaient isolément : car, aussitôt qu'ils étaient plusieurs ensemble, elle soupçonnait qu'ils faisaient entre eux des réflexions sur elle et sur son état. Avec chacun d'eux en particulier elle causait raisonnablement et s'entretenait avec lui pendant des heures.

Lucienne en avait entendu parler et elle s'était aussitôt proposé secrètement, quand elle irait dans cette maison, d'y faire une sorte de miracle, et de rendre cette jeune personne à la société. Elle se comporta en cette occasion avec plus de prudence qu'à l'ordinaire, sut s'introduire seule chez la malade, et, pour autant qu'on put le remarquer, gagner sa confiance par la musique. Mais elle finit par commettre une erreur : en effet, précisément parce qu'elle voulait faire sensation, un soir, elle amena soudain dans une compagnie bigarrée et brillante, la pâle et belle enfant, qu'elle croyait assez préparée. Et peut-être aurait-elle encore réussi si la société elle-même, par curiosité et appréhension, ne se fût maladroitement comportée, ne se fût rassemblée autour de la malade, ne l'eût ensuite évitée, ne l'eût égarée et agitée, par des chuchotements et des apartés. Sa délicate sensibilité ne le supporta point. Elle s'enfuit, en poussant des cris effrayants dont on aurait dit qu'ils exprimaient l'horreur devant l'apparition d'un monstre. Effrayée, la compagnie se dispersa. Odile fut du nombre de ceux qui ramenèrent dans sa chambre la malade sans connaissance.

Cependant Lucienne avait, à sa manière habituelle, adressé une énergique réprimande à la société, sans songer le moins du monde qu'elle seule avait fait tout le mal, et sans se laisser détourner de ses faits et gestes par cet échec plus que par tout autre.

Depuis ce moment, l'état de la malade était devenu plus inquiétant ; le mal avait même fait de tels progrès que les parents ne purent garder la pauvre enfant chez eux, mais durent la confier à une maison de santé. Il ne restait plus à Charlotte qu'à s'efforcer d'adoucir un peu par une conduite spécialement affectueuse à l'égard de cette famille, la douleur que sa fille avait causée. Sur Odile l'événement avait fait une impression profonde ; elle plaignait d'autant plus la pauvre fille, qu'elle était persuadée, comme elle ne le cacha point à Charlotte, qu'avec un traitement suivi la malade se serait certainement rétablie.

Comme on s'entretient d'ordinaire plus de ce qu'il y a de désagréable que de ce qu'il y a d'agréable dans le passé, on parla d'un petit malentendu qui avait troublé les rapports d'Odile et de l'architecte, le soir où il n'avait pas voulu montrer sa collection bien qu'elle l'en eût prié avec tant de gentillesse. Ce refus lui était toujours resté sur le cœur, elle ne savait même pas pourquoi. Ses sentiments étaient fort justes : car ce qu'une jeune personne comme Odile peut demander, un jeune homme comme l'architecte ne le devrait pas refuser. Cependant aux légers reproches qu'elle lui en fit à l'occasion, il répondit par des excuses assez valables.

« Si vous saviez, dit-il, avec quelle grossièreté les gens cultivés eux-mêmes se comportent à l'égard des œuvres d'art les plus précieuses, vous me pardonneriez de ne pas produire les miennes parmi la foule. Personne ne sait prendre une médaille par la tranche ; ils touchotent les plus belles empreintes, le fond le plus pur ; ils font aller et venir entre le pouce et l'index les pièces les plus délicates, comme si on appréciait de cette façon la beauté des formes. Sans songer qu'on doit prendre une grande feuille à deux mains, ils empoignent d'une main une gravure inestimable, un dessin unique, comme un politicien qui s'en croit saisit une gazette, et fait connaître d'avance, en chiffonnant le papier, son opinion sur les événements du monde. Nul ne songe que, si vingt personnes seulement procédaient ainsi successivement avec une œuvre d'art, la vingt-et-unième n'aurait plus grand-chose à voir.

— Ne vous ai-je pas aussi maintes fois, reprit Odile, mis dans cet embarras ? N'ai-je pas à l'occasion, sans le soupçonner, endommagé vos trésors ?

— Jamais ! repartit l'architecte, jamais ! Cela vous serait impossible : la décence est née avec vous.

— En tout cas, reprit-elle, il ne serait pas mal d'insérer, à l'avenir, dans les manuels de civilité, après les chapitres sur la façon de se comporter à table en société, un chapitre bien détaillé sur la manière de se conduire dans les collections et les musées.

— Assurément, répondit l'architecte, les gardiens et les amateurs montreraient avec plus de plaisir leurs raretés. »

Odile lui avait pardonné depuis longtemps ; mais

comme il semblait prendre fort à cœur ce reproche, et ne cessait de protester toujours à nouveau qu'il faisait part volontiers de ce qu'il possédait, et s'employait volontiers pour ses amis, elle éprouva qu'elle avait blessé sa susceptibilité et ressentit qu'elle avait une dette envers lui. Elle ne pouvait donc guère lui refuser tout net une prière qu'il lui fit à la suite de cette conversation, bien que, prenant rapidement conseil de son cœur, elle ne vit pas comment elle pourrait accéder à ses vœux.

Voici de quoi il s'agissait. Il lui avait été fort sensible qu'Odile, par l'effet de la jalousie de Lucienne, se trouvât exclue des tableaux vivants ; il avait d'ailleurs remarqué avec regret que Charlotte, qui ne se trouvait pas bien, n'avait pu assister que d'une manière intermittente à cette brillante partie des distractions mondaines. Il ne voulait pas s'éloigner sans témoigner aussi sa reconnaissance en arrangeant, en l'honneur de l'une et pour l'amusement de l'autre, une représentation beaucoup plus belle que ne l'avaient été les précédentes. Peut-être, à son insu même, une autre secrète impulsion venait-elle par là-dessus : il lui était fort pénible de quitter cette maison, cette famille ; il lui paraissait même impossible de disparaître aux yeux d'Odile, dont le calme et amical regard l'avait presque uniquement fait vivre dans les derniers temps.

Les fêtes de Noël approchaient, et il comprit tout à coup que précisément ces représentations de tableaux en ronde bosse étaient sortis des « crèches », du pieux spectacle que l'on consacrait en cette sainte époque, à la divine mère et à son enfant, tels qu'ils sont honorés, dans leur apparente bassesse, d'abord par les bergers, et puis après, par les rois mages.

Il s'était parfaitement représenté la possibilité d'un

tel tableau. On trouva un bel enfant tout frais ; on ne manquerait ni de bergers, ni de bergères, mais sans Odile il n'y avait rien à faire. Le jeune homme l'avait, en pensée, élevée au rang de mère de Dieu, et, si elle refusait, il ne doutait point que son entreprise échouât. Odile, à demi embarrassée de sa proposition, l'adressa à Charlotte avec sa requête. Charlotte lui donna volontiers son autorisation, et surmonta même doucement la timidité d'Odile, inquiète de se mesurer à cette figure sainte. L'architecte travaillait jour et nuit, afin que rien ne manquât la veille de Noël.

Jour et nuit, au sens propre. Il avait d'ailleurs peu d'exigences, et la présence d'Odile paraissait lui tenir lieu de rafraîchissement. Lorsqu'il travaillait pour elle, il semblait n'avoir aucun besoin de sommeil ; lorsqu'il s'occupait d'elle, aucun besoin de nourriture. Aussi tout fut-il achevé et prêt pour le soir solennel. Il lui avait été possible de rassembler des instruments à vent, d'une belle sonorité, qui firent l'ouverture et parvinrent à créer l'atmosphère désirée. Quand le rideau se leva, Charlotte fut véritablement surprise. Le tableau qui s'offrait à elle avait été si souvent répété en ce monde qu'on ne pouvait guère en attendre une impression nouvelle. Mais ici la réalité en image offrait des avantages particuliers. Tout l'espace était plutôt nocturne que crépusculaire, et cependant dans le détail de l'entourage rien n'était indistinct. La pensée incomparable, qui consiste à faire émaner toute la lumière de l'enfant [21], l'artiste avait su la mettre en œuvre par un ingénieux mécanisme d'éclairage, masqué par les personnages du premier plan, qui étaient placés dans l'ombre et ne s'éclairaient que par une lumière frisante. De joyeuses filles, de joyeux garçons se tenaient à l'entour, leurs frais visages fortement éclairés par-dessous. Il y avait aussi des anges dont l'éclat propre semblait obscurci par l'éclat divin, et dont le corps éthéré paraissait rendu plus dense et en peine de lumière devant le corps à la fois divin et humain.

Heureusement l'enfant s'était endormi dans l'attitude la plus agréable, en sorte que rien ne troublait la contemplation, quand le regard s'attardait sur la mère prétendue, qui, avec une grâce infinie, avait soulevé un voile, pour découvrir le trésor caché. C'est à cet instant que l'image paraissait arrêtée et figée. Physiquement aveuglé, spirituellement surpris, il semblait que le peuple environnant eût tout juste fait un mouvement pour détourner ses regards éblouis, puis, dans sa joyeuse curiosité, pour les diriger de nouveau vers la scène en clignant des yeux, et pour marquer plus de surprise et de plaisir que d'admiration et de respect, bien que ces sentiments ne fussent pas non plus oubliés, et que leur expression fût confiée à quelques personnages plus âgés.

La figure d'Odile, ses gestes, ses expressions, ses regards surpassaient tout ce qu'un peintre a jamais représenté. Le connaisseur sensible, qui aurait contemplé cette apparition, aurait eu la crainte de rien voir remuer ; il se serait demandé avec inquiétude si rien pourrait désormais lui plaire à ce point. Par malheur, il n'y avait là personne qui fût capable de saisir cet effet total. L'architecte seul, qui, mince et long berger, regardait de côté par-dessus les personnages à genoux, éprouvait encore la plus grande jouissance, bien qu'il n'occupât point le meilleur point de vue. Et qui pourrait décrire l'expression de la reine du ciel ainsi nouvellement instituée ? L'humilité la plus pure, le plus aimable sentiment de modestie, au sein d'un honneur suprême, immérité, d'un bonheur inconcevable et démesuré, se peignaient dans ses traits, qui exprimaient ensemble son propre sentiment et l'idée qu'elle pouvait se faire de ce qu'elle représentait.

Charlotte prenait son plaisir à cette belle image ; mais c'était surtout l'enfant qui faisait impression sur elle. Ses yeux débordaient de larmes et elle imaginait avec une extrême vivacité qu'elle pouvait espérer d'avoir bientôt sur son sein une créature semblable et aussi chère.

On avait baissé le rideau à la fois pour donner du soulagement aux acteurs, et pour apporter un changement au tableau. L'artiste avait entrepris de transformer la première image de nuit et d'abaissement en une image de jour et de gloire, et, à cet effet, il avait préparé de tous côtés un éclairage surabondant qu'on alluma durant l'entracte.

Dans sa situation à demi théâtrale, Odile avait été jusque-là fort tranquillisée par le fait que, en dehors de Charlotte et de quelques familiers, personne n'avait vu cette pieuse mascarade artistique. Elle fut donc quelque peu troublée, lorsqu'elle apprit pendant l'entracte qu'il était arrivé un étranger, amicalement accueilli dans la salle par Charlotte. Qui c'était, on ne pouvait le lui dire. Elle renonça à le savoir, pour ne causer aucun trouble. Les chandeliers et les lampes brûlaient, et une clarté infinie l'entoura. Le rideau se leva. Coup d'œil surprenant pour les spectateurs : le tableau était tout lumière, et, à la place de l'ombre entièrement effacée, il ne restait plus que les couleurs, qui, par leur heureux choix, procuraient un aimable apaisement. Regardant sous ses longs cils, Odile remarqua un homme assis à côté de Charlotte. Elle ne le reconnut point, mais elle crut entendre la voix de l'assistant de la pension. Une singulière impression la saisit. Qu'il était arrivé de choses depuis qu'elle n'avait pas entendu la voix de ce maître fidèle ! Comme dans le zigzag d'un éclair, la suite de ses joies et de ses souffrances passa rapidement devant son âme et fit surgir cette question : « Oseras-tu tout lui confesser, tout lui avouer ? Que tu es peu digne de paraître devant lui sous cette sainte figure ! Et qu'il doit lui sembler étrange de te voir sous le masque, toi qu'il a toujours vue naturelle ! » Avec une rapidité sans égale le sentiment et la réflexion se succédaient en elle. Son cœur était oppressé, ses yeux se remplissaient de larmes, tandis qu'elle se contraignait à garder son apparence d'image immobile. Qu'elle fut aise lorsque l'enfant commença à remuer et que l'artiste se vit obligé de donner le signal de la chute du rideau !

Si le sentiment pénible de ne pouvoir s'empresser au-devant d'un ami cher s'était uni déjà, dans les derniers moments, aux autres sensations d'Odile, elle se trouvait maintenant dans un embarras plus grand encore. Fallait-il se présenter à lui sous ce costume et sous cette parure étrangère ? Fallait-il changer d'habits ? Elle ne choisit pas, elle prit le dernier parti, et tâcha de se reprendre, de se calmer, dans l'intervalle ; et elle ne fut tout à fait rendue à elle-même que quand, dans son costume habituel, elle salua enfin l'arrivant.

CHAPITRE VII

Puisque l'architecte ne souhaitait que du bien à ses protectrices, il lui était agréable, du moment qu'il devait enfin les quitter, de les savoir en l'excellente compagnie de l'estimable assistant ; mais, comme il rapportait leur faveur à lui-même, il trouvait un peu pénible de se voir si vite et, à en croire sa modestie, si bien, si complètement remplacé. Il avait toujours hésité jusqu'alors, mais maintenant il se trouvait pour ainsi dire poussé dehors ; car ce qu'il ne pouvait éviter après son départ, il voulait tout au moins ne pas le subir, lui présent.

Pour alléger fortement ces sentiments quelque peu mélancoliques, les dames lui firent encore un cadeau lors de son départ : un gilet qu'il les avait vues longtemps tricoter avec une secrète envie à l'égard de l'heureux mortel inconnu à qui il devait échoir un jour. Un pareil présent est le plus agréable que puisse recevoir un homme aimant et respectueux ; car lorsqu'il songe au jeu infatigable des jolis doigts il ne saurait le faire sans se flatter que le cœur n'est pas resté entièrement étranger à un travail si persévérant.

Les femmes avaient maintenant un nouvel hôte à recevoir, à qui elles voulaient du bien, et qui devait se trouver à l'aise chez elles. Le sexe féminin nourrit un intérêt d'intimité immuable, qui lui est propre, dont rien au monde ne saurait le détacher ; par contre, dans les relations extérieures de société, les femmes se laissent aisément et volontiers déterminer par l'homme qui les occupe sur le moment ; et, ainsi par refus comme par accueil, par persévérance et condescendance, elles exercent réellement un empire, auquel, dans le monde poli, aucun homme n'ose se soustraire.

Si l'architecte avait exercé et déployé, pour ainsi dire à son plaisir et à son gré, ses talents devant les deux amies, en vue de leur agrément et à leur intention, si les occupations et les distractions s'étaient orientées en ce sens, il s'établit en peu de temps, du fait de la présence de l'assistant, un autre mode de vie. Son don essentiel était de bien parler, et d'exposer, dans la conversation, les relations humaines surtout en ce qui concerne la formation de la jeunesse. Ainsi prit naissance un contraste assez sensible avec la manière de vivre précédente ; d'autant plus que l'assistant n'approuvait pas tout à fait les passe-temps auxquels on s'était exclusivement adonné jusqu'alors.

Du tableau vivant qui l'avait accueilli à son arrivée, il ne dit mot. En revanche, lorsqu'on lui fit voir avec satisfaction l'église, la chapelle et tout ce qui s'y rapportait, il ne put retenir son opinion, ses sentiments là-dessus.

« En ce qui me concerne, disait-il, ce rapprochement, ce mélange du sacré, du sensuel n'arrive pas du tout à me plaire, non plus que de voir vouer, consacrer et décorer certains lieux déterminés comme si c'était le seul moyen de nourrir et d'entretenir un sentiment de dévotion. Aucune ambiance, même la plus commune, ne doit distraire en nous le sentiment du divin, qui peut nous accompagner partout et faire d'un lieu quelconque un temple. Il me sied qu'on célèbre un culte domestique dans la salle où l'on a coutume de manger, de se réunir, de se réjouir en société, par les jeux et la danse. Ce qu'il y a de plus élevé, de plus excellent dans l'homme est sans forme, et l'on doit se garder de le figurer autrement qu'en de nobles actions. »

Charlotte, qui connaissait déjà en gros ses idées, et qui, en peu de temps, les étudia encore plus, le mit vite dans son champ d'activité naturel, en faisant défiler devant lui, dans la grande salle, ses jeunes jardiniers, que l'architecte venait de passer en revue avant son départ. Dans leur uniforme propre et gai, ils se présentaient fort bien, avec des mouvements réglés et un air naturel et vif. L'assistant les examina à sa manière, et, par toutes sortes de questions et de circonlocutions, il eut bientôt mis au jour les caractères et les facultés des enfants, et, sans qu'il y parût, en l'espace de moins d'une heure, il les avait en vérité notablement instruits et encouragés.

« Comment vous y prenez-vous donc ? dit Charlotte, tandis que les enfants se retiraient. J'ai écouté très attentivement ; il n'a été question que de choses archiconnues, et pourtant je ne saurais par quel bout les prendre pour les exposer avec cette conséquence, en si peu de temps, dans tous ces propos à bâtons rompus.

— Peut-être devrait-on, répondit l'assistant, faire mystère des avantages de son métier. Cependant je ne puis vous cacher la maxime fort simple qui permet d'obtenir tout cela et bien plus encore. Empoignez un sujet, une matière, une notion, peu importe le nom que vous lui donnez ; tenez-le bien ; précisez-le pour vous-même dans toutes ses parties : il vous sera alors facile de reconnaître, en causant avec un groupe d'enfants, ce qu'ils en savent déjà, ce qu'il y a encore à leur suggérer, à leur apprendre. Les réponses à vos questions peuvent être impropres, elles peuvent s'égarer dans le vague, peu importe, à condition qu'aussitôt votre contre-examen ramène l'esprit au centre, à condition que vous ne vous laissiez pas écarter de votre point de vue. A la fin, les enfants ne doivent penser, comprendre, s'assimiler que ce que veut le maître, et comme il le veut. Sa plus grande faute est de se laisser entraîner au loin par ceux qu'il instruit, de ne pas savoir les maintenir au point qu'il est en train de traiter. Faites-en bientôt l'essai et vous y trouverez grand bénéfice.

— C'est joli ! dit Charlotte ; la bonne pédagogie est donc l'inverse du bon usage. Dans la société, il ne faut s'appesantir sur rien, et, dans l'enseignement, la grande loi serait de travailler contre toute distraction.

— Variété sans distraction, ce serait, pour l'enseignement et pour la vie, la plus belle des devises, si ce louable équilibre était facile à maintenir », dit l'assistant, et il voulait poursuivre, quand Charlotte l'invita à regarder une fois de plus les enfants, dont la joyeuse troupe était en train de traverser la cour. Il témoigna sa satisfaction de ce qu'on les contraignît à marcher en uniforme. « Les hommes, disait-il, devraient porter l'uniforme depuis leur jeunesse, parce qu'ils doivent s'habituer à agir en commun, à se perdre entre leurs égaux, à obéir en masse et à travailler pour la communauté. Toute espèce d'uniforme favorise un esprit militaire et une tenue plus exacte et plus stricte. Et d'ailleurs tous les garçons sont des soldats-nés. Il suffit de les voir jouer à la bataille, aller à l'assaut et grimper.

— Par contre vous ne me blâmerez pas, dit Odile, de ne pas donner un uniforme à mes petites filles ? Quand je vous les présenterai, j'espère vous réjouir par leur bigarrure.

— Je l'approuve fort, répondit-il. Les femmes devraient s'habiller avec la plus grande diversité, chacune à sa manière, afin que chacune apprît à sentir ce qui lui va bien et lui sied vraiment. Il y a encore à cela une raison plus importante : elles sont destinées à être isolées pendant toute leur vie et à agir seules.

— Voilà qui me paraît fort paradoxal, reprit

Charlotte ; nous ne vivons cependant presque jamais pour nous.

— Que si, répondit l'assistant, par rapport aux autres femmes. Que l'on considère une femme comme amante, comme fiancée, comme épouse, comme maîtresse de maison et comme mère, elle est toujours isolée, elle est toujours seule et veut l'être. La plus vaine elle-même est dans ce cas. Une femme exclut l'autre par sa nature, car on exige de chacune d'elles ce qu'il incombe à son sexe tout entier de donner. Il n'en est pas ainsi des hommes. L'homme réclame l'homme ; il en créerait un second, s'il n'y en avait pas ; une femme pourrait vivre une éternité, sans penser à produire sa pareille.

— Il suffit, dit Charlotte, d'exprimer le vrai d'une façon singulière, pour que le singulier finisse par sembler vrai. Nous choisirons le meilleur dans vos remarques mais, en tant que femmes, nous nous liguerons avec les autres femmes, et nous agirons aussi ensemble, pour ne pas concéder aux hommes de trop grands avantages sur nous. Oui, vous ne nous reprocherez pas un malin plaisir que nous sentirons d'autant plus vivement désormais, que nous verrons les hommes ne pas s'accorder particulièrement. »

Cet homme avisé s'enquit alors avec beaucoup de soin de la manière dont Odile traitait ses petites élèves, et il en témoigna nettement son approbation.

« Vous avez pleinement raison, dit-il, en ne dressant vos subordonnées qu'à ce qui est immédiatement utile. La propreté fait que les enfants trouvent du plaisir à observer une certaine tenue, et tout est gagné, quand on les a incitées à faire ce qu'elles font avec bonne humeur et fierté. »

Au reste il trouva, à sa grande satisfaction, que rien

ne se faisait pour l'apparence et pour l'extérieur, mais tout pour le dedans et pour les besoins indispensables.

« Qu'il faudrait peu de mots, s'écria-t-il, pour exprimer toute l'affaire de l'éducation, si les gens avaient des oreilles pour entendre !

— Ne voudriez-vous pas essayer avec moi ? demanda amicalement Odile.

— Bien volontiers, répliqua-t-il, mais il ne faut pas me trahir ! Qu'on élève les garçons pour en faire des serviteurs, et les filles, des mères ; tout ira bien partout.

— Des mères, reprit Odile, cela irait encore aux femmes, car, sans être mères, elles doivent toujours s'arranger pour devenir gouvernantes ; mais nos jeunes gens s'en croiraient beaucoup trop pour des serviteurs ; on peut voir facilement en regardant chacun d'eux qu'il se juge plutôt capable de commander.

— C'est pourquoi nous le leur tairons, dit l'assistant. On se flatte en entrant dans la vie, mais la vie ne nous flatte pas. Combien de gens admettent-ils de plein gré ce qu'ils sont forcés à la fin d'admettre ? Mais laissons ces considérations qui ne nous concernent point.

» Je vous félicite de pouvoir employer avec vos élèves une bonne méthode. Quand vos plus petites filles jouent à la poupée, et cousent quelques oripeaux pour elle ; quand les sœurs aînées ont soin des plus jeunes, et que la maison se sert et s'entretient elle-même, le pas qui reste à faire pour entrer dans la vie n'est pas grand, et une fille comme celle-ci trouve chez son mari ce qu'elle a quitté chez ses parents.

» Mais dans les classes polies, la tâche est très compliquée. Nous devons tenir compte de conditions supérieures, plus délicates, plus fines, et surtout des relations mondaines. Nous autres devons, par conséquent, former aussi nos élèves pour le dehors. C'est nécessaire, c'est indispensable, et ce pourrait être fort bon, si, ce faisant, on ne dépassait la mesure, car en s'imaginant former les enfants pour un milieu plus étendu, on les pousse facilement au-delà des limites et on perd de vue ce qu'exige au fond leur nature. Voilà le problème qui est plus ou moins résolu ou raté par les éducateurs.

» A propos de bien des choses dont nous bourrons nos écolières à la pension, je m'inquiète parce que l'expérience me dit qu'elles en feront fort peu d'usage dans l'avenir. Qu'est-ce qui ne s'efface pas aussitôt, qu'est-ce qui ne tombe pas dans l'oubli, dès qu'une femme devient maîtresse de maison ou mère !

» Cependant, puisque je me suis consacré une bonne fois à cette carrière, je ne puis m'interdire le souhait pieux de réussir un jour, en compagnie d'une aide fidèle, à développer chez mes élèves uniquement ce dont elles auront besoin, lorsqu'elles entreront dans le domaine de l'activité personnelle et de l'indépendance, en sorte que je puisse me dire : à cet égard, leur éducation est achevée. Il est vrai qu'il en arrive toujours une autre, suscitée presque chaque année de notre vie, sinon par nous-mêmes, du moins par les circonstances. »

Que cette remarque parut vraie à Odile ! Quel apprentissage avait été pour elle, l'an passé, une passion imprévue ! Quelles épreuves ne voyait-elle pas suspendues sur elle, quand elle envisageait seulement l'immédiat, le plus proche avenir !

Ce n'était pas sans intention que le jeune homme avait parlé d'une aide, d'une épouse ; car, avec toute sa modestie, il ne pouvait s'empêcher de suggérer d'une manière allusive ses intentions. Diverses circonstances, divers incidents l'incitaient même à faire, au cours de cette visite, quelques pas pour approcher de son but.

La directrice de la pension était déjà âgée ; elle avait cherché depuis longtemps parmi ses collaborateurs et ses collaboratrices une personne qui s'associât avec elle ; et à la fin elle avait proposé à l'assistant, à qui elle avait toute raison de se fier, de diriger désormais l'établissement avec elle, d'y agir comme chez lui et d'en devenir, après sa mort, héritier et unique propriétaire. En cette affaire le principal semblait pour sa part de trouver une femme qui fût en accord avec lui. Son esprit et son cœur étaient secrètement occupés d'Odile ; mais il s'était élevé divers doutes auxquels des événements favorables faisaient à leur tour contrepoids. Lucienne avait quitté la pension, Odile y pouvait revenir plus librement ; de ses rapports avec Édouard, il avait sans doute filtré quelque chose, mais on prenait cette aventure, comme tant d'autres incidents du même genre, avec indifférence, et même cet événement pouvait contribuer au retour d'Odile. Cependant on n'en serait pas venu à une décision, on n'aurait fait aucune démarche, si une visite imprévue n'avait donné, là aussi, une impulsion spéciale. Ainsi, dans un milieu quelconque, l'apparition de personnages d'importance ne saurait jamais demeurer sans suites.

Le comte et la baronne, qui se voyaient fort souvent dans le cas d'être interrogés sur le mérite de diverses pensions, parce que presque tous les parents sont embarrassés de l'éducation de leurs enfants, avaient entrepris de connaître celle-là, dont on disait tant de bien, et leurs nouveaux rapports leur permettaient de procéder ensemble à cette enquête. Mais la baronne avait encore d'autres intentions. Pendant son dernier séjour auprès de Charlotte, elle s'était longuement entretenue avec elle de tout ce qui concernait Édouard et Odile. Elle insistait encore et toujours pour qu'Odile fût éloignée. Elle cherchait à en inspirer le courage à Charlotte, qui avait toujours peur des menaces d'Édouard. On discuta les divers expédients possibles, et, à propos de la pension, il fut aussi question de l'inclination de l'assistant, si bien que la baronne n'en fut que plus décidée à la visite projetée.

Elle arrive, fait la connaissance de l'assistant, on examine l'établissement, et l'on parle d'Odile. Le comte lui-même s'entretient volontiers d'elle, car il a appris à la connaître mieux au cours de sa dernière visite. Elle s'était rapprochée de lui ; elle était même attirée par lui, parce qu'elle croyait distinguer et apprendre, par sa conversation riche de contenu, ce qui lui était resté jusqu'alors tout à fait inconnu. Et de même que, dans ses rapports avec Édouard, elle oubliait le monde, il lui semblait, pour la première fois, en présence du comte, trouver le monde désirable. Toute attraction est réciproque. Le comte ressentait pour Odile un tel penchant, qu'il aimait à la considérer comme sa fille. Ici, pour la seconde fois, et plus que la première, elle se trouvait sur le chemin de la baronne. Qui sait ce que celle-ci, aux temps d'une passion plus vive, aurait entrepris contre elle ! Maintenant il lui suffisait de la rendre, par ce mariage, plus inoffensive aux femmes mariées.

Avec adresse elle entreprit donc l'assistant, de façon discrète, mais efficace, pour qu'il combinât une petite excursion au château, et que, sans tarder, il travaillât à avancer ses vœux et ses projets, dont il n'avait point fait mystère à la dame.

Avec l'entière approbation de la directrice, il se mit

donc en route, et il nourrissait en son cœur les meilleures espérances. Il sait qu'Odile ne lui est pas défavorable ; et, s'il y a entre eux quelque inégalité de condition, la façon de penser du siècle l'efface aisément. La baronne lui avait d'ailleurs fait sentir qu'Odile resterait toujours une fille pauvre. Être apparenté à une famille riche, disait-elle, ne saurait profiter à personne. Car, même avec la plus grande fortune, on se ferait un cas de conscience de soustraire une somme considérable à ceux qui, d'un degré plus rapproché, semblent avoir un droit plus complet à la propriété. Et certes, il demeure singulier que l'homme fasse très rarement usage, au profit de ses favoris, de la grande prérogative de disposer encore de ses biens après sa mort et que, par respect pour la tradition, il n'avantage que ceux qui posséderaient après lui sa fortune, quand bien même il ne manifesterait pour sa part aucune volonté.

En voyage, ses sentiments le mettaient à égalité avec Odile. Le bon accueil accrut ses espérances. Sans doute il ne trouva pas Odile aussi ouverte qu'autrefois à son égard ; mais aussi elle était plus formée, plus cultivée, et, si l'on veut, plus communicative en général qu'il ne l'avait connue. Avec confiance, on le laissa inspecter maintes affaires, qui avaient particulièrement rapport à son état. Mais, lorsqu'il voulait approcher de son but, une certaine timidité intérieure le retenait toujours.

Cependant Charlotte lui en donna un jour occasion, en lui disant en présence d'Odile : « Allons, vous avez passé suffisamment l'inspection de ce qui grandit dans mon entourage, que pensez-vous d'Odile ? Vous pouvez bien le dire en sa présence. »

L'assistant répondit avec beaucoup de sagacité, et

d'un air calme, que, pour l'aisance des manières, la commodité des relations, la sûreté du coup d'œil dans les affaires du monde, qui se manifestaient dans ses actions plus que dans ses paroles, il la trouvait très changée à son avantage ; il croyait cependant qu'elle pourrait gagner beaucoup à retourner quelque temps à la pension afin de s'approprier à fond et pour toujours, en un certain ordre, ce que le monde ne donne que par morceaux et plutôt pour notre trouble que pour notre satisfaction, et même, parfois, bien trop tard. Il ne voulait pas s'étendre là-dessus. Odile savait très bien elle-même à quelle suite de leçons elle avait été autrefois arrachée.

Odile ne pouvait le nier, mais elle ne pouvait pas avouer ce qu'elle éprouvait à ces paroles, parce qu'elle arrivait à peine à se l'expliquer à elle-même. Rien ne lui paraissait plus incohérent dans le monde, lorsqu'elle pensait à l'homme aimé, et elle ne comprenait pas comment, sans lui, il pouvait subsister quoi que ce fût de cohérent.

Charlotte répondit à cette proposition avec une prudence aimable. Elle dit qu'Odile et elle avaient depuis longtemps souhaité un retour à la pension. Mais alors la présence d'une amie et d'une aide si chère lui avait été indispensable. Dans la suite, si c'était toujours le désir d'Odile, elle ne voudrait pas l'empêcher de retourner là-bas assez longtemps pour achever ce qu'elle avait commencé, et acquérir complètement ce qui avait été interrompu.

L'assistant accueillit cette offre avec joie. Odile n'avait rien à objecter, bien que cette pensée la fît frémir. Charlotte, en revanche, songeait à gagner du temps. Elle espérait que le bonheur de la paternité rendrait Édouard à lui-même et à sa maison ; alors, elle en était convaincue, tout s'arrangerait, et d'une façon ou d'une autre, on pourvoirait au sort d'Odile.

Après une conversation capitale sur laquelle tous les participants ont à réfléchir, il a coutume d'intervenir un certain temps mort, qui ressemble à un embarras général. On marcha de long en large dans le salon ; l'assistant feuilleta quelques livres et tomba enfin sur l'in-folio qui était resté encore là du temps de Lucienne. Lorsqu'il vit qu'il ne contenait que des singes, il le ferma aussitôt. Cet incident doit cependant avoir donné lieu à une conversation dont nous trouvons les traces dans le journal d'Odile.

EXTRAITS DU JOURNAL D'ODILE

« Comment peut-on prendre sur soi de représenter avec tant de soin des singes dégoûtants ? On s'abaisse déjà quand on ne les regarde que comme des animaux ; mais c'est vraiment une méchanceté de plus, que de céder au plaisir de chercher sous ce masque des gens que l'on connaît.

» Il faut, à n'en point douter, une certaine déformation pour aimer à s'occuper de caricatures. J'ai de la reconnaissance à notre bon maître de n'avoir pas été torturée par l'histoire naturelle : je ne pourrais jamais sympathiser avec les vers et les hannetons.

» Pour cette fois, il m'a avoué qu'il en était de même pour lui. « De la nature, a-t-il dit, nous ne devrions connaître que les êtres vivants qui nous entourent immédiatement. » Avec les arbres qui verdissent, fleurissent, portent fruit autour de nous, avec chaque arbuste devant lequel nous passons, avec chaque brin d'herbe sur lequel nous marchons, nous avons de vrais rapports : ce sont nos véritables compatriotes. Les oiseaux qui sautillent sur nos branches, qui chantent dans notre feuillage, nous appartiennent, ils nous parlent dès notre jeunesse et nous apprenons à comprendre leur langage. Qu'on se demande si toute créature étrangère, arrachée à son milieu, ne produit sur nous une certaine impression angoissante, qui ne s'émousse qu'à force d'habitude. Il faut une vie bigarrée et bruyante, pour souffrir autour de soi des singes, des perroquets et des nègres.

» Parfois, lorsqu'il me prenait un désir curieux de ces objets bizarres, j'ai envié le voyageur qui voit ces merveilles en rapports vivants, journaliers, avec d'autres merveilles. Mais il devient lui-même un autre homme. Ce n'est pas impunément qu'on erre sous les palmiers, et les idées changent certainement en un pays où éléphants et tigres sont chez eux.

» Seul le naturaliste est digne de respect qui sait nous dépeindre et nous représenter l'insolite, le singulier, avec son ambiance, son voisinage, toujours dans l'élément qui lui est le plus spécifique. Que j'aimerais à entendre, ne fût-ce qu'une fois, Humboldt conter[22] !

» Un cabinet d'histoire naturelle peut nous apparaître comme une sépulture égyptienne, où se tiennent embaumées les diverses idoles animales et végétales. Il convient certes à une caste sacerdotale d'en traiter en un clair-obscur mystérieux, mais cela devrait d'autant moins s'introduire dans l'enseignement général, que des objets plus proches et plus dignes d'intérêt s'en trouvent aisément chassés.

» Un maître qui sait ouvrir nos sens à une seule bonne action, à un seul bon poème, est plus utile que celui qui nous apprend, par leurs formes et leurs noms, des séries entières de créatures inférieures ; car tout le résultat en est — ce que nous pourrions savoir sans cela — que c'est encore l'homme qui porte en lui, le plus excellemment et le plus exclusivement, l'image de la divinité !

» Que chacun soit libre de s'occuper de ce qui l'attire, de ce qui lui fait plaisir, de ce qui lui semble utile ; mais la vraie étude de l'humanité, c'est l'homme. »

CHAPITRE VIII

Il est peu d'hommes qui sachent s'occuper du passé le plus récent. Ou c'est le présent qui nous retient avec force, ou nous nous perdons dans ce qui n'est plus, et nous cherchons à évoquer et à rétablir, autant que faire se peut, ce qui est entièrement perdu. Même dans l'opulence des grandes familles qui doivent beaucoup à leurs ancêtres, on a coutume de penser au grand-père plus qu'au père.

Notre assistant fut conduit à ces réflexions par un de ces beaux jours, où l'hiver, qui s'en va, prend la figure trompeuse du printemps, alors qu'il était allé se promener à travers l'ancien parc du château, alors qu'il avait admiré les hautes allées de tilleuls, les promenades régulières, qui remontaient au père d'Édouard. Elles avaient admirablement réussi au sens de celui qui les avait plantées, et, maintenant qu'on pouvait seulement s'en apercevoir et en jouir, personne n'en parlait plus ; on les visitait à peine ; la fantaisie et la dépense s'étaient tournées d'un autre côté et s'étaient portées vers les espaces libres et le lointain.

A son retour, il en fit la remarque à Charlotte, qui l'accueillit sans défaveur.

« Tandis que la vie nous entraîne, répondit-elle, nous croyons agir par nous-mêmes, choisir notre activité, nos plaisirs ; mais à y regarder de près, ce ne sont que les desseins et les goûts du temps auxquels nous sommes contraints de collaborer.

— Certes, reprit l'assistant, et quel est celui qui résiste au courant qui l'environne ? Le temps marche et avec lui les sentiments, les opinions, les préjugés et les marottes. Quand la jeunesse d'un fils tombe juste à une époque de changement, on peut être assuré qu'il n'aura rien de commun avec son père. Si celui-ci vivait en un temps où l'on avait le goût d'acquérir, d'assurer, de borner, de resserrer sa propriété et d'affirmer sa jouissance en se retranchant du monde, celui-là tiendra à s'étaler, à se répandre, à s'élargir et à ouvrir ce qui est fermé !

— Des époques entières, reprit Charlotte, sont comparables à ce père et à ce fils que vous dépeignez. De cet état où toute petite ville devait avoir ses murs et ses fossés, où l'on bâtissait toute gentilhommière dans un marais, où le moindre château n'était accessible que par un pont-levis, c'est à peine si nous pouvons nous faire une idée. Aujourd'hui, les grandes villes elles-mêmes abattent leurs remparts, les fossés des châteaux princiers eux-mêmes se comblent ; les villes ne forment plus que de gros bourgs, et quand on voit cela en voyage, on devrait croire que la paix universelle est assurée et que l'âge d'or est à notre porte. Personne ne se croit à l'aise en un jardin qui ne ressemble à la pleine campagne ; rien ne doit rappeler l'art et la contrainte ; nous voulons respirer librement et sans conditions. Concevez-vous, mon ami, qu'on puisse retourner de cet état dans un autre, dans l'état antérieur ?

— Pourquoi pas ? riposta l'assistant, toute situation a ses ennuis : la restriction comme la licence. La seconde suppose la surabondance et mène à la prodigalité. Arrêtons-nous à votre exemple qui est assez frappant. Aussitôt que la privation intervient, on se restreint à nouveau. Les hommes qui sont obligés d'exploiter leur fonds et leur sol, ceignent de nouveau leurs jardins de murs, afin d'être assurés de leurs produits. Il s'ensuit peu à peu un nouvel aspect des choses. L'utile reprend le dessus, et l'opulence même finit par en venir à faire usage de tout. Croyez-moi, il est possible que votre fils néglige tous les aménagements du parc, et se retire de nouveau derrière les murailles sévères et sous les hauts tilleuls de son grand-père. »

Charlotte se réjouit en secret de s'entendre prédire un fils, et pardonna à l'assistant sa prophétie un peu désobligeante sur le sort futur de son beau parc aimé. Aussi répondit-elle avec une parfaite gentillesse :

« L'un et l'autre, nous ne sommes point assez âgés pour avoir été plusieurs fois témoins de telles contradictions ; cependant, quand on se reporte au temps de sa prime jeunesse, quand on se rappelle le sujet des plaintes des personnes âgées, quand on se remémore les villes et les campagnes, on n'a sans doute rien à objecter à votre remarque. N'y aurait-il cependant rien à opposer à cette marche de la nature ? ne pourrait-on mettre d'accord le père et le fils, les parents et les enfants ? Vous m'avez aimablement prédit un garçon : faudra-t-il justement qu'il soit en contradiction avec son père ? qu'il détruise ce que ses parents ont édifié, au lieu de l'achever et de l'accroître, en persévérant dans le même sens ?

— Il y a bien, pour cela, un moyen raisonnable, répondit l'assistant, mais que les hommes emploient rarement. Que le père élève son fils à la copropriété ; qu'il le laisse bâtir, planter avec lui, et lui permette, comme il se le permet, des fantaisies inoffensives. On peut entrelacer une activité à une autre ; on ne peut ajouter des morceaux de l'une à l'autre. Une jeune branche se greffe aisément et volontiers à un vieux tronc auquel on ne peut plus adjoindre une branche toute venue. »

L'assistant se réjouissait, à l'instant où il se voyait forcé de prendre congé, d'avoir eu occasion de dire quelque chose d'agréable à Charlotte, et de s'être affermi de la sorte dans sa faveur. Il y avait déjà trop longtemps qu'il avait quitté sa maison, cependant il ne put se décider au retour qu'après s'être pleinement convaincu qu'il lui fallait laisser passer les couches prochaines de Charlotte avant de pouvoir espérer une solution quelconque au sujet d'Odile. Il se plia donc aux circonstances, et, avec ces perspectives et ces espérances, il retourna auprès de la directrice.

Les couches de Charlotte approchaient. Elle se tenait plus dans son appartement. Les femmes qui s'étaient réunies autour d'elle formaient une société plus fermée. Odile tenait la maison sans se permettre presque de penser à ce qu'elle faisait. Elle s'était sans doute entièrement résignée ; elle désirait continuer à se dévouer, à rendre le plus possible de services à Charlotte, à l'enfant, à Édouard, mais elle ne voyait pas comment elle le pourrait. Rien n'était de nature à la sauver d'une totale confusion, que de faire jour après jour son devoir.

Un fils était heureusement venu au monde, et les femmes affirmèrent toutes que c'était le portrait de son père. Odile seule, à part soi, ne fut point du même avis, lorsqu'elle alla féliciter l'accouchée, et qu'elle accueillit l'enfant du plus profond de son cœur. Déjà lorsqu'elle prenait des dispositions pour le mariage de sa fille, l'absence de son mari avait été fort sensible à Charlotte, et maintenant le père ne devait pas assister à la naissance de son fils; il ne devait pas choisir le nom par lequel on l'appellerait plus tard.

Le premier de tous les amis qui se firent voir, avec leurs compliments, fut Courtier, qui avait mis sur pied ses émissaires pour avoir aussitôt nouvelle de cet événement. Il parut, et fort à son aise. C'est à peine s'il dissimula son triomphe en présence d'Odile, il s'exprima tout haut devant Charlotte; et c'était l'homme qu'il fallait pour dissiper toutes les inquiétudes, écarter tous les obstacles du moment. Il ne fallait pas longtemps différer le baptême. Le vieil ecclésiastique, un pied dans la tombe, allait unir par sa bénédiction le passé avec l'avenir. L'enfant s'appellerait Othon : il ne pouvait porter un autre nom que celui du père et de l'ami.

Il fallait toute l'insistance et l'importunité de cet homme pour écarter les mille scrupules, les objections, les lenteurs, les hésitations, les idées de ceux qui savent tout mieux ou autrement que les autres, les incertitudes, les avis, leurs détours et leurs contradictions, car, d'ordinaire, en ces conjonctures, d'un scrupule qui a été levé en naissent toujours de nouveaux, et, en voulant ménager toutes les convenances, il arrive toujours qu'on en blesse quelques-unes.

Courtier se chargea de toutes les lettres de faire-part et des invitations. Il fallait qu'elles fussent écrites aussitôt, car il tenait lui-même beaucoup à notifier au reste d'un monde parfois malveillant et médisant, un bonheur qu'il regardait comme si important pour la famille. Et, en effet, les incidents passionnés advenus jusqu'alors n'avaient pas échappé au public, lequel, d'ailleurs, vit dans la conviction que tout ce qui arrive se fait uniquement pour qu'il ait quelque chose à dire.

La cérémonie du baptême devait avoir de la dignité, mais rester intime et brève. On se réunit ; Odile et Courtier devaient présenter l'enfant, comme parrain et marraine. Le vieux pasteur, soutenu par le sacristain, s'avança à pas lents. La prière était achevée ; on avait posé l'enfant sur les bras d'Odile, et, lorsqu'elle se pencha sur lui avec affection, elle ne fut pas peu effrayée devant ses yeux ouverts, car elle crut voir les siens. Cette ressemblance aurait dû frapper tout le monde. Courtier, qui reçut ensuite l'enfant, s'étonna aussi en remarquant dans sa conformation une ressemblance frappante avec le capitaine ; jamais il ne lui était rien arrivé de pareil.

La faiblesse du bon vieux pasteur l'avait empêché d'accompagner la cérémonie du baptême d'autre chose que de la liturgie ordinaire. Courtier cependant, plein de son sujet, se rappela ses anciennes fonctions ; et, d'ailleurs, c'était dans sa manière de se mettre immédiatement à la hauteur des circonstances et de trouver aussitôt comment il avait à parler, à s'exprimer. Cette fois, il put d'autant moins se retenir qu'il n'était entouré que d'un petit cercle d'amis. Vers la fin de la cérémonie, il commença donc tout naturellement à se mettre à la place du pasteur, à exposer avec bonne humeur ses devoirs et ses espérances de parrain, et s'y arrêta d'autant plus qu'il croyait s'apercevoir, à l'air satisfait de Charlotte, qu'elle l'approuvait.

Le bon vieillard se serait assis volontiers : le vigoureux orateur ne s'en avisa point, il songeait encore bien moins qu'il allait causer un mal plus grand, car, après avoir dépeint avec insistance les rapports de chacune des personnes présentes avec l'enfant, et avoir mis ainsi à une assez rude épreuve le sang-froid d'Odile, il se retourna enfin vers le vieillard avec ces paroles :

« Et vous, mon digne patriarche, vous pouvez désormais dire avec Siméon : « Seigneur, laisse ton serviteur aller en paix, car mes yeux ont vu le sauveur de cette maison. »

Il était en train de conclure avec beaucoup d'éclat, mais il remarqua bientôt que le vieillard, à qui il présentait l'enfant, semblait d'abord, il est vrai, commencer par se pencher vers lui, mais tomba subitement en arrière. A peine retenu dans sa chute, on le mit dans un fauteuil, et, en dépit des secours immédiats, il fallut bien admettre qu'il était mort.

Voir et concevoir, sans entre-deux, le voisinage de la naissance et de la mort, du cercueil et du berceau; embrasser, non seulement en imagination, mais du regard ces monstrueux contrastes, c'était pour les assistants une lourde tâche d'autant qu'elle se présentait d'une manière surprenante. Odile seule considérait avec une sorte d'envie celui qui s'était endormi et avait conservé son expression d'affabilité et de sympathie. La vie de son âme était morte, pourquoi le corps devait-il subsister ?

Si, de la sorte, les tristes événements de la journée l'amenèrent plus d'une fois à considérer ce qui passe, ce qui se rompt, ce qui se perd, il lui fut donné, par contre, pour sa consolation, de merveilleuses apparitions nocturnes qui l'assurèrent de l'existence de celui qu'elle aimait, et raffermirent et vivifièrent en elle sa propre existence. Le soir, lorsqu'elle se fut mise au lit, comme elle flottait encore, dans une douce indécision, entre le sommeil et la veille, il lui sembla qu'elle jetait ses regards dans une pièce toute lumineuse, mais doucement éclairée. Elle y vit nettement Édouard, non pas vêtu comme elle l'avait toujours vu, mais en costume guerrier, chaque fois en une nouvelle attitude, qui était pourtant tout à fait naturelle, et n'avait rien par elle-même de fantastique : debout, marchant, couché, à cheval. Cette figure, précisée jusqu'au moindre détail, se mouvait spontanément devant elle, sans qu'elle y contribuât le moins du monde, sans qu'elle le voulût ou contraignît son imagination. Parfois elle le voyait aussi entouré de quelque chose de mobile, de plus sombre que le fond lumineux ; mais elle distinguait à peine des silhouettes, qui lui apparaissaient de temps en temps comme des hommes, des chevaux, des arbres et des montagnes. D'ordinaire elle s'endormait sur cette apparition, et, le matin, lorsqu'elle s'éveillait après une nuit paisible, elle était ranimée, consolée ; elle se sentait persuadée qu'Édouard vivait encore, que les liens les plus intimes l'unissaient encore à lui.

CHAPITRE IX

Le printemps était venu, plus tardif, mais aussi plus rapide et plus riant que de coutume. Odile trouva alors dans le jardin le fruit de sa prévoyance : tout germait, verdoyait, et fleurissait en son temps ; bien des plantes préparées dans les serres et sous les châssis soigneusement installés, s'offraient maintenant enfin aux effets extérieurs de la nature ; et tout ce qu'il y avait à faire et à entretenir ne demeurait pas, comme naguère, un labeur plein d'espoir, mais devenait une aimable jouissance.

Mais elle eut à consoler le jardinier de plus d'un vide produit par les ravages de Lucienne parmi les pots de fleurs, et de la symétrie détruite de la couronne de plus d'un arbre. Elle l'encourageait en lui disant que tout cela se réparerait bientôt ; mais il avait un sentiment trop profond, une idée trop pure de son métier, pour que ces consolations pussent beaucoup fructifier en lui. Aussi peu qu'il est permis au jardinier de se laisser distraire par d'autres fantaisies et d'autres inclinations, aussi peu doit s'interrompre la marche tranquille que suit la plante pour son achèvement durable ou passager. La plante ressemble aux hommes trop personnels, dont on peut tout obtenir, quand on les traite à leur manière. Un œil paisible, une calme suite dans les actions les plus appropriées à chaque saison, à chaque heure, ne sont peut-être exigés de personne plus que du jardinier.

Le brave homme possédait ces qualités à un degré éminent, c'est pourquoi Odile aimait tant collaborer avec lui. Mais, depuis quelque temps déjà, il ne pouvait plus exercer avec satisfaction le talent qui lui était propre. En effet, bien qu'il s'entendît parfaitement à tout ce qui concernait le verger et le potager, à tous les besoins d'un jardin d'agrément à l'ancienne mode — car, en général, chacun a sa spécialité où il réussit mieux qu'ailleurs — bien que, dans le soin de l'orangerie, des oignons à fleurs, des plants d'œillets et d'oreilles-d'ours, il eût pu défier la nature elle-même, les nouveaux arbres d'agrément et les fleurs en vogue lui étaient restés quelque peu étrangers ; et il éprouvait une sorte de terreur qui le rendait chagrin, devant le domaine infini de la botanique, qui s'ouvrait en ce temps-là, et devant les noms inconnus qui bourdonnaient à ses oreilles. Ce que ses maîtres avaient commencé de prescrire l'année précédente, il le tenait d'autant plus pour une dépense inutile et une prodigalité, qu'il voyait dépérir nombre de plantes précieuses, et qu'il n'était pas dans les meilleurs termes avec les pépiniéristes, qui, à ce qu'il croyait, ne le servaient pas assez honnêtement.

Là-dessus il s'était fait, après divers essais, une espèce de plan, où Odile l'encourageait d'autant plus qu'il se fondait sur le retour d'Édouard, dont, en cette affaire comme en tant d'autres, on devait ressentir chaque jour plus fâcheusement l'absence.

Maintenant que les plantes poussaient de plus en plus de racines et de branches, Odile se sentait toujours plus attachée à ces lieux. Il y avait juste une année qu'elle y avait pénétré, étrangère, être insignifiant : que n'avait-elle pas acquis depuis ce temps ! Mais malheureusement, que n'avait-elle reperdu depuis lors ! Elle n'avait jamais été aussi riche et jamais aussi pauvre. Ces deux sentiments alternaient d'un instant à l'autre au plus intime de son cœur, en sorte qu'elle ne savait trouver d'autre remède que de prendre sans cesse avec intérêt, même avec passion, ce qui se présentait de plus proche.

Que tout ce qui était particulièrement cher à Édouard attirât plus fortement ses soins, on peut le conjecturer ; et pourquoi ne devait-elle pas espérer qu'il revînt bientôt, et qu'une fois présent, il remarquât avec reconnaissance la sollicitude qu'elle avait témoignée à l'absent ?

Mais elle fut engagée encore à s'employer pour lui d'une tout autre façon. Elle avait pris la charge privilégiée de l'enfant, qui pouvait d'autant mieux recevoir ses soins directs qu'on s'était décidé à ne le point confier à une nourrice, mais à l'élever au lait et à l'eau. Il fallait, en cette belle saison, qu'il jouît du grand air ; et elle aimait surtout à le porter au-dehors elle-même ; elle portait cet être endormi, inconscient, entre les fleurs qui, un jour, souriraient à son enfance, entre les jeunes arbrisseaux et les plantes qui semblaient destinés par leur jeunesse à grandir avec lui. Lorsqu'elle regardait autour d'elle, elle ne se dissimulait point pour quel état de grandeur et de fortune l'enfant était né, car presque tout ce qu'embrassaient ses regards, devait un jour lui appartenir. Pour tout cela, qu'il était souhaitable qu'il grandît sous les yeux de son père et de sa mère et confirmât leur union heureusement renouvelée !

Odile sentait tout cela si nettement qu'elle le supposait réalisé et y perdait tout sentiment d'elle-même. Sous ce ciel clair, à la lumière de ce brillant soleil, il devint tout d'un coup évident à ses yeux que son amour, pour arriver à la perfection, devait devenir entièrement désintéressé ; même à de certains moments, elle croyait avoir atteint déjà ces hauteurs.

Elle ne souhaitait que le bonheur de son ami, elle se croyait capable de renoncer à lui, même de ne jamais le revoir, pourvu qu'elle le sût heureux. Mais elle était absolument décidée à ne jamais appartenir à un autre.

On avait pris soin que l'automne fût aussi magnifique que le printemps. Toutes les plantes de l'été, tout ce qui n'en peut finir de fleurir à l'automne, et qui se développe encore audacieusement au froid, les asters en particulier, avaient été semés avec la plus grande variété, et devaient, maintenant transplantés partout, former sur la terre un ciel étoilé.

Extraits du Journal d'Odile

« Il nous plaît de recueillir dans notre journal une pensée juste que nous avons lue, un mot frappant que nous avons entendu, mais si nous prenions en même temps la peine de relever, dans les lettres de nos amis, les remarques personnelles, les vues originales, les mots spirituels écrits en passant, nous deviendrions très riches. On garde les lettres, pour ne jamais les relire ; on les détruit enfin par discrétion, et ainsi disparaît irrévocablement, pour nous et les autres, le plus beau, le plus direct souffle de vie. Je me propose de réparer cette négligence.

» Ainsi se répète encore depuis son début, le conte de l'année ! Nous revoilà, Dieu merci, à son plus aimable chapitre. Violettes et muguets en sont comme les frontispices ou les vignettes. C'est pour nous toujours une agréable impression que d'ouvrir de nouveau, à ces pages, le livre de la vie.

» Nous sommes sévères à l'égard des pauvres, et surtout des jeunes, lorsqu'ils flânent et mendient le long des routes. Ne remarquons-nous pas qu'ils trouvent une activité dès qu'il y a quelque chose à faire ? A peine la nature déploie-t-elle ses aimables trésors, que les enfants s'empressent de les exploiter. Nul ne mendie plus, chacun te présente un bouquet. Il l'a cueilli lui-même avant que tu sortes du sommeil, et le mendiant te regarde avec autant d'amabilité que l'offrande. Nul n'a l'air misérable, qui se sent quelque droit à exiger.

» Pourquoi seulement l'année est-elle parfois si courte, parfois si longue ? Pourquoi semble-t-elle si courte et si longue dans le souvenir ? Il en est ainsi, pour moi, de l'an passé, et nulle part de manière plus frappante qu'au jardin, où s'enchevêtrent l'éphémère et le durable. Et pourtant rien de si passager qui ne laisse une trace, qui ne laisse sa ressemblance.

» On s'accommode aussi de l'hiver. On croit respirer plus largement quand les arbres se dressent devant nous, si fantomatiques, si transparents. Ils ne sont rien, mais aussi ils ne couvrent rien. Mais quand paraissent, un jour, tous les bourgeons et les fleurs, on s'impatiente jusqu'à ce que tout le feuillage sorte, jusqu'à ce que la campagne prenne corps et que l'arbre nous oppose sa forme.

» Tout ce qui est parfait en son espèce doit dépasser son espèce, devenir quelque chose d'autre, d'incomparable. Dans certains sons, le rossignol est encore oiseau, puis il s'élève au-dessus de sa classe, et semble vouloir indiquer à toute la gent emplumée ce que c'est que de chanter.

» Une vie sans amour, sans le voisinage du bien-aimé, n'est qu'une *comédie à tiroirs*[23], et une mauvaise. On les tire et les repousse l'un après l'autre, et l'on passe au suivant. Tout ce qui arrive, même de bon et d'important, ne tient qu'à peine ensemble. Il faut partout commencer par le commencement, et on voudrait partout finir. »

CHAPITRE X

Charlotte, de son côté, est en bonne forme. Elle se réjouit de la vigueur de l'enfant, dont la figure, qui promet beaucoup, occupe à toute heure ses yeux et son cœur. Par lui, elle se crée de nouveaux liens avec le monde et avec sa fortune ; son ancienne activité se réveille ; de quelque côté qu'elle regarde, elle voit qu'on a beaucoup fait l'an dernier, et prend plaisir à ce qu'on a fait. Animée d'un singulier sentiment, elle monte à la cabane de mousse avec Odile et l'enfant, et, posant celui-ci sur la petite table, comme sur un autel domestique, elle voit encore deux places vides, songe au temps passé, et une nouvelle espérance jaillit pour elle et pour Odile.

Les jeunes personnes louchent peut-être avec modestie sur tel ou tel jeune homme, et se demandent en secret si elles le souhaiteraient pour mari ; mais quiconque a charge d'une fille ou d'une pupille regarde plus loin. C'est aussi ce qui arriva en cet instant à Charlotte, à qui l'union du capitaine avec sa nièce ne parut pas impossible ; n'avaient-ils pas été autrefois déjà assis l'un près de l'autre, dans cette cabane ? Elle n'avait pas ignoré que son avantageux projet de mariage s'était évanoui.

Charlotte poursuivait son chemin, et Odile portait l'enfant. Sa compagne s'abandonnait à toutes sortes de réflexions. Sur la terre ferme il y a aussi des naufrages : il est beau et méritoire de s'en relever et de s'en rétablir au plus vite. La vie n'est guère après tout que gains et pertes. Qui ne fait quelque projet, qui n'y soit pas troublé ? Que de fois on prend un chemin pour s'en voir détourné ? Que de fois, nous sommes distraits d'un but que distingue notre œil, pour en atteindre un plus haut ? Le voyageur, à son grand déplaisir, brise en chemin une roue, et ce désagréable accident lui fait faire les connaissances et contracter les liaisons les plus réjouissantes, qui ont de l'influence sur toute sa vie. Le sort accomplit nos vœux, mais à sa manière, afin de pouvoir nous donner quelque chose en plus de nos vœux.

C'est en faisant ces réflexions et d'autres analogues, que Charlotte parvint au nouveau pavillon, sur la hauteur, où elles se trouvèrent pleinement confirmées. Car l'entourage était plus beau qu'on n'aurait pu l'imaginer. Toute distraction, toute petitesse, était bannie à la ronde ; tout ce qui est bon dans la campagne, ce que la nature, ce que le temps y avait fait, brillait dans sa pureté et frappait les yeux, et déjà verdoyaient les jeunes plantations qui étaient destinées à remplir quelques vides et à lier également les parties séparées.

La maison elle-même était presque habitable, la vue, surtout des pièces supérieures, des plus variées.

Plus on regardait autour de soi, plus on découvrait de beautés. Quels effets ne devaient pas apporter là les différentes heures du jour, que ne devaient apporter la lune et le soleil ! Rien n'était plus désirable que d'y faire son séjour, et avec quelle rapidité se réveilla en Charlotte le goût de bâtir et de créer puisqu'elle trouvait achevé le gros œuvre ! Un menuisier, un tapissier, un peintre capable de se tirer d'affaire avec des pochoirs et une dorure légère : voilà tout ce qu'il fallait, et en peu de temps la maison fut en état. La cave et la cuisine furent vite installées : car à cette distance du château, il fallait rassembler autour de soi tout le nécessaire. Ainsi les dames s'établirent en haut avec l'enfant, et de ce séjour, comme d'un centre nouveau, s'ouvrirent à elles des promenades inattendues. Dans ces hautes régions, elles jouissaient d'un air libre et frais, par le temps le plus admirable.

La promenade la plus chère à Odile, tantôt seule, tantôt avec l'enfant, descendait vers les platanes par un sentier commode, qui menait ensuite au point où était attachée une des barques, avec lesquelles on avait coutume de passer. Elle prenait parfois son plaisir à une promenade sur l'eau, mais sans l'enfant, parce que Charlotte montrait à ce sujet quelque inquiétude. Cependant elle ne manquait point de rendre chaque jour visite au jardinier dans le jardin du château, et de prendre aimablement part à ses soins à l'égard des plantes nombreuses qu'il élevait, et qui toutes maintenant jouissaient du plein air.

En cette belle saison, la visite d'un Anglais [24] vint fort à point pour Charlotte ; il avait connu Édouard dans ses voyages, l'avait rencontré quelquefois et était curieux de voir les beaux jardins dont il avait entendu dire tant de bien. Il apportait une lettre de recommandation du comte, et présenta en même temps, comme son compagnon, un homme calme, mais très aimable. Comme il parcourait les environs, tantôt avec Charlotte et Odile, tantôt avec les jardiniers et les chasseurs, plus souvent avec son ami, et parfois seul, on put s'apercevoir, à ses remarques, qu'il était amateur et connaisseur de ce genre de jardins, dont il avait sans doute exécuté lui-même quelques-uns. Bien qu'il fût âgé, il prenait gaiement part à tout ce qui peut orner la vie et lui donner de l'intérêt.

En sa compagnie, les dames jouirent enfin complètement de leur entourage. Son œil exercé savait accueillir tous les effets dans leur fraîcheur, il prenait d'autant plus de plaisir à ce qui avait été fait qu'il n'avait pas connu la contrée auparavant, et qu'il pouvait à peine distinguer ce qu'on avait ajouté de ce que la nature avait fourni.

Il est permis de dire que, grâce à ses remarques, le parc s'accrut et s'enrichit. A l'avance, il reconnaissait ce que promettait la pousse des plantations naissantes. Il ne lui échappait aucun endroit où quelque beauté pût être encore mise en valeur ou apportée. Il signalait ici une source, qui, une fois nettoyée, promettait de devenir l'ornement de tout un taillis ; là, une grotte, qui, dégagée et agrandie, pouvait donner un reposoir rêvé : il suffisait d'abattre quelques arbres, pour apercevoir de là l'amoncellement de masses rocheuses imposantes. Il congratulait les habitants de ce qu'il leur restât tant à perfectionner, et il les pria de ne pas se presser, mais de se réserver, pour les années suivantes, le plaisir de la création et de l'aménagement.

D'ailleurs, en dehors des heures de société, il n'était aucunement gênant, car il s'occupait, pendant la plus grande partie de la journée, à relever et à dessiner, dans une chambre claire portative, les aspects pittoresques du parc, afin de recueillir de la sorte pour lui-même et pour les autres le plus beau fruit de ses voyages. Il avait ainsi fait, depuis plusieurs années déjà, dans tous les pays remarquables, et s'était composé de cette façon la plus agréable et la plus intéressante des collections. Il présenta aux dames un grand portefeuille qu'il emportait avec lui, et il les intéressa à la fois par l'image et le commentaire. Elles se réjouissaient, dans leur solitude, de parcourir si commodément le monde, et de voir passer devant elles les rivages et les ports, les montagnes, les lacs et les fleuves, les villes, les châteaux et beaucoup d'autres lieux qui ont un nom dans l'histoire.

Chacune des deux femmes témoignait d'un intérêt qui lui était propre : Charlotte, plus généralement, allait à ce qui était marqué par l'histoire, tandis qu'Odile s'attardait de préférence aux contrées dont Édouard avait coutume de beaucoup parler, où il avait aimé à séjourner, où il était retourné souvent. Car, près ou loin, chaque être humain a des particularités locales qui l'attirent et qui, suivant son caractère, lui sont particulièrement chères et émouvantes, à cause de la première impression, de certaines circonstances, de l'habitude.

Elle demanda donc au lord où il se plaisait le mieux, et où il établirait sa demeure, s'il avait à choisir. Là-dessus il s'entendit à lui faire voir plus d'une belle contrée, à lui faire agréablement connaître, dans son français curieusement accentué, ce qui lui était arrivé dans chacune pour la lui rendre chère et précieuse.

Mais, quand on lui demanda où il séjournait maintenant d'habitude, où il retournait le plus volontiers, il répondit sans ambiguïté, mais d'une manière pourtant inattendue pour les dames :

« Je me suis maintenant accoutumé à être partout chez moi, et finalement je ne trouve rien de plus commode que de voir les autres bâtir, planter et se donner de la peine en leur maison pour moi. Je n'aspire pas à retourner dans mes propriétés, en partie pour des raisons politiques, mais surtout parce que mon fils, pour qui j'ai tout fait et aménagé, à qui j'espérais le transmettre, avec qui j'espérais encore en jouir, ne prend aucun intérêt à tout cela, mais s'est rendu aux Indes, comme tant d'autres, pour y user plus noblement de sa vie ou même pour la gaspiller.

» Certes, nous faisons beaucoup trop de frais préparatoires pour la vie. Au lieu de commencer tout de suite par nous trouver à notre aise, dans un état modeste, nous en embrassons toujours plus pour accroître toujours nos incommodités. Qui jouit maintenant de mes bâtisses, de mon parc, de mes jardins ? Ce n'est pas moi, ce ne sont pas même les miens, mais des hôtes étrangers, des curieux, des voyageurs agités.

» Même avec beaucoup de ressources, nous ne sommes jamais qu'à moitié chez nous, surtout à la campagne, où nous manquent beaucoup de nos habitudes de la ville. Le livre que nous désirerions avec le plus d'ardeur, nous ne l'avons pas sous la main, et juste ce dont nous aurions le plus besoin a été oublié. Nous nous installons constamment chez nous, pour déménager de nouveau, et, si nous ne le faisons par caprice, ce sont les circonstances, les passions, les hasards, la nécessité, et que sais-je encore, qui nous y contraignent ! »

Le lord ne soupçonnait pas à quelle profondeur ses réflexions atteignaient les amies. Et bien souvent chacun de nous s'expose à ce danger, lorsqu'il se livre à des réflexions générales, même dans une société dont il connaît par ailleurs les tenants et les aboutissants. Ce n'était rien de neuf pour Charlotte qu'une telle blessure fortuite, infligée même par des êtres bienveillants et bien intentionnés ; et le monde d'autre part s'offrait si clairement à ses yeux, qu'elle ne ressentait aucune douleur particulière, alors même qu'on la contraignait par inadvertance et imprudence, à porter son regard, ici où là, sur quelque objet désagréable. Odile, par contre, qui, dans sa jeunesse à demi consciente, devinait plutôt qu'elle ne voyait, et pouvait, devait même détourner son regard de ce qu'elle ne voulait et ne devait pas voir, Odile fut jetée par ces confiants discours dans l'état le plus affreux ; car ils déchiraient devant elle un voile aimable, et il lui semblait que tout ce qui s'était fait jusqu'alors pour la maison et ses dépendances, pour le jardin, le parc et tous les alentours, avait été entièrement vain, puisque celui à qui tout appartenait n'en jouissait pas, puisque, lui aussi, tout comme l'hôte présent, avait été forcé par les plus chers et les plus proches des siens d'errer dans le monde et d'y errer très dangereusement. Elle s'était accoutumée à écouter et à se taire, mais elle se trouvait cette fois dans la plus pénible angoisse, qui, plus qu'elle ne diminua, augmenta, par le tour de la conversation que poursuivit l'étranger avec son originalité gaie et d'un air réfléchi.

« Je crois maintenant, dit-il, être sur la bonne voie, car je me considère désormais comme un voyageur qui acquiert avec beaucoup de renoncements, beaucoup de jouissances. Je suis accoutumé au changement, oui, il devient pour moi un besoin, tout comme, à l'Opéra, on attend toujours un nouveau décor, précisément parce qu'il y en a déjà eu beaucoup. Ce que je dois me promettre de la meilleure et de la pire auberge, je le sais ; si bonne ou si mauvaise qu'elle soit, je ne trouve nulle part mes habitudes ; et, au bout du compte, il revient au même, de dépendre tout à fait de la nécessité d'une habitude ou tout à fait du caprice du hasard. Du moins n'ai-je pas maintenant d'humeur d'un objet égaré ou perdu, d'une chambre accoutumée devenue inhabitable parce qu'il faut la faire réparer, d'une tasse favorite brisée, et du dégoût pour un temps de boire dans une autre. Je suis au-dessus de tout cela, et quand la maison commence à brûler sur ma tête, mes gens font tranquillement leurs paquets, et nous quittons la cour et la ville. Et avec tous ces avantages, si je compte exactement, je n'ai pas plus dépensé, à la fin de l'année, qu'il ne m'en aurait coûté chez moi. »

Pendant cette description, Odile ne voyait qu'Édouard devant elle, marchant parmi les privations et les fatigues, sur des routes non frayées, couchant à la dure dans le danger et la misère, s'accoutumant parmi tant d'instabilité et de risques à vivre sans patrie et sans amis, à se dépouiller de tout pour ne rien pouvoir perdre. Heureusement la compagnie se sépara pour quelque temps : Odile trouva lieu de fondre en larmes dans la solitude. Aucune douleur sourde ne l'avait saisie avec plus de violence que cette clarté, qu'elle s'efforçait de se rendre plus claire encore, ainsi qu'on a coutume de se torturer soi-même, une fois qu'on est en passe d'être torturé.

La situation d'Édouard lui paraissait si misérable, si lamentable, qu'elle décida, quoi qu'il en pût coûter, de tout faire pour le réunir de nouveau à Charlotte, de cacher sa douleur et son amour en quelque lieu tranquille, et de les tromper par une activité quelconque.

Cependant le compagnon du lord, homme raisonnable et posé, et bon observateur, avait remarqué la maladresse commise dans la conversation, et révélé à son ami la ressemblance des situations. Celui-ci ne savait rien de l'état de la famille ; mais l'autre, que rien n'intéressait plus en voyage que les événements singuliers suscités par les conditions naturelles et particulières, par le conflit de la loi et de l'indiscipline, de l'esprit et de la raison, de la passion et du préjugé, l'autre s'était informé déjà auparavant, et plus encore dans la maison même, de tout ce qui s'était passé et se passait encore.

Le lord en fut chagrin, sans en être embarrassé. Il faudrait se taire tout à fait en société, pour ne pas se trouver parfois dans ce cas ; en effet, non seulement les remarques importantes, mais encore les paroles les plus banales peuvent se heurter d'une manière aussi dissonante à l'intérêt des personnes présentes.

« Nous rattraperons cela ce soir, dit le lord, et nous nous garderons de toutes les conversations générales. Faites entendre à la compagnie quelqu'une des nombreuses anecdotes et histoires agréables et caractéristiques, dont vous avez enrichi, au cours de nos voyages, votre portefeuille et votre mémoire. »

Cependant, même avec la meilleure intention, les étrangers ne réussirent pas à divertir cette fois les amies par un entretien innocent. Car une fois que le narrateur eut conté plusieurs histoires singulières, remarquables, gaies, touchantes, effrayantes, il crut devoir conclure par une aventure étrange, il est vrai, mais plus douce, et il ne soupçonnait pas combien elle touchait de près ses auditeurs.

Les Jeunes Voisins singuliers[25]
(Nouvelle)

Deux petits voisins de bonne maison, garçon et fille, d'âges proportionnés pour devenir un jour mari et femme, étaient élevés ensemble dans cette agréable perspective, et de part et d'autre les parents se réjouissaient de cette future union. Mais on remarqua bientôt que ces intentions paraissaient vouées à l'échec, car il se manifesta entre les deux excellentes natures une étrange répulsion. Peut-être étaient-elles trop semblables. Tous deux repliés sur eux-mêmes, nets dans leur volonté, fermes dans leurs projets, aimés et honorés l'un et l'autre de leurs compagnons de jeux, toujours adversaires lorsqu'ils étaient ensemble, construisant sans cesse chacun pour soi, se détruisant sans cesse l'un par l'autre, où qu'ils se rencontrassent ; ne rivalisant pas vers un même but, mais combattant toujours pour un même objet ; pleinement bons et aimables, et haineux et méchants seulement l'un à l'égard de l'autre.

Ces rapports singuliers se manifestaient dans leurs jeux enfantins ; ils se manifestèrent plus encore avec le progrès des années. Et, comme les garçons ont coutume de jouer à la guerre, et de se diviser en camps, de se livrer des batailles, la brave et insolente petite fille se mit un beau jour à la tête de l'une des armées, et combattit l'autre avec tant de violence et d'acharnement, qu'elle aurait été honteusement mise en fuite, si son adversaire particulier n'eût résisté très courageusement, et n'eût à la fin désarmé et pris son ennemie. Mais même alors elle se défendait avec tant de vigueur, que, pour préserver ses yeux et ne pas blesser cependant son ennemie, il dut arracher sa cravate de soie et lui lier les mains derrière le dos.

Elle ne le lui pardonna jamais, elle fit même en secret, pour lui faire du mal, des projets et des tentatives, si bien que les parents, qui avaient pris depuis longtemps garde à ces passions étranges, s'entendirent et décidèrent de séparer ces deux êtres inconciliables et de renoncer à leurs chères espérances.

Le jeune garçon se distingua bientôt dans sa condition nouvelle. Il mordait à tous les genres d'études. Ses protecteurs et sa propre inclination l'appelaient à la carrière militaire. Partout où il se trouvait, il était aimé et estimé. L'excellence de sa nature semblait ne s'exercer que pour le bien, pour le plaisir des autres ; et, sans en avoir nettement conscience, il était à part lui fort heureux d'avoir perdu l'unique adversaire que la nature lui eût attribué.

La petite fille, par contre, changea soudain de manière d'être. Le progrès des années et de l'éducation et, plus encore, un certain sentiment intime, la retirèrent des jeux violents auxquels elle avait accoutumé de se livrer jusqu'alors en compagnie des garçons. Dans l'ensemble, il semblait lui manquer quelque chose, il n'y avait autour d'elle rien qui fût digne d'exciter sa haine. Elle n'avait trouvé non plus personne d'aimable.

Un jeune homme, plus âgé que son ancien voisin et adversaire, et qui avait de la naissance, du bien et du sérieux, aimé dans le monde, recherché des femmes, lui voua toute son inclination. C'était la première fois qu'un ami, un amoureux, un serviteur, l'entourait de prévenances. Elle ne fut que trop flattée de la préférence qu'il lui donnait sur tant d'autres, plus âgées, plus formées, plus brillantes, et plus riches de prétentions. Ses attentions soutenues, mais dépourvues d'importunité, son fidèle concours en diverses circonstances désagréables, son attitude de prétendant, formelle, il est vrai, vis-à-vis des parents, mais calme, et pleine d'espoir, parce qu'elle était encore très jeune, tout cela la lui rendit favorable, à quoi contribuèrent aussi l'habitude et des rapports extérieurs admis par le monde. Si souvent on lui avait donné le titre de fiancée, qu'elle finit par se tenir pour telle. Ni elle, ni personne ne pensait qu'il fallût encore une épreuve, lorsqu'elle échangea l'anneau avec celui qui passait depuis si longtemps pour son fiancé.

Le cours tranquille qu'avait pris toute l'affaire ne se trouva point hâté par les fiançailles. On laissa des deux côtés tout aller son train ; on avait plaisir à vivre ensemble, et l'on voulait jouir à fond de la belle saison, comme du printemps d'une vie plus sérieuse à venir.

Cependant, l'absent s'était formé de la plus belle manière, il avait franchi un degré mérité de sa carrière, et il vint, en permission, voir les siens. Il se trouva de nouveau en face de sa belle voisine, d'une façon toute naturelle et pourtant singulière. Elle n'avait nourri en elle, dans les derniers temps, que des sentiments familiaux d'amie et de fiancée ; elle était à l'unisson de tout ce qui l'entourait ; elle se croyait heureuse et l'était en quelque manière. Mais, pour la première fois depuis longtemps, il y avait de nouveau un obstacle en face d'elle. Il n'avait rien de haïssable, elle était devenue incapable de haine ; même la haine enfantine, qui n'avait été à proprement parler que la conscience obscure d'une valeur intime, s'exprima alors en une surprise joyeuse, en une contemplation réjouissante, en une complaisance aimable, en un rapprochement moitié volontaire, moitié involontaire, et pourtant indispensable, et tout cela fut réciproque. Une longue séparation donnait lieu à des entretiens prolongés. Même leur déraison enfantine fournissait à leur présente clairvoyance un amusant souvenir, et tout se passa comme si l'on se fût cru obligé de compenser au moins cette haine taquine par des attentions amicales, comme si, après s'être violemment méconnus, ils devaient se reconnaître formellement.

De son côté à lui, tout resta dans une sage et désirable modération. Son état, ses relations, ses aspirations, son ambition l'occupaient assez abondamment pour qu'il accueillît avec calme l'amitié de la belle fiancée, comme un superflu qui méritait sa gratitude, sans qu'il la rapportât le moins du monde à lui-même, sans qu'il l'enviât au fiancé, avec lequel il avait d'ailleurs les meilleurs rapports.

Chez elle, par contre, il en allait tout autrement. Elle croyait s'éveiller d'un songe. La lutte avec son jeune voisin avait été sa première passion, et cette lutte violente n'était pourtant, sous l'apparence de la répulsion, qu'une inclination violente, pour ainsi dire innée. Rien ne lui apparaissait dans ses souvenirs, si ce n'est qu'elle l'avait toujours aimé. Elle souriait de cette poursuite hostile, les armes à la main ; elle prétendait se rappeler qu'elle avait ressenti le plus vif plaisir lorsqu'il la désarmait, s'imaginait avoir éprouvé la plus grande félicité lorsqu'il la liait, et tout ce qu'elle avait entrepris pour lui nuire et le mécontenter ne lui apparaissait que comme un moyen innocent d'attirer son attention sur elle. Elle maudissait la séparation, elle gémissait sur le sommeil où elle était tombée, elle détestait la traînante et habituelle rêverie au cours de laquelle elle avait pu accepter un fiancé aussi insignifiant ; elle était transformée, doublement transformée, dans l'avenir et dans le passé, comme on voudra.

Si quelqu'un avait pu démêler ses sentiments, qu'elle tenait absolument secrets, et les partager avec elle, il ne l'aurait point blâmée, car assurément, le fiancé ne pouvait soutenir la comparaison avec le voisin dès qu'on les voyait l'un près de l'autre. Si l'on ne pouvait refuser une certaine confiance à l'un, l'autre inspirait la confiance la plus entière ; si l'on aimait la société de l'un, on désirait avoir l'autre pour compagnon, et si l'on rêvait d'une sympathie plus élevée, de circonstances extraordinaires, on aurait douté de l'un, tandis que l'autre donnait une certitude totale. En ces matières, les femmes ont un tact inné qui leur est spécial, et elles ont sujet et occasion de le développer.

Plus la belle fiancée nourrissait secrètement en elle ces sentiments, moins elle trouvait de gens qui pussent exprimer ce qu'il y avait à dire en faveur du fiancé, ce que conseillaient et commandaient les circonstances, le devoir, ce que semblait irrévocablement exiger une nécessité inflexible, et plus ce tendre cœur chérissait sa partialité. Et comme, d'une part, elle était indissolublement liée par le monde, par la famille, par son fiancé et sa propre promesse, comme, d'autre part, l'ambitieux jeune homme ne faisait aucun mystère de ses idées, de ses projets et de ses perspectives d'avenir, qu'il se comportait vis-à-vis d'elle en frère attaché mais non point tendre, et qu'il était même question de son proche départ, l'ancien esprit enfantin de la jeune fille, avec toutes ses ruses et ses violences, parut se réveiller dans un âge plus mûr et s'armer de dépit, afin d'exercer des effets plus graves et plus ruineux. Elle résolut de mourir, afin de punir de son indifférence l'objet de son ancienne haine et de son présent amour passionné. Puisqu'elle ne pouvait le posséder, elle voulait au moins être unie pour jamais à son imagination, à ses remords. Il ne pourrait se délivrer de sa funèbre image ; il ne pourrait cesser de se reprocher de n'avoir pas reconnu, pénétré, apprécié ses sentiments.

Cette étrange folie l'accompagnait partout. Elle se cachait sous mille formes, et, bien qu'elle parût singulière aux gens, personne ne fut assez attentif ou clairvoyant pour en découvrir la véritable cause intime.

Cependant les amis, les parents, les connaissances s'étaient ingéniés à organiser des fêtes de toutes sortes. Il se passait à peine un jour sans quelque arrangement nouveau et inattendu. Il y avait à peine un beau coin dans la campagne, que l'on n'eût décoré et préparé à recevoir un grand nombre de joyeux invités. Notre jeune arrivant y voulut aussi mettre du sien, avant son départ, et il invita le jeune couple, avec un cercle étroit de famille, à une promenade sur l'eau. On embarqua dans un grand et beau bateau bien décoré, un de ces yachts qui offrent un petit salon avec quelques chambres, et cherchent à transporter sur l'eau les commodités de la terre.

On voguait en musique sur le grand fleuve ; pendant la chaleur du jour, la compagnie s'était rassemblée dans les cabines intérieures, pour s'amuser à des jeux d'esprit et de hasard. Le jeune amphitryon, qui ne pouvait jamais rester inactif, s'était placé au gouvernail, pour relever le vieux patron qui s'était endormi à son côté ; et le veilleur avait justement besoin de toute sa prudence, car il approchait d'un lieu où deux îles resserraient le lit du fleuve, en étalant tantôt d'un côté, tantôt de l'autre, leurs basses rives caillouteuses, et préparaient une passe dangereuse. Le pilote, prudent et aux aguets, était presque tenté d'éveiller le patron, mais il crut pouvoir en sortir seul, et il gouverna sur la passe. A cet instant, parut sur le pont sa belle ennemie, une couronne de fleurs dans les cheveux. Elle l'enleva et la jeta au pilote.

« Prends cela en souvenir ! s'écria-t-elle.

— Ne me dérange pas, répondit-il en attrapant la couronne ; j'ai besoin de toutes mes forces et de toute mon attention.

— Je ne te dérangerai plus, cria-t-elle, tu ne me reverras plus. »

Elle dit, et courut vers l'avant du bateau, d'où elle sauta dans l'eau. Quelques voix s'élevèrent :

« Au secours ! au secours ! Elle se noie. »

Il se trouva dans la plus affreuse perplexité. Le vieux patron s'éveille au bruit, veut prendre le gouvernail, le jeune homme veut le lui remettre, mais ils n'ont pas le temps de changer : le bateau échoue, et, juste à ce moment, jetant ses habits les plus gênants, le jeune homme se jette à l'eau et nage vers sa belle ennemie.

L'eau est un élément amical à qui le connaît et sait s'en servir. Elle le porta et l'habile nageur la maîtrisa. Il eut bientôt atteint la belle, entraînée devant lui. Il la saisit, parvint à la soulever et à la porter. Ils furent d'abord entraînés tous deux avec violence par le courant, mais ensuite ils laissèrent loin derrière eux les îles et les grèves, et le fleuve se remit à couler large et paisible. Alors seulement il se reprit, il revint du premier état de pressante nécessité, où il avait agi sans réflexion, machinalement. Relevant la tête, il regarda autour de lui, et nagea comme il pouvait vers une plage unie et bocagère, qui s'abaissait agréablement et commodément dans le fleuve. C'est là qu'il mit au sec son beau butin ; mais on ne devinait chez elle aucun souffle de vie. Il était au désespoir, lorsqu'un sentier battu, qui se dirigeait à travers les buissons, brilla à ses yeux. Il se chargea derechef de son cher fardeau ; il aperçut bientôt une demeure solitaire et l'atteignit. Il y trouva de bonnes gens, un jeune ménage. Le malheur, la détresse eurent vite fait de s'exprimer ! Ce qu'il demanda, après quelques réflexions, lui fut procuré. Un feu clair brilla ; des couvertures de laine furent étendues sur une couche ; on apporta bien vite des fourrures, des peaux, et tout ce qu'on avait de disponible pour réchauffer. L'ardeur à sauver surmonta en ce cas toute autre considération. Rien ne fut négligé pour rappeler à la vie ce beau corps nu, déjà à moitié roidi. On y parvint. Elle ouvrit les yeux, aperçut son ami, entoura son cou de ses bras divins. Elle demeura longtemps ainsi. Un torrent de larmes échappa de ses yeux et acheva sa guérison.

« Veux-tu m'abandonner, s'écria-t-elle, alors que je te retrouve ?

— Jamais, cria-t-il, jamais ! Et il ne savait ni ce qu'il disait ni ce qu'il faisait. Ménage-toi seulement, ajouta-t-il, ménage-toi ! Pense à toi, et pour toi-même et pour moi. »

Elle pensa alors à elle et remarqua seulement l'état où elle se trouvait. Elle ne pouvait éprouver de honte devant son amant, son sauveur, mais elle le congédia volontiers, afin qu'il pût s'occuper de lui-même : car ce qu'il portait était encore mouillé et ruisselant.

Les jeunes époux se consultèrent : il offrit au jeune homme, elle à la belle, leurs habits de noces, qui étaient encore pendus au complet, et bons à habiller un couple de pied en cap et des dessous aux dessus. En peu de temps, nos deux aventuriers furent non seulement vêtus, mais parés. Ils étaient délicieux, ouvrirent de grands yeux lorsqu'ils se retrouvèrent, et, avec une passion sans mesure, mais en souriant à demi de leur déguisement, ils tombèrent dans les bras l'un de l'autre. La force de la jeunesse et l'impétuosité de l'amour les remirent tout à fait en quelques instants : il ne manquait que la musique pour les engager à la danse.

Passer de l'eau à la terre ferme, de la mort à la vie, du cercle de famille au désert, du désespoir au ravissement, de l'indifférence à l'amour, à la passion, et tout cela en un moment ! La tête n'y suffirait pas, elle éclaterait ou divaguerait. C'est au cœur de faire pour le mieux, lorsqu'il faut supporter pareille surprise.

Tout perdus l'un dans l'autre, ils ne purent songer qu'au bout d'un certain temps à l'angoisse, aux soucis de ceux qu'ils avaient quittés, et ils ne parvenaient eux-mêmes à songer sans angoisse, sans souci, à la manière de se présenter à eux.

« Devons-nous fuir ? Faut-il nous cacher ? disait le jeune homme.

— Nous resterons ensemble », disait-elle, en se pendant à son cou.

Le paysan qui avait appris d'eux l'histoire de la barque échouée, se hâta vers la rive sans en demander plus. Le bateau arriva sans avaries ; on l'avait dégagé à grand-peine. On allait à l'aventure, dans l'espérance de retrouver les naufragés. Le paysan attira par ses cris et ses gestes l'attention des navigateurs, courut à un endroit où se montrait un débarcadère propice, et ne cessa d'appeler et de gesticuler. Le bateau se tourna donc vers le rivage et quel spectacle ce fut lorsqu'ils abordèrent ! Les parents des deux promis s'élancèrent les premiers vers le bord. Le fiancé tout à son amour avait presque perdu connaissance. A peine eut-on appris que les chers enfants étaient sauvés, qu'ils sortirent des buissons dans leur singulier déguisement. On ne les reconnut pas avant qu'ils eussent approché tout près.

« Qui vois-je ? » s'écriaient les mères. « Que vois-je ? » s'écriaient les pères. Les jeunes gens sauvés se jetaient à genoux. « Vos enfants ! s'écrièrent-ils, des époux !

— Pardon ! s'écria la jeune fille.

— Donnez-nous votre bénédiction, dit le jeune homme.

— Donnez-nous votre bénédiction, crièrent-ils ensemble, car tout le monde restait muet d'étonnement.

— Votre bénédiction ! » Ces mots retentirent une troisième fois ; et qui aurait pu la refuser ?

CHAPITRE XI

Le narrateur marqua un arrêt, ou, plutôt, il avait déjà fini, lorsqu'il fut contraint de s'apercevoir que Charlotte était extrêmement émue ; elle se leva même et quitta la pièce avec une muette excuse ; car l'histoire lui était connue. Cet événement s'était vraiment passé entre le capitaine et une voisine, non pas tout à fait comme l'Anglais le racontait, mais il n'était pas altéré dans ses traits principaux : seulement plus étoffé et embelli dans le détail, comme il a coutume de se produire pour les histoires de ce genre, lorsqu'elles passent par la bouche du public, puis à travers l'imagination d'un narrateur plein d'esprit et de goût. A la fin il reste tout et il ne reste rien de ce qui était.

Odile suivit Charlotte, à la demande des deux étrangers eux-mêmes, et ce fut, cette fois, le tour du lord de remarquer qu'en contant en cette maison des événements qui y étaient connus et qui la touchaient, une nouvelle erreur avait été peut-être commise.

« Gardons-nous, poursuivit-il, de faire plus de mal encore. Pour les bons procédés, pour les agréments dont nous avons joui ici, nous semblons avoir apporté peu de bonheur à nos hôtesses. Nous allons chercher à prendre honorablement congé.

— Je dois avouer, répondit son compagnon, qu'autre chose me retient encore ici, et que je n'aimerais pas à quitter cette maison sans y voir clair et sans en savoir plus. Hier, milord, quand nous parcourions le parc avec la chambre claire portative, vous étiez beaucoup trop occupé à choisir un point de vue vraiment pittoresque, pour avoir remarqué ce qui se passait à côté. Vous vous écartiez de la grande allée, pour arriver à un endroit peu fréquenté au bord du lac, qui vous offrait en face une vue délicieuse. Odile, qui nous accompagnait, hésita à nous suivre, et demanda de s'y rendre en canot. Je m'embarquai avec elle, et pris plaisir à l'adresse de la belle batelière. Je l'assurai que, depuis mon séjour en Suisse, où même les plus ravissantes filles font métier de passeur, je n'avais jamais été bercé aussi agréablement sur les flots, mais je ne pus me retenir de lui demander pourquoi elle avait refusé de suivre le chemin de la rive ; car il y avait dans son refus une sorte d'anxieux embarras.

— Si vous voulez bien ne pas vous moquer de moi, répondit-elle aimablement, je vous donnerai volontiers quelques renseignements, bien qu'il règne là, même pour moi, un mystère. Je n'ai jamais foulé ce petit chemin sans être saisie d'un frisson très particulier, que je ne ressens nulle part ailleurs et que je ne puis m'expliquer. C'est pourquoi j'évite de préférence de m'exposer à semblable impression ; d'autant plus qu'il s'établit aussitôt après, du côté gauche de ma tête, une douleur, dont je souffre aussi d'autres fois.

» Nous abordâmes, Odile s'entretint avec vous, et j'examinai, entre-temps, l'endroit qu'elle m'avait nettement indiqué de loin. Mais quelle ne fut pas ma surprise, quand je découvris une trace très nette de charbon de terre, qui me persuada qu'en fouillant un peu, on trouverait peut-être, en profondeur, un dépôt abondant.

» Excusez-moi, milord, je vous vois sourire, et je sais fort bien que votre sagesse et votre amitié seules me pardonnent la curiosité passionnée que je porte à ces choses auxquelles vous ne croyez pas ; mais il m'est impossible de m'éloigner d'ici sans faire faire par cette belle enfant l'essai des oscillations du pendule. »

Lorsqu'on parlait de ce sujet, le lord ne manquait jamais de faire valoir ses objections, que son compagnon accueillait avec modestie et patience, tout en s'obstinant finalement dans son opinion et ses désirs. Il répétait, à son tour, qu'il ne faut pas abandonner la question parce que les essais ne réussissent pas avec tout le monde ; au contraire ce n'est qu'une raison de plus pour l'étudier plus sérieusement et plus à fond : car il se manifestera, certainement, bien des relations et des affinités d'êtres inorganiques entre eux, et d'êtres organiques avec eux, et entre eux aussi, qui nous sont maintenant cachées.

Déjà il avait étalé son appareil d'anneaux d'or, de marcassites et d'autres substances métalliques, qu'il portait toujours avec lui dans une belle cassette ; et, à titre d'essai, il fit descendre des métaux, au bout de fils, au-dessus de métaux placés horizontalement.

« Je vous concède, milord, lui dit-il, le malin plaisir que je lis sur votre visage, de ce que rien ne remue, ni chez moi, ni pour moi. Mais mon expérience n'est qu'un prétexte. Quand les dames reviendront, elles seront curieuses de ce que nous commençons là de singulier. »

Les dames revinrent. Charlotte comprit de quoi il retournait.

« J'ai beaucoup entendu parler de ces questions, dit-elle, mais je n'ai jamais vu un résultat. Puisque tout est si joliment préparé, laissez-moi essayer si cela marchera avec moi. »

Elle prit le fil dans la main, et, comme elle y mettait du sérieux, elle le tint ferme et sans émotion : mais on n'observa point non plus la moindre oscillation. On invita Odile. Elle tint le pendule avec plus de calme encore, plus de candeur, plus de simplicité, au-dessus des métaux. Mais à l'instant, il fut entraîné comme en un vrai tourbillon, et, selon qu'on changeait les métaux en dessous, il allait tantôt d'un côté, tantôt de l'autre, tour à tour en cercle, en ellipse, ou bien il se mettait à osciller, en ligne droite, comme le seul compagnon du lord pouvait s'y attendre, et même bien au-delà de toute attente[26].

Le lord fut lui-même quelque peu surpris, mais l'autre ne tarissait ni de joie, ni de curiosité et demandait toujours la répétition et la variation des essais. Odile fut assez complaisante pour se prêter à ses exigences, mais à la fin elle le pria amicalement de la libérer, parce que sa migraine revenait. Émerveillé, et même ravi, il lui assura avec enthousiasme qu'il la guérirait complètement de ce mal, si elle se confiait à son traitement. On demeura un moment dans l'incertitude ; mais Charlotte, qui comprit vite de quoi il s'agissait, refusa cette offre bien intentionnée, parce qu'elle n'était pas disposée à permettre dans son entourage une chose qui lui avait constamment inspiré une forte appréhension.

Les étrangers étaient partis, et, en dépit de l'impression assez particulière qu'ils avaient faite, ils laissaient derrière eux le désir de les rencontrer à nouveau quelque part. Charlotte profita alors des beaux jours pour achever de rendre ses visites dans le voisinage. Elle avait peine à en venir à bout, car toute la compagnie d'alentour, soit par sympathie véritable, soit par simple politesse, s'était jusque-là assidûment inquiétée d'elle. A la maison, on s'extasiait à la vue de l'enfant ; il était en effet bien digne de tout amour, et de toute sollicitude. On voyait en lui un enfant prodigieux, voire un enfant prodige, aussi réjouissant que possible par son aspect, par sa taille, ses proportions, sa force et sa santé, et, ce qui plongeait plus encore dans l'émerveillement, c'était sa double ressemblance, qui se développait toujours davantage. Pour les traits du visage, l'ensemble des formes, l'enfant ressemblait toujours plus au capitaine ; les yeux se distinguaient de moins en moins des yeux d'Odile [27].

Guidée par cette affinité étrange, et peut-être plus encore par ce beau sentiment de la femme dont la tendresse entoure l'enfant d'un homme aimé, même s'il est d'une autre, Odile devint pour la créature qui grandissait une véritable mère, ou plutôt une autre sorte de mère. Charlotte s'éloignait-elle, Odile demeurait seule avec l'enfant et la garde. Nane, jalouse du petit garçon sur qui sa maîtresse semblait reporter toute son affection, s'était depuis quelque temps éloignée d'elle avec dépit, et elle était retournée chez ses parents. Odile continuait à porter l'enfant au grand air, et s'accoutumait à des promenades de plus en plus lointaines. Elle emportait le biberon, pour donner à l'enfant sa nourriture quand il en avait besoin. Elle omettait rarement de prendre un livre, et, l'enfant sur le bras, lisant et marchant, elle faisait figure d'une très charmante Penserosa.

CHAPITRE XII

Le but principal de la campagne avait été atteint et Édouard glorieusement congédié, décoré de témoignages d'honneur. Il se rendit aussitôt dans son petit domaine, où il trouva des nouvelles précises des siens, qu'il avait fait surveiller avec soin à leur insu. Sa tranquille retraite lui faisait le plus aimable accueil du monde, car, entre-temps, on avait fait, d'après ses instructions, beaucoup de nouveaux arrangements, d'améliorations, de réparations, si bien que les jardins et les dépendances remplaçaient par l'intimité et l'agrément immédiat ce qui leur manquait en étendue.

Édouard, accoutumé à plus de décision par une vie plus hâtive, entreprit alors de mettre à exécution ce qu'il avait eu assez de temps pour méditer. Avant tout, il appela le commandant. Le plaisir du revoir fut grand. Les amitiés de jeunesse, comme les affinités du sang, ont l'avantage important que les troubles et les mésententes, de quelque nature qu'ils soient, ne peuvent jamais les altérer à fond, et que les anciennes relations se rétablissent au bout de quelque temps.

A titre de joyeux accueil, Édouard s'enquit de la situation de son ami, et il apprit que la chance avait entièrement comblé ses vœux. En plaisantant à moitié, Édouard demanda ensuite discrètement s'il n'y avait pas aussi en train un beau mariage. Le commandant, avec gravité, répondit négativement.

« Je ne puis ni ne veux être hypocrite, poursuivit Édouard, je dois te découvrir aussitôt mes sentiments et mes projets. Tu connais ma passion pour Odile, et tu as compris depuis longtemps que c'est elle qui m'a lancé dans cette campagne. Je ne nie pas que j'avais désiré me débarrasser d'une vie qui, sans elle, ne me servait plus à rien ; mais en même temps je dois t'avouer que je n'ai pu prendre sur moi de désespérer entièrement. Le bonheur avec elle était si beau, si désirable, qu'il m'a été impossible d'y renoncer tout à fait. Tant de pressentiments consolants, tant de signes favorables m'ont affermi dans la foi, dans le fol espoir qu'Odile pourra m'appartenir. Un verre, gravé de nos initiales, et lancé en l'air, lors de la pose de la première pierre, ne s'est pas cassé ; il a été rattrapé et est de nouveau entre mes mains. « Je veux », me suis-je écrié après avoir passé tant d'heures de doute en ce lieu solitaire, « je veux me mettre moi-même à la place du verre, être le signe de la possibilité ou de l'impossibilité de notre union. J'irai et je chercherai la mort, non comme un furieux, mais comme un homme qui espère de vivre. Odile sera le prix pour lequel je combattrai ; c'est elle que j'espère gagner, conquérir, derrière chaque ligne ennemie, derrière chaque rempart, dans chaque place assiégée. Je ferai des prodiges, avec le désir d'être épargné, dans la pensée d'obtenir Odile et non de la perdre. » Ces sentiments m'ont dirigé ; ils m'ont assisté à travers tous les périls ; mais aussi je me trouve maintenant dans la situation d'un homme qui est parvenu à son but, qui a surmonté tous les obstacles, qui n'a plus rien sur son chemin. Odile est à moi, et ce qui sépare encore cette pensée de l'exécution, je ne puis le regarder que comme insignifiant.

— Tu ratures en quelques traits, répondit le commandant, tout ce qu'on pourrait et devrait t'objecter, et cependant il faut le redire. Je te laisse à toi-même le soin de te rappeler les liens qui t'unissent à ta femme et toute leur valeur. Mais tu lui dois, tu te dois, de ne pas t'abuser là-dessus. Comment puis-je seulement songer qu'un fils vous est né, sans exprimer en même temps que vous vous appartenez pour toujours l'un à l'autre, que, pour l'amour de cet être, vous êtes engagés à vivre unis, afin de pouvoir prendre ensemble soin de son éducation et de son bonheur futur ?

— C'est simple présomption des parents, reprit Édouard, d'imaginer leur existence si nécessaire à leurs enfants. Tout ce qui a vie trouve nourriture et assistance ; et, si le fils, à la mort prématurée du père, n'a point une jeunesse aussi commode, aussi favorisée, il y gagne peut-être une adaptation plus rapide au monde, en reconnaissant de bonne heure qu'il doit s'accommoder des autres — ce qu'il nous faut tous apprendre tôt ou tard. Il n'est point, d'ailleurs, question de cela : nous sommes assez riches pour entretenir plusieurs enfants. Ce n'est aucunement un devoir ou une bonne action que d'accumuler tant de biens sur une seule tête. »

Comme le commandant allait marquer, en quelques traits, les mérites de Charlotte et la liaison longuement éprouvée d'Édouard avec elle, Édouard l'interrompit hâtivement :

« Nous avons fait une folie, s'écria-t-il, que je ne reconnais que trop bien. Qui veut, à un certain âge, réaliser d'anciens désirs et d'anciennes espérances de sa jeunesse, se trompe toujours. A chaque lustre de l'homme, conviennent son bonheur propre, ses espérances et ses perspectives. Malheur à celui que les circonstances ou les illusions incitent à anticiper ou à rétrograder ! Nous avons fait une folie : est-ce que ce doit être pour toute la vie ? Devons-nous, par je ne sais quel scrupule, nous refuser ce que les mœurs du temps ne nous défendent pas ? En combien de circonstances l'homme ne revient-il pas sur un projet, sur une action ? Dans le cas présent il ne pourrait en être ainsi, alors qu'il s'agit de l'ensemble et non du détail, non de telle ou telle condition de l'existence, mais de tout le complexe de la vie ? »

Le commandant ne manqua pas de représenter à Édouard, avec autant d'habileté que d'insistance, ses divers rapports avec sa femme, avec les familles, avec le monde, avec ses terres ; mais il ne réussit pas à éveiller la moindre sympathie.

« Tout cela, mon ami, reprit Édouard, m'a passé devant l'esprit, en plein tumulte de la bataille, quand la terre tremblait d'un incessant tonnerre, quand les balles bourdonnaient et sifflaient, que mes compagnons tombaient à droite et à gauche, que mon cheval fut atteint, mon chapeau percé ; tout cela a flotté devant moi dans le calme auprès du feu nocturne, sous la voûte étoilée du ciel. Alors tous mes liens se sont présentés à mon âme ; je les ai médités, ressentis ; j'ai fait ma part, j'ai pris mes arrangements à plusieurs reprises, et maintenant pour toujours.

» En de pareils instants — comment pourrais-je te le taire ? — tu étais là aussi, tu appartenais aussi à mon univers, et ne nous appartenons-nous pas depuis longtemps déjà l'un à l'autre ? Si je te fus jamais redevable, me voilà maintenant à même de m'acquitter avec intérêts ; si tu me fus un jour redevable, tu te vois en état de me rembourser. Je le sais, tu aimes Charlotte et elle le mérite ; je le sais, tu ne lui es pas indifférent, et pourquoi ne devrait-elle pas reconnaître ton mérite ? Prends-la de ma main ! Conduis-moi Odile, et nous serons les hommes les plus heureux sur terre.

— C'est justement parce que tu veux me corrompre par des dons si magnifiques, reprit le commandant, que je dois être d'autant plus prudent, d'autant plus strict. Au lieu de faciliter les choses, cette proposition, que je respecte en silence, ne fait que les rendre plus difficiles. Il s'agit désormais de moi comme de toi, et non seulement du destin, mais aussi de la réputation, de l'honneur de deux hommes qui, jusqu'à présent irréprochables, courent, par cette conduite bizarre, si même nous ne voulons pas la qualifier autrement, le danger de paraître devant le monde sous un jour fort singulier.

— Le fait, précisément, d'être irréprochables, répliqua Édouard, nous donne le droit d'encourir une bonne fois les reproches. Celui qui, pendant toute sa vie, a donné ses preuves d'honnêteté, rend honnête une action qui, chez d'autres, semblerait équivoque. En ce qui me concerne, du fait des dernières épreuves que je me suis imposées, du fait des actions difficiles et périlleuses que j'ai accomplies pour les autres, je me sens en droit de faire aussi quelque chose pour moi. En ce qui vous concerne, toi et Charlotte, que l'avenir en décide ; mais ni toi, ni personne, ne m'arrêtera dans mon projet. Si l'on veut me tendre la main, je suis de nouveau disposé à me prêter à tout ; si l'on veut m'abandonner à moi-même, ou s'opposer à moi, on me poussera aux extrémités, advienne que pourra. »

Le commandant regarda comme de son devoir de résister aussi longtemps que possible au projet d'Édouard et il se servit, à l'égard de son ami, d'un détour habile, en semblant céder, et en ne mettant sur le tapis que la forme, que les démarches par lesquelles on pourrait obtenir cette séparation, ces unions. Il en ressortit tant de désagréments, de difficultés, d'inconvenances, qu'Édouard en prit la pire humeur.

« Je vois bien, s'écria-t-il enfin, que ce n'est pas seulement à l'ennemi, mais aux amis, qu'il faut enlever d'assaut ce qu'on désire. Ce que je veux, ce qui m'est indispensable, je ne le perds point de vue, je le saisirai et certes bientôt et sans désemparer. On ne rompt pas et l'on ne forme pas, je le sais bien, de tels liens, sans faire tomber plus d'une fois ce qui est debout, sans faire céder plus d'une fois ce qui tend à se maintenir. On ne vient à bout de rien de cette sorte par réflexion ; devant la raison tous les droits sont égaux, et sur le plateau de la balance qui s'élève on peut toujours placer un contrepoids. Décide-toi donc, mon ami, à agir pour toi, pour moi, à débrouiller, à délier, à resserrer cette situation. Ne te laisse retenir par aucune considération. Nous avons déjà fait parler de nous le monde, il en parlera encore, et ensuite nous oubliera, comme tout ce qui cesse d'être nouveau, et on nous laissera faire comme nous pouvons, sans plus prendre garde à nous. »

Le commandant n'avait point d'autre issue, et il dut enfin souffrir qu'Édouard traitât, une fois pour toutes, l'affaire comme connue et entendue, qu'il discutât en détail de tous les arrangements à prendre, et qu'il s'exprimât sur l'avenir avec beaucoup de gaieté, voire en le tournant à la plaisanterie.

Ensuite, de nouveau grave et réfléchi, il poursuivit ainsi :

« Si nous voulions nous abandonner à l'espérance, à l'attente de voir tout s'arranger de soi-même, de voir le hasard nous guider et nous favoriser, ce serait une illusion coupable. De la sorte, il nous est impossible de nous sauver, de rétablir notre repos à tous. Et comment pourrais-je me consoler de porter, innocent, la faute de tout ? C'est par mon insistance que j'ai contraint Charlotte à te prendre à la maison, et Odile elle-même n'est entrée chez nous qu'à la suite de ce changement. Nous ne sommes plus maîtres de ce qui en est résulté, mais nous sommes maîtres de le rendre inoffensif, de faire concourir les circonstances à notre bonheur. Prétendrais-tu détourner les yeux des belles et douces perspectives que j'ouvre devant nous ; prétendrais-tu m'imposer, nous imposer à tous un triste renoncement, pour autant que tu le croirais possible, pour autant qu'il serait possible ; et même si nous entreprenons de revenir à l'état ancien, n'aurons-nous pas bien des inconvenances, des incommodités, des désagréments à supporter, sans qu'il en résulte quoi que ce soit de bon, quoi que ce soit de plaisant ? L'heureux état où tu te trouves te réjouirait-il beaucoup si tu étais empêché de venir me voir, de vivre avec moi ? Et, après ce qui s'est passé, ce serait toujours pénible. Charlotte et moi, nous serions avec toute notre fortune dans une triste situation. Et, si tu peux croire, avec d'autres mondains, que les années, que l'éloignement, émoussent ces sentiments, effacent des traits si profondément gravés, songe qu'il s'agit précisément des années qu'on veut passer, non dans la douleur et la privation, mais dans la joie et le bien-être. Et pour exprimer enfin ce qu'il y a de plus important, si même, avec notre situation extérieure et intérieure, nous pouvions au besoin attendre, qu'adviendrait-il d'Odile, qui devrait quitter notre maison, renoncer à notre soutien dans la société, et errer lamentablement dans un monde maudit et froid ? Peins-moi une situation où Odile puisse être heureuse sans moi, sans nous, et alors tu auras avancé un argument plus fort que tous les autres ; même si je ne puis l'admettre et y céder, je veux bien cependant le considérer et le peser à nouveau. »

Ce problème n'était pas facile à résoudre. Tout au moins, il ne se présenta à l'ami aucune réponse satisfaisante ; et il ne lui resta qu'à insister de nouveau sur la gravité, la délicatesse et, à maints égards, le danger de toute l'entreprise ; il fallait du moins réfléchir, de la manière la plus sérieuse, à la façon de l'attaquer. Édouard l'admit, mais à la condition que son ami ne le quittât pas avant qu'ils fussent entièrement d'accord à ce sujet, et que l'on eût fait les premiers pas.

CHAPITRE XIII

Deux êtres complètement étrangers et indifférents l'un à l'autre, s'ils vivent ensemble quelque temps, se dévoilent l'un à l'autre leurs sentiments profonds, et il en doit résulter une certaine intimité. On peut d'autant mieux prévoir que nos deux amis, qui habitaient de nouveau côte à côte, qui se rencontraient tous les jours, à toute heure, n'eurent plus rien de caché l'un pour l'autre. Ils rappelèrent plus d'une fois le souvenir de la situation ancienne, et le commandant ne cacha point que Charlotte avait destiné Odile à Édouard lorsqu'il reviendrait de ses voyages ; qu'elle avait songé à le marier par la suite avec la belle enfant. Édouard, ravi et troublé de cette découverte, parla sans réserve de l'inclination réciproque de Charlotte et du commandant, qu'il peignit des plus vives couleurs, puisqu'il y trouvait justement sa commodité et son avantage.

Le commandant ne pouvait tout à fait nier, ni tout à fait avouer, mais Édouard ne fit que se confirmer, se déterminer plus encore. Dans sa pensée tout n'était pas seulement possible, tout était fait. Les parties n'avaient qu'à consentir à ce qu'elles désiraient. On obtiendrait assurément un divorce ; une union le suivrait de près et Édouard se proposait de voyager avec Odile.

Parmi tout ce que l'imagination se peint d'agréable, rien, peut-être, n'est plus charmant que l'espoir de deux amants, de deux jeunes époux, prêts à jouir de leur nouvelle union dans un monde neuf et frais, à confronter un lien durable à tant de changeantes conjonctures. Le commandant et Charlotte auraient pendant ce temps des pouvoirs illimités pour régler et organiser, suivant le droit et l'équité, tout ce qui concernait les biens, la fortune et les arrangements habituels désirables, en sorte que toutes les parties eussent satisfaction. Mais le plus grand appui que semblait trouver Édouard, le plus grand avantage qu'il semblait se promettre consistait en ceci : comme l'enfant devait rester chez sa mère, le commandant l'élèverait, le dirigerait selon ses vues, développerait ses facultés. Ce n'est pas en vain qu'on lui avait donné au baptême leur prénom commun d'Othon.

Tout cela s'était si bien fixé chez Édouard, qu'il ne voulut pas tarder d'un seul jour pour approcher de la réalisation. En route vers la propriété, ils arrivèrent à une petite ville où Édouard possédait une maison, dans laquelle il voulait séjourner et attendre le retour du commandant. Mais il ne put prendre sur lui d'y descendre aussitôt et accompagna encore son ami à travers la localité. Ils étaient tous deux à cheval, et engagés dans une sérieuse conversation ; ils poursuivirent ensemble.

Tout à coup ils aperçurent dans le lointain, sur la hauteur, la maison neuve dont ils voyaient pour la première fois étinceler les tuiles rouges. Un désir irrésistible saisit Édouard : il faut que, ce soir même, tout soit achevé. Il se tiendra caché dans un village tout proche. Le commandant exposera d'urgence l'affaire à Charlotte, surprendra sa prudence ; et, par cette proposition inattendue, la forcera à ouvrir librement son cœur. Car Édouard, qui lui avait attribué ses propres désirs, ne pouvait croire qu'il ne vînt au-devant des souhaits bien nets de Charlotte, et il espérait d'elle un rapide consentement, parce qu'il ne pouvait avoir d'autre volonté.

Joyeux, il envisageait une heureuse issue, et afin que la nouvelle en parvînt assez vite à son attente, on devait tirer quelques coups de canon, et, s'il faisait nuit, lancer quelques fusées.

Le commandant se rendit au château. Il ne trouva pas Charlotte, mais apprit qu'elle habitait présentement en haut la maison neuve ; à ce moment elle faisait dans le voisinage une visite dont elle ne reviendrait sans doute pas très tôt ce jour-là. Il retourna à l'auberge, où il avait mis son cheval.

Cependant Édouard, poussé par une impatience insurmontable, se glissa hors de sa retraite et par des sentiers solitaires, connus seulement des chasseurs et des pêcheurs, gagna son parc, et se trouva, vers le soir, dans le bosquet au voisinage du lac, dont il aperçut, pour la première fois, le miroir dans toute son étendue et sa pureté.

Odile avait fait, au cours de cet après-midi, une promenade au lac. Elle portait l'enfant et lisait en marchant, à son habitude. Ainsi arriva-t-elle aux chênes, près du passage. L'enfant s'était endormi ; elle s'assit, le coucha à côté d'elle, et continua de lire. Le livre était de ceux qui ont de l'attrait pour un cœur tendre, et ne le libèrent plus. Elle oubliait le temps et l'heure, et ne pensait pas qu'elle avait encore un long chemin à parcourir à terre pour regagner la maison neuve ; mais elle restait plongée dans sa lecture, dans ses pensées, si aimable à regarder, que les arbres, les buissons d'alentour, auraient dû avoir une vie, des yeux, pour l'admirer et se réjouir de la voir. Et, tout juste, un rayon rougeâtre du soleil couchant tomba derrière elle et dora sa joue et ses épaules.

Édouard, qui avait réussi jusque-là à pénétrer si loin sans être remarqué, qui trouvait son parc vide, la campagne déserte, s'aventurait de plus en plus. Enfin, il perce, à travers les buissons, près des chênes ; il voit Odile, elle le voit, il vole vers elle et tombe à ses pieds. Après un long silence, pendant lequel ils cherchent tous deux à reprendre leur sang-froid, il lui explique en peu de mots pourquoi et comment il est venu jusqu'ici. Il a envoyé le commandant à Charlotte, leur sort commun se décide peut-être à cet instant. Il n'a jamais douté de son amour ; elle, assurément, n'a jamais douté du sien. Il implore son consentement. Elle hésitait, il la conjurait, il voulait faire valoir ses anciens droits et la serrer dans ses bras, elle lui montra l'enfant.

Édouard le regarde et s'étonne.

« Grand Dieu, s'écrie-t-il, si j'avais lieu de douter de ma femme, de mon ami, cet être porterait contre eux un terrible témoignage. N'est-ce pas l'aspect du commandant ? Je n'ai jamais vu une pareille ressemblance.

— Mais non, répondit Odile, le monde entier dit qu'il me ressemble.

— Serait-ce possible ? » reprit Édouard, et, à l'instant, l'enfant ouvrit les yeux, deux grands yeux noirs, perçants, profonds et aimables. Le petit garçon regardait déjà le monde en être raisonnable ; il semblait connaître les deux personnes qui se tenaient devant lui. Édouard se jeta près de l'enfant, plia deux fois les genoux devant Odile.

« C'est toi, s'écria-t-il, ce sont tes yeux. Ah ! laisse-moi seulement regarder dans les tiens. Laisse-moi jeter un voile sur cette heure fatale qui donna l'être à cet enfant. Dois-je effrayer ton âme pure par cette pensée funeste, que, devenus étrangers, l'homme et la femme peuvent se presser mutuellement dans leurs bras, profaner par la vivacité de leurs désirs un lien légal ? Puisque nous en sommes là, puisque mes liens avec Charlotte doivent être rompus, puisque tu seras mienne, pourquoi ne le dirais-je pas ? Pourquoi ne pas la prononcer, la dure parole ? Cet enfant est le fruit d'un double adultère. Il me sépare de ma femme et sépare ma femme de moi, comme il aurait dû nous unir. Puisse-t-il donc témoigner contre moi, puissent ces yeux magnifiques dire aux tiens que, dans les bras d'une autre, je t'appartenais, puisses-tu sentir, Odile, bien sentir, que je ne puis expier ce péché, ce crime, que dans tes bras.

» Écoute », s'écria-t-il en sautant sur ses pieds. Il croyait entendre une détonation, le signal que le commandant devait donner. C'était un chasseur, qui avait tiré dans la montagne voisine. Il n'arriva rien de plus, Édouard était impatient.

Alors, seulement, Odile vit que le soleil s'était abaissé derrière les monts. Ses derniers rayons étincelaient encore en haut des fenêtres de la maison.

« Éloigne-toi, Édouard ! s'écria Odile. Nous avons été privés si longtemps, nous avons patienté si longtemps... Réfléchis à ce que nous devons tous deux à Charlotte. C'est à elle de décider de notre sort : ne la prévenons pas. Je suis à toi, si elle l'accorde ; sinon je dois renoncer à toi. Puisque tu crois la décision si prochaine, attendons. Retourne au village où te croit le commandant. Qu'il peut se présenter des circonstances qui exigent une explication ! Est-il vraisemblable qu'un coup de canon brutal t'annonce le succès de ses négociations ? Peut-être te cherche-t-il en ce moment. Il n'a pas rencontré Charlotte, je le sais. Il peut être allé au-devant d'elle ; car on savait où elle s'était rendue. Que de suppositions possibles ! Laisse-moi. Maintenant elle va arriver. Elle attend là-haut et moi et l'enfant. »

Odile parlait en hâte. Elle évoquait à la fois toutes les possibilités. Elle était heureuse auprès d'Édouard, et sentait qu'elle devait maintenant s'éloigner.

« Je t'en prie, je t'en conjure, mon ami, s'écria-t-elle, retourne et attends le commandant.

— J'obéis à tes ordres », répondit Édouard, en la

regardant d'abord avec passion, et en la serrant ensuite dans ses bras. Elle l'entoura des siens et le pressa sur sa poitrine le plus tendrement du monde. L'espérance passait sur leurs têtes, comme une étoile qui tombe du ciel. Ils rêvaient, ils croyaient s'appartenir l'un à l'autre ; ils échangeaient, pour la première fois, librement, de vrais baisers, et se séparèrent avec violence et douleur.

Le soleil était couché, déjà le soir tombait et une humide vapeur entourait le lac ; Odile restait immobile, dans son trouble et son émotion. Elle jeta les yeux vers la maison du haut et crut voir sur le balcon la robe blanche de Charlotte. Par le bord du lac, le détour était grand. Elle connaissait l'impatience de Charlotte, quand elle attendait l'enfant. Elle voit, en face d'elle, de l'autre côté, les platanes ; une simple étendue d'eau la sépare du sentier qui monte tout droit à la maison. Elle y est déjà par la pensée et par les yeux. En cette nécessité s'évanouit le scrupule de s'aventurer sur les eaux avec l'enfant. Elle court au canot ; elle ne sent pas que son cœur bat, que ses pieds chancellent, que ses sens menacent de l'abandonner.

Elle saute dans le canot, prend la rame et repousse la rive. Il lui faut employer sa force, elle renouvelle sa poussée, le canot balance et glisse un peu sur le lac. L'enfant sur le bras gauche, le livre dans la main gauche, la rame dans la droite, elle chancelle aussi et tombe dans la barque. La rame lui échappe d'un côté, et, comme elle veut se retenir, l'enfant et le livre lui échappent de l'autre. Elle saisit encore le vêtement de l'enfant, mais l'incommodité de sa situation l'empêche de se redresser. Sa main droite, restée libre, ne lui suffit pas à se retourner, à se relever. Elle y réussit enfin, elle tire l'enfant de l'eau, mais ses yeux sont fermés, il a cessé de respirer.

A l'instant, toute sa présence d'esprit lui revient, mais sa douleur n'en est que plus grande. Le canot dérive au milieu du lac, la rame nage bien loin ; elle n'aperçoit personne sur le bord, et que lui aurait-il servi de voir quelqu'un ? Séparée de tout, elle flotte sur le perfide, l'inaccessible élément.

Elle cherche secours en elle-même. Elle avait entendu parler souvent du sauvetage des noyés. Le soir même de son anniversaire, elle en avait eu l'expérience. Elle déshabille l'enfant et le sèche avec sa robe de mousseline. Elle dévoile son sein, et, pour la première fois, elle presse un vivant sur la pure blancheur de sa poitrine... Non, hélas ! pas un vivant !

Les membres froids de la malheureuse créature glacent son sein jusqu'au fond du cœur. Des larmes infinies s'échappent de ses yeux, et communiquent à la surface du corps transi un semblant de chaleur et de vie. Elle ne se relâche point, elle l'enveloppe de son châle, et, par des caresses, des pressions, par son souffle, ses baisers et ses larmes, elle croit suppléer aux secours qui lui sont refusés dans son isolement.

Mais en vain ! Sans mouvement, l'enfant repose dans ses bras, sans mouvement demeure la barque à la surface de l'eau. Ici encore sa belle âme ne la laisse pas sans secours. Elle se tourne vers le ciel. Elle tombe à genoux dans la barque et, de ses deux bras, elle élève l'enfant raidi, au-dessus de sa poitrine innocente, dont la blancheur, mais, hélas aussi, la froideur s'égalent à celles du marbre. Le regard humide, elle regarde vers le ciel, elle implore secours du lieu où un cœur tendre espère en trouver abondance, quand il en manque partout.

Or ce n'est pas en vain qu'elle se tourne vers les étoiles, qui commencent à briller une à une, une brise légère s'élève et pousse la barque vers les platanes.

CHAPITRE XIV

Elle court à la maison neuve, elle appelle le chirurgien, elle lui confie l'enfant. Préparé à toutes les éventualités, l'homme applique progressivement au tendre cadavre les traitements habituels. Odile l'assiste en tout, elle procure, elle apporte ce qu'il faut, elle s'empresse, mais comme si elle errait dans un autre monde ; car le comble du malheur, comme le comble du bonheur, change la face de toutes choses. C'est seulement quand, après avoir tout tenté, le brave homme secoue la tête, commence par se taire à ses questions pleines d'espoir, et répond ensuite par un léger « non », qu'elle quitte la chambre à coucher de Charlotte, où tout s'est passé ; et, à peine est-elle entrée dans le salon, que, sans pouvoir atteindre le canapé, elle tombe épuisée, le visage sur le tapis.

Tout juste on entend la voiture de Charlotte. Le chirurgien presse ceux qui l'entourent de demeurer. Il veut aller au-devant d'elle, la préparer ; mais déjà elle entre dans son salon. Elle trouve Odile par terre et une servante se précipite à sa rencontre avec des pleurs et des cris. Le chirurgien entre : elle apprend tout à la fois. Mais comment aurait-elle pu d'un coup renoncer à toute espérance ? L'homme expérimenté, habile et sage, la prie seulement de ne pas voir l'enfant ; il s'éloigne, pour l'abuser par de nouveaux apprêts. Elle s'est assise sur son canapé ; Odile est encore couchée par terre, mais soulevée contre les genoux de son amie, où elle repose sa belle tête penchée. Le médecin et ami va et vient ; il fait mine de s'occuper de l'enfant, il s'occupe des femmes. Minuit approche ; le silence de mort devient de plus en plus profond. Charlotte ne se dissimule plus que l'enfant ne reviendra jamais à la vie. Elle exige de le voir. On l'a enveloppé proprement dans de chauds langes de laine, puis posé dans une corbeille, qu'on place auprès d'elle, sur le canapé ; seul le petit visage est à découvert, il repose calme et beau.

Ce malheur bouleverse bientôt le village et la nouvelle en parvient sur-le-champ jusqu'à l'auberge. Le commandant avait monté par les chemins connus, il faisait le tour de la maison, et, en arrêtant un domestique, qui courait chercher quelque chose dans le bâtiment voisin, il se procura des détails et fit appeler le chirurgien. Celui-ci vint, étonné de voir paraître son ancien bienfaiteur, le mit au courant de la situation et se chargea de préparer Charlotte à sa vue. Il rentra, entama des propos détournés et fit passer l'imagination d'un objet à l'autre. A la fin il évoqua, pour Charlotte, l'ami, sa sympathie certaine, sa présence par l'esprit et le cœur. Il changea bientôt la présence feinte en une présence réelle. Bref, elle apprit que cet ami était à sa porte, qu'il savait tout et qu'il désirait être introduit.

Le commandant entra ; Charlotte le salua d'un sourire douloureux. Il se tenait devant elle. Elle souleva la couverture de soie verte qui cachait le cadavre, et, à la faible lueur d'une bougie, il aperçut, non sans une horreur secrète, sa morte ressemblance. Charlotte lui indiqua un siège. Assis de la sorte l'un en face de l'autre, ils passèrent la nuit en silence. Odile était toujours couchée, calme, sur les genoux de Charlotte ; elle respirait doucement ; elle dormait ou paraissait dormir.

L'aube vint, la lumière s'éteignit, les deux amis parurent s'éveiller d'un rêve morne. Charlotte regarda le commandant et lui dit avec sang-froid :

« Expliquez-moi, mon ami, quelle providence vous envoie ici prendre part à cette scène de deuil.

— Ce n'est pas ici, répondit le commandant à voix très basse, ainsi qu'elle l'avait interrogé — comme s'ils eussent craint d'éveiller Odile —, ce n'est ni le temps ni le lieu des réticences, des entrées en matière et des ménagements. La situation où je vous trouve est si effroyable, que, devant elle, la gravité de l'objet de ma venue perd son intérêt. »

Là-dessus il lui avoua, tout tranquillement et tout simplement, le but de sa mission, en tant que délégué d'Édouard, l'objet de sa visite, en tant que sa libre volonté, son propre intérêt y intervenaient. Il exposa les deux points de vue avec beaucoup de délicatesse, et pourtant grande franchise. Charlotte écoutait tranquillement et ne semblait marquer ni surprise, ni mauvaise volonté.

Quand le commandant eut terminé, Charlotte répondit à voix très basse, au point qu'il fut obligé d'avancer son siège.

« Je ne me suis jamais trouvée dans un cas comme celui-ci, mais en pareilles circonstances, je me suis toujours dit : « Que sera demain ? » Je sens bien que le sort de plusieurs personnes est présentement entre mes mains, et ce que j'ai à décider ne fait pas pour moi l'ombre d'un doute et est bientôt dit. Je consens au divorce. J'aurais dû m'y résoudre plus tôt. Par mon hésitation, par ma résistance, j'ai tué cet enfant. Il existe certaines choses que la destinée s'obstine à poursuivre. C'est en vain que la raison et la vertu, le devoir et tout ce qu'il y a de sacré, se mettent en travers du chemin : il doit arriver ce qui lui convient, qui ne semble pas nous convenir, qui n'est pas juste à nos yeux, et le destin finit par l'emporter, nous aurons beau nous débattre comme nous voudrons.

» Mais que dis-je ? La destinée ne veut que remettre en train mon propre désir, mon propre projet, contre lesquels j'ai agi en téméraire. N'ai-je pas uni moi-même dans ma pensée Édouard et Odile, comme le couple le mieux assorti ? N'ai-je pas cherché moi-même à les rapprocher ? N'étiez-vous pas, mon ami, confident de ce dessein ? Et pourquoi n'ai-je pu distinguer le caprice d'un homme d'un véritable amour ? Pourquoi ai-je accepté sa main, alors que, comme amie, j'aurais fait son bonheur et celui d'une autre épouse ? Et regardez seulement cette malheureuse qui sommeille. Je frémis à la pensée de l'instant où elle se réveillera de ce demi-sommeil de mort pour reprendre connaissance. Comment vivra-t-elle, comment se consolera-t-elle, si elle ne peut espérer de dédommager Édouard, par son amour, de ce qu'elle lui a ravi, instrument de la plus étrange fatalité ? Elle peut tout lui rendre, si j'en juge par le penchant, par la passion qu'elle lui porte. Si l'amour peut tout souffrir, il peut encore bien mieux tout remplacer ! En cet instant, il n'est pas permis de penser à moi.

» Éloignez-vous en silence, cher commandant. Dites à Édouard que je consens au divorce ; que je laisse à lui, à vous, à Courtier, le soin d'engager toute l'affaire ; que je suis sans inquiétude pour ma situation future, et puis l'être à tous égards. Je signerai tous les papiers qu'on m'apportera ; mais qu'on ne me demande point de m'en mêler, de réfléchir, de conseiller. »

Le commandant se leva. Elle lui tendit la main pardessus Odile. Il pressa de ses lèvres cette main si chère.

« Et pour moi, que puis-je espérer ? murmura-t-il tout bas.

— Laissez-moi vous devoir ma réponse, répondit Charlotte ; ce n'est pas par notre faute que le malheur est venu ; mais nous n'avons pas non plus mérité d'être heureux ensemble. »

Le commandant s'éloigna, plaignant Charlotte du fond du cœur, sans pouvoir cependant regretter le pauvre enfant qui était parti. Ce sacrifice lui semblait nécessaire à leur bonheur à tous. Il imaginait Odile, tenant son propre enfant dans ses bras, et dédommageant ainsi Édouard de ce qu'elle lui avait ravi. Il imaginait, sur ses propres genoux, un fils qui serait, à meilleur droit que le disparu, son portrait.

Ces espérances et ces images flatteuses traversaient son âme, lorsque, sur le chemin du retour, il trouva Édouard, qui avait attendu toute la nuit le commandant en plein air, puisque aucune fusée, aucune détonation ne venait lui annoncer un heureux succès. Il était informé déjà de l'accident, et lui aussi, au lieu de regretter la pauvre créature, considérait cet événement, sans vouloir tout à fait se l'avouer, comme un décret céleste, qui écartait d'un coup tout obstacle à son bonheur. Aussi se laissa-t-il décider très facilement par le commandant, qui lui annonça vite la résolution de sa femme, à retourner au village et, de là, à la petite ville, où ils envisageraient et mettraient en train les premières mesures à prendre.

Charlotte, après que le commandant l'eut quittée, ne resta plongée dans ses réflexions que pendant quelques minutes, car, aussitôt, Odile se redressa, regardant son amie avec de grands yeux. D'abord elle se souleva des genoux de Charlotte, puis se mit sur ses pieds et se tint debout devant elle.

« Voici la seconde fois, dit la noble enfant, avec une gravité d'un charme irrésistible, voici la seconde fois qu'il m'arrive la même chose. Tu me l'as dit un jour : il advient aux hommes, au cours de leur vie, des rencontres semblables et de semblable façon, et toujours aux moments décisifs. Je découvre aujourd'hui la vérité de cette observation et je me sens pressée de te faire un aveu. Peu de temps après la mort de ma mère, petite enfant, j'avais approché de toi mon tabouret ; tu étais assise sur le canapé comme à présent ; ma tête reposait sur tes genoux ; je ne dormais pas, je ne veillais pas, je sommeillais. Je percevais tout ce qui se passait autour de moi et, en particulier, très distinctement tout ce qu'on disait. Et pourtant je ne pouvais bouger, m'exprimer, et, l'eussé-je voulu, indiquer que je me sentais consciente de moi-même. Alors tu parlais de moi avec une amie ; tu plaignais mon destin d'être restée au monde, pauvre orpheline ; tu dépeignais ma dépendance, et quelle misère ce pourrait être pour moi, si un astre heureux ne régnait spécialement sur moi. Je saisissais fort bien, fort exactement, peut-être avec trop de rigueur, tout ce que tu paraissais désirer pour moi, exiger de moi. Je me fis là-dessus des règles d'après mes vues bornées ; j'ai longtemps vécu d'après elles ; ma conduite se déterminait sur elles, au temps où tu m'aimais, où tu prenais soin de moi, où tu m'accueillais dans ta maison, et plus tard encore.

» Mais je suis sortie de ma voie ; j'ai rompu avec mes préceptes, j'en ai même perdu le sentiment, et, après un événement effroyable, tu m'éclaires de nouveau sur mon état, qui est plus déplorable que le premier. Appuyée sur tes genoux, à moitié engourdie, j'entends de nouveau, comme venue d'un monde étranger, ta voix basse près de mon oreille ; j'apprends ce qu'il en est de moi, je frémis de moi-même ; mais, comme alors, cette fois aussi, dans le demi-sommeil de la mort, je me suis tracé une nouvelle voie.

» Je suis décidée comme je l'étais ; et à quoi je suis décidée, je dois aussitôt te l'apprendre. Je ne serai jamais à Édouard. D'une manière effrayante, Dieu m'a ouvert les yeux sur le crime où je suis engagée. Je veux l'expier ; et que nul ne songe à me détourner de mon projet ! Chère, très chère amie, prends là-dessus tes mesures. Fais revenir le commandant ; écris-lui de ne faire aucune démarche. Que j'étais angoissée de ne pouvoir remuer quand il est parti ! Je voulais bondir, crier : tu ne devais pas le renvoyer avec des espérances si criminelles. »

Charlotte voyait l'état d'Odile, elle le sentait ; mais elle espérait que le temps et les représentations lui donneraient quelque ascendant sur elle. Or, lorsqu'elle prononça quelques mots qui faisaient allusion à l'avenir, à un adoucissement de la douleur, à l'espérance :

« Non, s'écria Odile avec exaltation, ne cherche pas à m'ébranler, à m'abuser. A l'instant où j'apprendrai que tu as consenti au divorce, j'expierai dans ce même lac ma faute, mon crime. »

CHAPITRE XV

Si, dans la communauté d'une vie heureuse et paisible, les parents, les amis, les hôtes s'entretiennent, plus qu'il n'est nécessaire et convenable, de ce qui arrive ou doit arriver ; s'ils se répètent à satiété leurs projets, leurs entreprises, leurs occupations, et, sans précisément accepter leurs conseils réciproques, se font de la vie, semble-t-il, un sujet perpétuel de délibération, par contre dans les conjonctures importantes, où il semblerait que l'homme a besoin d'une assistance étrangère et avant tout d'une approbation étrangère, on constate que chacun se replie sur soi-même, s'efforce d'agir pour soi, de procéder à sa manière ; on se cache mutuellement les moyens particuliers, et l'issue, les effets, le résultat, redeviennent seuls le bien de tous.

Après tant d'événements étranges et malheureux, il s'était aussi répandu sur les deux amies une certaine gravité silencieuse, qui s'exprimait en ménagements amicaux. En grand secret Charlotte avait fait porter l'enfant dans la chapelle. Il y reposait, première victime d'une fatalité menaçante.

Pour autant qu'elle le pouvait, Charlotte retourna vers la vie, et sur sa route elle rencontra d'abord Odile qui avait besoin de son aide. Sans le laisser paraître, elle s'occupa surtout d'elle. Elle savait combien cette céleste enfant aimait Édouard ; peu à peu elle avait reconstitué la scène qui avait précédé la catastrophe et en avait appris tous les détails, soit d'Odile elle-même, soit des lettres du commandant.

Odile, de son côté, facilitait beaucoup à Charlotte la

vie quotidienne. Elle était ouverte et même communicative, mais, jamais, il n'était question du présent ou du passé proche. Elle avait toujours été attentive, elle avait toujours observé, elle savait beaucoup : tout cela paraissait maintenant. Elle intéressait, elle distrayait Charlotte, qui nourrissait toujours encore la secrète espérance de voir uni un couple qui lui était si cher.

Mais il en était tout autrement pour Odile. Elle avait découvert à son amie le mystère de sa vie ; elle était déliée de son ancienne contrainte, de sa servitude. Par son repentir, par sa résolution, elle se sentait aussi délivrée du poids de sa faute, de sa disgrâce. Elle n'avait plus besoin de se faire violence. Elle ne s'était pardonné dans le fond de son cœur que sous condition d'un renoncement complet, et cette condition restait à jamais irrévocable.

Il s'écoula ainsi quelque temps, et Charlotte sentait que la maison et le parc, les lacs, les rochers et les bosquets ne faisaient que renouveler chaque jour en elles deux de tristes impressions. Qu'il fallût changer de lieu, c'était trop évident ; mais comment le faire ? Il n'était pas aussi facile d'en décider.

Fallait-il que les deux femmes restassent ensemble ? La volonté précédente d'Édouard semblait l'ordonner, ses déclarations, ses menaces, en faire une nécessité ; cependant comment méconnaître que les deux femmes, avec la meilleure volonté, avec toute leur raison, tous leurs efforts, se trouvaient l'une auprès de l'autre dans une situation pénible ? Leurs entretiens étaient évasifs. Parfois on voulait bien n'entendre qu'à demi-mot, mais plus souvent une expression était mal interprétée, sinon par la raison, du moins par le sentiment. On craignait de se blesser, et précisément cette crainte était blessante et blessait plus que tout.

Si l'on pensait à changer de séjour et à se séparer, au moins pour un temps, la vieille question se présentait à nouveau : où irait Odile ? La grande et riche famille dont on a parlé avait fait de vaines tentatives pour procurer à une jeune héritière qui promettait, des compagnes distrayantes, capables de lui servir d'émules. Déjà, lors du dernier séjour de la baronne, et nouvellement par lettres, Charlotte avait été sollicitée d'y envoyer Odile. Elle remit l'affaire sur le tapis. Mais Odile refusa expressément d'aller en un endroit où elle trouverait ce qu'on a coutume d'appeler le grand monde.

« Laissez-moi, chère tante, dit-elle, afin de ne pas passer pour bornée et passionnée, m'expliquer sur ce qu'il serait de mon devoir de taire et de cacher en toute autre circonstance. Un être qui a eu des malheurs singuliers, fût-il même innocent, est marqué d'une manière effrayante. Sa présence excite chez tous ceux qui le voient, qui le remarquent, une espèce d'horreur. Chacun prétend reconnaître en lui le sort épouvantable qui lui a été infligé ; chacun est à la fois curieux et inquiet. C'est ainsi qu'une maison, une ville, où un crime a été commis, inspirent la terreur à tous ceux qui y pénètrent. La lumière du jour y paraît moins claire ; les étoiles semblent perdre de leur éclat.

» Combien est grande, et pourtant excusable peut-être, l'indiscrétion des hommes envers ces malheureux, leur sotte importunité et leur maladroite condescendance ! Pardonnez-moi de parler ainsi, mais j'ai incroyablement souffert pour cette pauvre fille, quand Lucienne l'a tirée de son appartement secret, s'est occupée d'elle avec bonté, a voulu, dans les meilleures intentions, la contraindre au jeu et à la danse. Lorsque la pauvre enfant, de plus en plus troublée, a fini par fuir et tomber en pâmoison, lorsque je l'ai prise dans mes bras, lorsque la compagnie, effrayée, s'est émue et que la curiosité de tous s'est portée sur l'infortunée, je ne pensais pas qu'un sort pareil m'attendît. Mais ma sympathie, si vraie et si ardente, est encore vivante. Maintenant je puis tourner ma pitié sur moi-même, et me garder de donner lieu à de pareilles scènes.

— Mais, chère enfant, reprit Charlotte, tu ne pourras te soustraire nulle part au regard des hommes. Nous n'avons plus de couvents, où l'on pouvait trouver autrefois asile pour ces sentiments-là.

— Solitude ne fait pas asile, chère tante, répondit Odile. Le plus précieux des asiles, il le faut chercher là où nous pouvons exercer notre activité. Toutes les pénitences, toutes les privations ne sont aucunement propres à nous soustraire à un destin menaçant, s'il est décidé à nous poursuivre. C'est seulement si, dans l'état d'oisiveté, je dois être donnée en spectacle au monde, que le monde me répugne et me torture. Mais, si l'on me trouve joyeuse à l'ouvrage, infatigable à ma tâche, je pourrai soutenir les regards de tous, parce que je n'aurai pas à craindre les regards de Dieu.

— Je me tromperais fort, reprit Charlotte, si ton penchant ne te ramenait au pensionnat.

— Oui, répondit Odile, je ne le nie point, j'imagine que c'est une heureuse destinée que d'élever les autres par les voies normales, quand on a été élevé soi-même par les voies les plus singulières. Et ne voyons-nous pas dans l'histoire, que des hommes qui, en raison de grands accidents moraux, s'étaient retirés au désert, n'y sont aucunement restés cachés et abrités, comme ils l'espéraient ? Ils ont été rappelés dans le monde, pour guider dans le bon chemin les égarés. Et qui pouvait mieux le faire que ceux qui étaient déjà initiés aux labyrinthes de la vie ? Ils ont été appelés à assister les malheureux. Et qui en a été plus capable que ceux qu'aucun mal terrestre ne pouvait plus atteindre ?

— Tu choisis une singulière destinée, dit Charlotte. Je ne te résisterai pas : qu'il en soit ainsi, mais, j'espère, pour peu de temps !

— Que je vous remercie, dit Odile, de me laisser faire cet essai, cette expérience ! Si je ne m'abuse, je réussirai. Là-bas, je me rappellerai combien d'épreuves j'ai subies, et combien petites, insignifiantes, auprès de celles que j'ai dû subir depuis ! Avec quelle sérénité je considérerai les embarras de ces petites filles, je sourirai de leurs peines enfantines, et, d'une main légère, je les retirerai de leurs petits égarements. Les heureux ne sont pas faits pour diriger les heureux ; il est dans la nature humaine d'exiger d'autant plus de soi et des autres qu'on a reçu davantage. Seul le malheureux qui se rétablit sait nourrir pour lui-même et pour autrui le sentiment qu'il sied de jouir avec ravissement même d'un bien médiocre.

— Permets-moi d'élever encore, dit enfin Charlotte après quelque réflexion, une objection contre ton projet, et qui me paraît la plus importante. Il ne s'agit pas de toi, il s'agit d'un tiers. Les sentiments du sage, du raisonnable, du pieux assistant te sont connus : sur le chemin où tu t'engages, tu lui seras tous les jours plus chère et plus indispensable. Si, dès maintenant, son cœur ne se complaît guère à une vie sans toi, à l'avenir, lorsqu'il se sera accoutumé à ton concours, il ne pourra se tirer d'affaire sans toi. Tu commenceras par l'y aider, pour l'en dégoûter ensuite.

— Le sort a manqué de douceur à mon égard, reprit Odile, et qui m'aime n'a peut-être pas beaucoup mieux à attendre. La bonté et la raison de cet ami sont telles qu'il verra se développer en lui, je l'espère, le sentiment d'une affection pure à mon égard. Il verra en moi une personne sacrée, qui ne saurait peut-être expier pour elle et pour autrui une horrible malédiction, qu'en se vouant à l'Être Saint, dont l'invisible présence autour de nous peut seule nous protéger contre les puissances fatales qui nous pressent. »

Charlotte accueillit, pour le méditer en secret, tout ce que la chère enfant avait exprimé de façon si touchante. A diverses reprises, mais avec une extrême discrétion, elle avait cherché à découvrir si l'on ne pourrait concevoir un rapprochement entre Édouard et Odile ; mais la plus légère allusion, la moindre espérance, le plus petit soupçon, semblaient émouvoir Odile au plus profond de l'âme. Et même, un jour, comme elle ne pouvait l'éviter, elle s'en expliqua tout à fait nettement.

« Si ta résolution de renoncer à Édouard, lui répliqua Charlotte, est si ferme et si immuable, garde-toi du danger de le revoir. Loin de l'objet aimé, il nous semble que, plus notre passion est vive, plus nous sommes maîtres de nous, parce que toute la force de la passion, telle qu'elle se déployait au-dehors, nous la tournons en dedans ; avec quelle hâte nous sommes arrachés à cette erreur, quand ce dont nous croyions pouvoir nous passer se représente soudain indispensable à nos yeux. Fais maintenant ce que tu tiens pour le plus convenable à ton état ; examine-toi, oui, change plutôt ta résolution présente, mais par toi-même, d'un cœur libre, volontaire ! Ne te laisse pas ramener par hasard, par surprise, à ton ancienne vie : car c'est alors qu'il se produirait dans ton cœur un désaccord insupportable. Comme je te l'ai dit, avant de faire cette démarche, avant de t'éloigner de moi et de commencer une vie nouvelle qui te mènera Dieu sait sur quels chemins, demande-toi encore une fois si tu peux vraiment renoncer pour jamais à Édouard. Si tu y es décidée, convenons ensemble que tu ne t'engageras pas avec lui, même en conversation, s'il devait te rechercher, pénétrer chez toi. » Odile n'hésita pas un instant ; elle donna à son amie la parole qu'elle s'était déjà donnée à elle-même.

Cependant sur l'âme de Charlotte pesait toujours la menace d'Édouard qu'il ne pourrait renoncer à Odile, qu'autant qu'elle ne se séparerait pas de Charlotte. Depuis lors, il est vrai, les circonstances avaient à ce point changé, il était arrivé tant de choses, que cette parole, qui lui avait été arrachée par l'instant présent, pouvait être considérée comme effacée par les événements postérieurs. Cependant elle ne voulait pour tout au monde hasarder, entreprendre, quoi que ce fût qui pût le blesser, et c'est pourquoi Courtier fut chargé de sonder sur ce point les dispositions d'Édouard.

Depuis la mort de l'enfant, Courtier avait fait à Charlotte de fréquentes visites mais pour quelques instants seulement. Ce malheur, qui rendait très invraisemblable pour lui la réunion des deux époux, lui avait fait une forte impression. Mais, disposé par caractère à l'espoir et aux efforts, il applaudissait secrètement à la résolution d'Odile. Il comptait sur l'apaisement qu'apporte le temps ; il pensait encore maintenir les liens des époux, et ne considérait ces mouvements passionnés que comme des épreuves de l'amour et de la fidélité conjugale.

Dès le début, Charlotte avait fait connaître par lettre au commandant la première déclaration d'Odile, et l'avait prié, avec les dernières instances, d'obtenir d'Édouard qu'aucune nouvelle démarche ne fût faite, que l'on restât tranquille, qu'on laissât au cœur de la belle enfant la possibilité de se remettre. Des événements et des sentiments qui avaient suivi, elle lui avait aussi communiqué l'essentiel, et maintenant c'était à Courtier qu'incombait la difficile mission de préparer Édouard au changement de la situation. Mais Courtier, sachant bien qu'on se résigne plutôt à ce qui est arrivé qu'on ne consent à ce qui arrivera, persuada Charlotte : le mieux était d'envoyer immédiatement Odile au pensionnat.

C'est pourquoi, dès qu'il fut parti, on prit des dispositions de voyage. Odile fit ses paquets, mais Charlotte vit bien qu'elle ne se disposait à emporter ni le beau coffret, ni rien de ce qu'il contenait. Amicalement elle se tut et laissa faire la silencieuse enfant. Le jour du départ arriva. La voiture de Charlotte devait conduire Odile, le premier jour, à un relais connu ; le second, au pensionnat ; Nane devait l'accompagner et rester sa servante. Cette jeune fille passionnée était revenue à Odile aussitôt après la mort de l'enfant, et lui était de nouveau attachée comme autrefois, par nature et par inclination. Il semblait même qu'elle voulût, par la distraction de son bavardage, rattraper le temps perdu, et se consacrer entièrement à sa chère maîtresse. Elle était tout hors d'elle, au bonheur de l'accompagner, de voir des pays nouveaux, car elle n'était jamais sortie encore de son lieu natal. Elle courut du château au village, chez ses parents, chez ses proches, pour leur annoncer sa bonne fortune et prendre congé. Par malheur, elle entra chez des rougeoleux, et ressentit aussitôt les effets de la contagion. On ne voulut pas différer le départ. Odile elle-même y insistait : elle avait déjà fait cette route ; elle connaissait les aubergistes chez qui elle devait aller ;

elle était conduite par le cocher du château, il n'y avait pas à s'inquiéter.

Charlotte ne fit point d'opposition. Il lui tardait à elle aussi de quitter ces lieux ; elle voulait seulement réinstaller pour Édouard l'appartement habité par Odile au château, exactement comme avant l'arrivée du capitaine. L'espoir de rétablir un ancien bonheur se rallume toujours chez l'homme, et Charlotte était de nouveau en droit de nourrir ces espérances, elle s'y voyait même forcée.

CHAPITRE XVI

Lorque Courtier arriva pour s'entretenir de l'affaire avec Édouard, il le trouva seul, la tête dans la main droite, le bras appuyé sur la table. Il paraissait souffrir beaucoup.

« Est-ce que votre mal de tête vous tourmente encore ? demanda Courtier.

— Il me tourmente, répondit-il, et pourtant je ne puis le détester, car il me rappelle Odile. « Peut-être est-elle en train, pensé-je, de souffrir aussi, appuyée sur son bras gauche, et sans doute souffre-t-elle plus que moi. » Et pourquoi ne le supporterais-je pas comme elle ? Ces douleurs me sont salutaires ; elles me sont, dirais-je, presque désirables, car l'image de sa patience, accompagnée de ses autres avantages n'en flotte que plus puissante, plus distincte, plus vive en mon âme. C'est seulement dans la souffrance que nous sentons parfaitement toutes les grandes qualités qui sont nécessaires pour la supporter. »

Quand Courtier vit son ami à ce point résigné, il ne retint plus son message, qu'il présenta cependant par degrés dans l'ordre historique : comment l'idée en était venue aux femmes, comment elle avait peu à peu mûri en un projet. Édouard fit à peine quelques objections. Du peu qu'il dit, il semblait résulter qu'il leur abandonnait tout. Sa souffrance présente paraissait l'avoir rendu indifférent à tout.

Mais à peine fut-il seul, qu'il se leva, et se mit à aller de long en large dans la chambre. Il ne sentait plus son mal : il était tout occupé hors de lui-même. Pendant le récit de Courtier, l'imagination de l'amant avait pris son essor. Il voyait Odile seule, ou quasi seule, sur un chemin bien connu, dans une auberge accoutumée, dont les appartements lui étaient si familiers ; il pensait, il réfléchissait, ou plutôt il ne pensa ni ne réfléchit ; il désirait, il voulait seulement. Il fallait la voir, lui parler. Dans quel dessein ? Pourquoi ? Qu'en sortirait-il ? Il ne pouvait être question de cela. Il ne résistait point. Il cédait à la nécessité.

Le valet de chambre fut mis dans le secret et s'informa du jour et de l'heure où Odile devait partir. Le matin parut ; Édouard ne tarda pas à se rendre à cheval, sans être accompagné, là où Odile devait passer la nuit. Il n'y arriva que trop tôt. L'hôtesse, surprise, le reçut avec joie. Elle lui était redevable d'un grand bonheur familial. Il avait fait obtenir à son fils, qui, soldat, s'était conduit très bravement, une décoration, en faisant ressortir chaleureusement jusque devant le général lui-même, l'action d'éclat dont il avait été seul témoin, et il avait surmonté l'opposition de quelques malveillants. Elle ne savait que faire pour lui. Prestement elle mit de son mieux en état sa chambre de parade, qui, à vrai dire, servait en même temps de garde-robe et de garde-manger ; mais il lui annonça l'arrivée d'une dame, qui allait venir chez elle, et il fit préparer pour lui, mais sans façon, une chambre de derrière, sur le corridor. L'affaire parut mystérieuse à l'hôtesse ; il lui était agréable de complaire à son bienfaiteur qui témoignait de beaucoup d'ardeur et d'activité. Et lui, dans quels sentiments passa-t-il les longues heures jusqu'au soir ! Il considérait autour de lui la chambre dans laquelle il devait la voir ; elle lui semblait, dans sa singularité rustique, un séjour céleste. Que n'imaginait-il pas ! Fallait-il surprendre Odile ou la préparer ? Enfin le dernier parti prévalut, il s'assit et se mit à écrire. Elle devait recevoir cette lettre :

ÉDOUARD À ODILE

« Tandis que tu lis cette lettre, ma très-aimée, je suis près de toi. Ne va pas t'effrayer, t'épouvanter ; tu n'as rien à craindre de moi. Je n'irai point de force jusqu'à toi. Tu ne me verras point avant de l'avoir permis.

» Songe d'abord à ta situation, à la mienne ! Que je te remercie de ne projeter aucune démarche décisive ! Mais celle-ci est assez importante : ne la fais pas ! Ici, au carrefour, réfléchis encore une fois : peux-tu être mienne ? Veux-tu être mienne ? Oh ! ce serait pour nous tous un grand bienfait, et pour moi, immense.

» Laisse-moi te revoir, te revoir avec joie ! Laisse mes lèvres former cette belle demande, et réponds par ta belle présence ! Sur mon cœur, Odile, où tu as quelquefois reposé, où est pour toujours ta place !... »

Tout en écrivant, il fut saisi par le sentiment que le cher objet de son désir se faisait proche, qu'il allait paraître. « Elle entrera par cette porte, elle lira cette lettre, elle se tiendra réellement devant moi comme naguère, celle dont j'ai si souvent souhaité la présence. Sera-t-elle encore la même ? Sa personne, ses sentiments, ont-ils changé ? » Il tenait encore la plume en main, il voulait écrire comme il pensait ; mais la voiture roula dans la cour. Il ajouta d'une plume rapide : « Je t'entends venir. Pour un instant, adieu ! »

Il plia la lettre, mit l'adresse : pour la cacheter il était trop tard. Il courut dans la pièce par laquelle il savait ensuite parvenir au couloir, et, à l'instant, il s'aperçut qu'il avait laissé sur la table sa montre avec son cachet. Il ne fallait pas qu'elle les vît d'abord. Il revint en arrière et réussit à les reprendre. Déjà il entendait dans le vestibule l'hôtesse, qui s'avançait vers la chambre pour l'ouvrir à la voyageuse. Il s'empressa vers la porte, mais elle s'était fermée. En entrant il avait fait tomber la clef qui était à l'intérieur ; la serrure s'était enclenchée ; il était pris. Il poussa violemment la porte : elle ne céda pas. Oh ! qu'il aurait désiré pouvoir, comme un esprit, se glisser à travers les fentes ! En vain ! Il se cacha le visage contre le montant de la porte. Odile entra ; quand elle le vit, l'hôtesse recula. Il ne put se dissimuler un instant au regard d'Odile. Il se tourna vers elle, et les deux amants se retrouvèrent, de la manière la plus étrange, l'un en face de l'autre. Elle le regarda d'un air calme et grave, sans avancer, ni reculer ; et, comme il faisait un mouvement pour s'approcher d'elle, elle fit quelques pas en arrière jusqu'à la table. Lui aussi recula.

« Odile, s'écria-t-il, laisse-moi rompre ce terrible silence ! Ne sommes-nous que des ombres debout face à face ? Mais avant tout, écoute ! C'est un hasard que tu me trouves aussitôt ici. Près de toi est une lettre qui devait te préparer, lis, je t'en prie, lis la lettre, et puis décide ce que tu pourras. »

Elle baissa les yeux sur la lettre, et, après avoir un peu réfléchi, elle la prit, l'ouvrit et la lut. L'ayant lue sans changer de visage, elle la posa de même doucement à l'écart ; puis elle serra l'une contre l'autre ses mains qu'elle éleva vers le ciel, les ramena vers sa poitrine, en s'inclinant un peu en avant, et considéra d'un tel regard celui qui la suppliait et la pressait, qu'il se sentit contraint de renoncer à tout ce qu'il pouvait exiger et souhaiter. Ce mouvement lui déchira le cœur. Il ne put soutenir le regard, l'attitude d'Odile. Elle avait absolument l'air de devoir tomber à genoux, s'il persistait. Il sortit, au désespoir, et il envoya l'hôtesse auprès de la solitaire.

Il marchait de long en large dans l'antichambre ; la nuit était venue ; dans la chambre, rien ne bougeait. Enfin l'hôtesse sortit et retira la clef. La brave femme était émue, embarrassée. Elle ne savait ce qu'elle devait faire. A la fin, en se retirant, elle offrit la clef à Édouard, qui la refusa. Elle laissa la lumière et s'éloigna.

Au plus profond de son chagrin, Édouard se jeta sur le seuil d'Odile, qu'il baigna de ses pleurs. Jamais peut-être deux amants, si près l'un de l'autre, ne passèrent une nuit plus lamentable.

Le jour parut ; le cocher fit avancer la voiture ; l'hôtesse ouvrit et entra dans la chambre. Elle trouva Odile endormie, tout habillée ; elle revint, et, avec un sourire de sympathie, elle fit signe à Édouard. Ils s'avancèrent tous deux vers la dormeuse, mais Édouard ne parvint pas même à soutenir cette vue.

L'hôtesse n'osa pas éveiller l'enfant endormie, et s'assit en face d'elle. Enfin Odile ouvrit ses beaux yeux et se dressa sur ses pieds. Elle refuse de déjeuner. Alors Édouard se présente devant elle. Il la prie instamment de dire un seul mot, d'expliquer sa volonté ; elle sera la sienne, il le jure. Mais elle se tait. Il lui demande encore une fois avec amour, avec insistance, si elle veut être à lui. Avec quel charme, les yeux baissés, elle secoue la tête en un doux refus ! Il demande si elle veut aller à la pension. Elle refuse avec indifférence. Quand il demande s'il lui est permis de la ramener à Charlotte, elle accepte d'une inclination de tête, rassurée. Il court à la fenêtre pour donner des ordres au cocher, mais elle est déjà sortie derrière lui de la chambre, comme l'éclair, elle a descendu l'escalier, et sauté en voiture. Le cocher reprend le chemin du château. Édouard suit à cheval l'équipage à quelque distance.

CHAPITRE XVII

Quelle ne fut point la surprise de Charlotte quand elle vit Odile arriver en voiture, et Édouard entrer aussitôt à cheval dans la cour du château ! Elle accourut jusqu'au seuil de la porte : Odile descend et s'approche avec Édouard. Elle saisit avec ardeur et avec force les mains des deux époux, les serre ensemble et court dans sa chambre. Édouard se jette au cou de Charlotte et fond en larmes. Il ne peut s'expliquer, la prie de patienter avec lui, d'aller au secours d'Odile, de l'aider. Charlotte s'empresse vers la chambre d'Odile et frissonne en entrant : la chambre était déjà entièrement dégarnie ; il n'y avait plus que les murs vides. Elle semblait aussi vaste qu'inhospitalière. On avait tout emporté, sauf le coffret abandonné au milieu de la pièce, par indécision du lieu où le placer. Odile était couchée sur le sol, la tête et les bras étendus sur le coffret. Charlotte s'empresse auprès d'elle, demande ce qui est arrivé et n'obtient point de réponse.

Elle laisse auprès d'Odile sa servante, qui vient avec des cordiaux, et elle court auprès d'Édouard. Elle le trouve dans le salon, mais il ne lui apprend rien non plus. Il se jette à ses pieds, il baigne ses mains de larmes, s'enfuit dans la chambre, et, comme elle veut le suivre, elle rencontre le valet qui lui donne les éclaircissements qu'il peut. Elle imagine le reste, et songe aussitôt, avec décision, à ce qu'exige l'heure. La chambre d'Odile est réaménagée au plus vite. Édouard a retrouvé son appartement, et jusqu'au moindre papier, tels qu'il les avait laissés.

En face les uns des autres, tous trois semblent se reprendre, mais Odile continue à se taire et Édouard ne sait que prier sa femme d'avoir une patience qui semble lui manquer à lui-même. Charlotte envoie des messages à Courtier et au commandant. On ne trouve pas le premier ; le second arrive. Édouard lui ouvre son cœur ; il lui avoue les moindres circonstances, et Charlotte apprend ainsi ce qui est arrivé, ce qui a changé si étrangement la situation et troublé les cœurs.

Elle parle à son mari avec la plus grande affection ; elle ne sait lui adresser d'autre prière que de ne pas importuner en ce moment la pauvre enfant. Édouard apprécie le mérite, l'amour, la raison de sa femme, mais sa passion le domine exclusivement. Charlotte lui donne de l'espoir, lui promet de consentir au divorce.

Il n'a pas confiance : il est si malade, que l'espoir et la confiance l'abandonnent tour à tour. Il presse Charlotte de promettre sa main au commandant. Une sorte d'humeur insensée l'a saisi. Charlotte, pour l'apaiser, pour le contenir, fait ce qu'il exige. Elle promet sa main au commandant, pour le cas où Odile voudra s'unir à Édouard, mais sous la condition formelle que les deux hommes feront pour l'instant un voyage ensemble. Le commandant a des affaires à l'étranger pour la cour qui l'emploie, et Édouard promet de l'accompagner. On prend des arrangements et l'on se calme un peu, parce qu'il se passe au moins quelque chose.

Entre-temps on peut remarquer qu'Odile mange et boit à peine et qu'elle persiste dans son silence. On lui parle : elle devient anxieuse ; on y renonce. Car n'avons-nous pas, généralement, la faiblesse de n'aimer pas à tourmenter quelqu'un, même pour son bien ? Charlotte passa tous les moyens en revue ; enfin il lui vint l'idée de faire venir de la pension l'assistant, qui avait beaucoup de pouvoir sur Odile, et qui, très aimablement, avait exprimé sa surprise de son retard inattendu, mais qui n'avait pas reçu de réponse.

Afin de ne pas surprendre Odile, on parle de ce projet en sa présence. Elle semble ne pas y souscrire ; elle réfléchit ; à la fin une résolution paraît mûrir en elle. Elle court à sa chambre et envoie, avant le soir, la lettre suivante à ses amis assemblés.

Odile à ses amis

« Pourquoi faut-il, mes bien-aimés, que je dise expressément ce qui s'entend de soi-même ? Je suis sortie de ma voie, et je ne dois pas y rentrer. Un génie hostile a pris pouvoir sur moi, semble me retenir du dehors, quand même je me serais remise d'accord avec moi-même.

» J'avais conçu le projet très pur de renoncer à Édouard, de m'éloigner de lui. J'espérais ne plus le rencontrer. Il en a été autrement. Il a paru devant moi, contre sa propre volonté. Ma promesse de ne m'engager dans aucun entretien avec lui, je l'ai peut-être prise et interprétée trop à la lettre. Mon sentiment et la conscience de l'heure m'ont imposé de me taire, de rester muette devant mon ami, et maintenant je n'ai plus rien à dire. Sous l'empire du moment, pressée par un pur sentiment, j'ai pris sur moi de faire un vœu sévère, un vœu de religieuse, peut-être incommode, angoissant, pour celui qui s'y engagerait avec réflexion. Laissez-moi y persister aussi longtemps que mon cœur le commande. N'appelez aucun médiateur ; ne me pressez pas de parler, de prendre plus de nourriture qu'il ne m'est rigoureusement nécessaire. Aidez-moi par votre indulgence et votre patience à passer ce temps. Je suis jeune, la jeunesse se rétablit d'une manière imprévisible. Souffrez ma présence parmi vous ; réjouissez-moi de votre amour ; instruisez-moi par vos entretiens, mais laissez-moi le soin de mon cœur. »

Le départ des deux hommes, préparé depuis longtemps, ne se produisait pas, parce que la mission du commandant à l'étranger tardait. De quoi combler les désirs d'Édouard ! Maintenant ranimé par la lettre d'Odile, encouragé par ses paroles consolantes et qui lui donnaient espoir, autorisé à persévérer avec constance, il déclara tout à coup qu'il ne s'éloignerait pas.

« Quelle folie, s'écria-t-il, de jeter à dessein et hâtivement par-dessus bord ce qui est le plus indispensable, le plus nécessaire, ce qu'il faudrait peut-être retenir encore, même si la perte en était menaçante ! Qu'est-ce que cela veut dire ? Simplement, que l'homme tient à avoir l'air d'être capable de vouloir, de choisir. Sous l'empire de cette vaniteuse sottise, je me suis souvent arraché à mes amis, bien des heures, des jours trop tôt, uniquement pour n'être pas contraint par le dernier, l'inévitable délai. Mais, cette fois, je veux rester. Pourquoi dois-je m'éloigner ? N'est-elle pas déjà éloignée de moi ? Il ne me vient pas à l'idée de lui prendre la main, de la presser sur mon cœur ; je ne puis même y penser, j'en frissonne. Elle ne s'est pas écartée de moi ; elle s'est élevée au-dessus de moi. »

Il resta donc, comme il le voulait, comme il le devait ; mais rien n'égalait sa béatitude, quand il se rencontrait avec elle. A elle aussi était restée la même impression ; elle aussi ne pouvait se soustraire à cette nécessité délicieuse. Comme auparavant, ils exerçaient l'un sur l'autre une attraction indescriptible, presque magique. Ils habitaient sous le même toit ; mais, même sans penser précisément l'un à l'autre, occupés d'autres objets, tiraillés par la société, ils se rapprochaient l'un de l'autre. Se trouvaient-ils dans la même salle, ils ne tardaient pas à se tenir, à s'asseoir l'un à côté de l'autre. Seule la proximité la plus immédiate les pouvait apaiser, mais les apaisait pleinement, et ce voisinage suffisait. Il n'était besoin ni d'un regard, ni d'un mot, ni d'un geste, ni d'un contact, rien que d'une pure présence. Alors ce n'étaient plus deux êtres, c'en était un seul, dans une béatitude inconsciente et parfaite, satisfait de lui-même et du monde. Oui, si l'on avait retenu l'un d'eux à un bout de la maison, l'autre se serait porté vers lui, peu à peu, de lui-même, sans dessein. La vie était pour eux une énigme, dont ils ne trouvaient la solution que quand ils étaient ensemble.

Odile était parfaitement gaie et tranquille, en sorte que l'on pouvait se rassurer pleinement sur son compte. Elle s'éloignait peu de la société, elle avait obtenu seulement de manger en particulier. Nulle autre que Nane ne la servait.

Ce qui advient d'ordinaire à chaque homme se répète plus qu'on ne croit, parce que c'est sa nature qui en est la cause la plus proche. Le caractère, l'individualité, les penchants, l'orientation, les lieux, l'ambiance et les habitudes constituent ensemble un tout dans lequel chaque homme baigne comme au sein d'un élément, de la seule atmosphère où il trouve sa commodité et ses aises. Et c'est ainsi que ces hommes, dont on déplore si souvent l'inconstance, nous les trouvons, à notre grande surprise, sans changement après des années, sans possibilité de changement en dépit d'innombrables impulsions venues du dehors et du dedans.

C'est ainsi que, dans la vie quotidienne de nos amis, presque tout était rentré dans la même ornière : Odile, discrète, continuait à exprimer par d'aimables attentions son naturel prévenant ; et chacun agissait de même à sa manière. De cette façon le cercle de la famille apparaissait comme un mirage de la vie antérieure, et l'illusion que tout se passait encore comme autrefois, était excusable.

Les jours d'automne égaux en longueur à ceux de l'ancien printemps, ramenaient à la même heure la compagnie dans la maison. La parure de fleurs et de fruits, qui est propre à cette saison, faisait croire que ce fût l'automne de ce premier printemps : l'entre-temps était tombé dans l'oubli. Les fleurs s'épanouissaient dont on avait semé les semblables en ces jours précédents, les fruits mûrissaient sur les arbres que l'on avait alors vus fleurir.

Le commandant allait et venait ; Courtier aussi se faisait voir souvent. Les réunions du soir étaient en général régulières. D'ordinaire Édouard faisait une lecture, avec plus de vivacité, de sentiment, de talent, et même de gaieté, si l'on veut, qu'autrefois. Il semblait que tant par l'enjouement que par la sensibilité, il voulût ranimer Odile de son engourdissement, faire cesser son silence. Comme autrefois, il se plaçait de manière qu'elle pût lire dans le livre ; il était même inquiet, distrait, quand elle n'y regardait pas, quand il n'était pas assuré qu'elle suivît des yeux ses paroles.

Toute la pénible tristesse de l'entre-temps s'était effacée. Nul n'en voulait à l'autre ; toute trace d'amertume avait disparu. Le commandant accompagnait au violon le clavecin de Charlotte ; la flûte d'Édouard s'accordait comme autrefois au jeu d'Odile. On approchait de l'anniversaire d'Édouard, dont on n'avait pas atteint la célébration l'année précédente. Il devait se fêter cette fois sans appareil, dans la joie paisible de l'amitié. On en était convenu, moitié par entente secrète, moitié expressément. Mais, plus cette époque approchait, plus s'accentuait dans la nature d'Odile une solennité qu'on avait jusqu'alors plus sentie qu'observée. Au jardin, elle paraissait souvent surveiller les fleurs ; elle avait prescrit au jardinier d'épargner toutes les plantes de l'été, et s'arrêtait particulièrement auprès des asters, qui fleurissaient justement innombrables cette année-là.

CHAPITRE XVIII

Mais l'indice le plus important qu'observèrent les amis avec une muette attention fut qu'Odile avait vidé pour la première fois le coffret, qu'elle y avait choisi et coupé de quoi suffire à une toilette unique mais complète. Lorsqu'elle voulut emballer de nouveau le reste, avec le secours de Nane, elle put à peine en venir à bout : le dedans était encombré, bien qu'une partie du contenu eût été enlevée. La jeune et avide servante ne pouvait se lasser de regarder, en particulier parce qu'elle voyait le soin qu'on avait pris des moindres détails de la toilette. Il restait encore des souliers, des bas, des jarretières à devises, des gants et tant d'autres objets. Elle pria Odile de lui en faire cadeau. Odile refusa, mais elle ouvrit aussitôt le tiroir d'une commode, et laissa l'enfant choisir. Elle s'y prit en hâte et maladroitement, et s'enfuit aussitôt avec son butin, pour annoncer et montrer sa bonne fortune aux gens de la maison.

Enfin Odile réussit à tout ranger soigneusement, puis elle ouvrit un compartiment secret, pratiqué dans le couvercle. C'est là qu'elle avait caché les billets et les lettres d'Édouard, des fleurs desséchées, souvenirs d'anciennes promenades, une boucle de son bien-aimé, et que sais-je encore ? Elle y ajouta un objet de plus — le portrait de son père — et ferma le tout, après quoi elle remit sur son sein la clef délicate, attachée à la chaîne d'or autour de son cou.

Cependant bien des espérances s'étaient éveillées dans le cœur des amis. Charlotte était persuadée qu'Odile recommencerait à parler ce jour-là, car elle avait montré jusqu'alors une activité secrète, une sorte de satisfaction sereine d'elle-même, un sourire, comme celui qui se répand sur le visage de l'amant qui dissimule à sa bien-aimée une bonne surprise et une joie. Nul ne savait qu'Odile passait bien des heures dans une grande faiblesse, dont elle ne se relevait que par sa force d'âme aux instants où elle se montrait.

En ce temps-là Courtier s'était fait voir plus souvent et était resté plus longtemps que d'ordinaire. Cet homme obstiné ne savait que trop bien qu'il n'est qu'un moment précis pour battre le fer. Il interprétait à son avantage le silence d'Odile et sa retraite. On n'avait fait encore aucune démarche pour le divorce des époux. Il espérait régler de quelque autre manière favorable le sort de l'excellente jeune fille ; il écoutait, il cédait, il donnait à entendre, et, à sa manière, il se conduisait avec assez d'habileté.

Mais il se laissait constamment entraîner, dès qu'il en trouvait occasion, à raisonner sur des sujets auxquels il attribuait une grande importance. Il vivait beaucoup en lui-même, et, s'il se trouvait avec les autres, ce n'était guère, ordinairement, que pour exercer son activité. Lorsque son éloquence se déchaînait entre amis, comme nous l'avons déjà vu souvent, elle ne gardait point de ménagements, blessait ou guérissait, était utile ou dommageable, suivant les rencontres.

Le soir qui précédait l'anniversaire d'Édouard, Charlotte et le commandant étaient assis ensemble, attendant Édouard, qui était sorti à cheval. Courtier allait de long en large dans la pièce ; Odile était restée dans sa chambre, pour étaler sa toilette du lendemain, et donner quelques indications à sa servante, qui la comprenait parfaitement et obéissait avec adresse à ses ordres muets.

Courtier en était justement arrivé à l'un de ses thèmes favoris. Il aimait à soutenir qu'aussi bien dans l'éducation des enfants, que dans le gouvernement des peuples, rien n'est si maladroit et si barbare que les interdictions, que les lois et les ordonnances prohibitives.

« L'homme est actif de sa nature, disait-il, et quand on s'entend à commander, il ne demande qu'à suivre, il agit, et exécute. Pour ce qui est de moi, j'aime mieux autour de moi tolérer les défauts et les vices, en attendant que je puisse prescrire la vertu opposée, que me débarrasser du défaut, et ne rien mettre de bien à sa place. L'homme fait très volontiers ce qui est bon et décent, pourvu qu'il y puisse parvenir : il le fait pour avoir quelque chose à faire, et n'y réfléchit pas plus qu'aux sottises qu'il entreprend par oisiveté et par ennui.

» Je suis souvent agacé d'entendre la façon dont on fait répéter, dans l'éducation des enfants, les dix commandements ! Le quatrième est encore une très belle, une très raisonnable prescription : « Honore ton père et ta mère. » Si les enfants se le gravent bien dans l'esprit, ils en ont pour toute la journée à s'y exercer. Mais, le cinquième, que faut-il en dire ? « Tu ne tueras point ! » Comme si l'homme avait la moindre envie de tuer son semblable ! On hait quelqu'un, on se met en colère, on s'emporte, et par voie de conséquence de cette colère et de bien d'autres choses, il peut fort bien arriver, qu'à l'occasion, on tue quelqu'un. Mais n'est-ce pas une mesure barbare que d'interdire aux enfants le meurtre et l'assassinat ? Si l'on disait : « Prends soin de la vie de ton prochain, écarte ce qui peut lui être nuisible, sauve-le, à ton propre péril ; si tu lui fais tort, songe que tu te fais tort à toi-même. » Voilà les commandements qui devraient avoir cours chez des peuples policés et raisonnables, et qu'on relègue misérablement dans les questions et les réponses du catéchisme.

» Quant au sixième, je le trouve proprement abominable. Quoi ? attirer la curiosité d'enfants déjà inquiets sur de périlleux mystères, offrir à leur imagination des images et des représentations singulières qui apportent dans toute sa virulence précisément ce qu'on veut éloigner. Il vaudrait bien mieux faire châtier arbitrairement ces manquements par un tribunal secret que de les livrer au bavardage des dévotes de paroisse. »

A ce moment Odile entra.

« Tu ne commettras point d'adultère ! » poursuivit Courtier. Quelle grossièreté, quelle indécence ! Ne serait-ce pas un tout autre son de cloche que celui-ci : « Tu respecteras le lien du mariage ; quand tu verras des époux qui s'aiment, tu t'en réjouiras et tu participeras à leur bonheur comme à celui d'une belle journée. Si quelque trouble intervenait dans leur union, tu dois t'efforcer de le dissiper ; tu dois t'efforcer de les réconcilier, de les apaiser, de leur préciser leurs avantages réciproques, et de contribuer au bien des autres, avec un noble désintéressement, en leur faisant sentir la félicité qui découle du devoir, et particulièrement de celui qui unit indissolublement l'homme et la femme. »

Charlotte était sur des charbons ardents, et la

situation l'emplissait d'autant plus d'angoisse qu'elle était convaincue que Courtier ne savait pas ce qu'il disait et où il parlait, et, avant qu'elle pût l'interrompre, elle vit Odile, qui avait changé de visage, sortir de la pièce.

« Vous nous ferez grâce au moins du septième commandement, dit Charlotte avec un sourire forcé.

— De tous les autres, répliqua Courtier, pourvu que je sauve celui sur lequel reposent les autres. »

Avec des cris affreux, Nane accourut :

« Elle meurt ! Mademoiselle se meurt ! Venez ! venez ! »

Au moment où Odile chancelante était retournée dans sa chambre, les atours du lendemain s'étalaient sur plusieurs chaises et la servante, qui allait et venait, en les regardant et les admirant, poussa des cris de joie :

« Voyez, ma chère demoiselle, voilà une parure de fiancée tout à fait digne de vous ! »

Odile entendit ces mots et tomba sur le canapé. Nane voit sa maîtresse pâlir, se raidir : elle court à Charlotte. On vient. Le médecin s'empresse. Il croit à un simple épuisement. Il fait apporter un peu de bouillon. Odile le repousse avec horreur, elle tombe même en convulsions, quand on approche la tasse de sa bouche. Il demande, grave et empressé, comme la circonstance le lui suggère, ce qu'a mangé Odile ce jour-là. La servante hésite ; il renouvelle sa question : elle avoue qu'Odile n'a rien pris.

Nane lui paraît plus anxieuse que de raison. Il l'entraîne dans un cabinet voisin ; Charlotte suit. La servante tombe à genoux ; elle avoue que, depuis longtemps, Odile mange si peu que rien. Sur les instances d'Odile, elle a mangé les aliments à sa place : elle l'avait dissimulé à cause de l'attitude suppliante et menaçante de sa maîtresse, et aussi, ajouta-t-elle innocemment, parce qu'elle y avait trouvé bon goût.

Le commandant et Courtier arrivaient. Ils trouvèrent Charlotte occupée en compagnie du médecin. La pâle et céleste enfant était assise, consciente, semblait-il, au coin du canapé. On la prie de se coucher ; elle s'y refuse, mais elle demande par signes qu'on apporte le coffret. Elle y pose ses pieds, et se trouve à demi couchée, dans une attitude commode. Elle paraît vouloir prendre congé ; ses gestes expriment aux assistants l'attachement le plus tendre, l'amour, la reconnaissance, le pardon demandé et l'adieu le plus touchant.

Édouard, qui descend de cheval, apprend la situation. Il se précipite dans la chambre, il se jette aux côtés d'Odile, saisit sa main et la baigne de larmes muettes. Il demeure ainsi longtemps, enfin il s'écrie :

« N'entendrai-je plus jamais ta voix ? Ne reviendras-tu pas à la vie, avec un mot pour moi ? Il suffit ! Je te suis là-bas : nous y parlerons d'autres langues. »

Elle lui presse la main avec force ; elle jette sur lui ses yeux pleins de vie et d'amour, et, après un profond soupir, après un mouvement céleste et muet des lèvres :

« Promets-moi de vivre ! s'écrie-t-elle, avec un effort de grâce et de tendresse, mais aussitôt elle retombe en arrière.

— Je te le promets ! » s'écria-t-il à son tour ; mais sa réponse ne peut que la suivre : elle était partie déjà.

Après une nuit de larmes, le soin d'ensevelir ces restes chéris revint à Charlotte. Le commandant et Courtier l'assistaient. L'état d'Édouard était lamentable. Dès qu'il put sortir un peu de son désespoir, et qu'il se fut en quelque façon repris, il s'obstina dans l'idée qu'il ne fallait pas transporter Odile hors du château ; il fallait la veiller, la soigner, la traiter comme une vivante : car elle n'était pas morte, elle ne pouvait être morte. On fit selon sa volonté, en ce sens, du moins, qu'on évita ce qu'il avait défendu. Il n'exigeait pas de la voir.

Une autre frayeur vint saisir, un autre souci, occuper les amis : Nane, vivement réprimandée par le médecin, contrainte aux aveux par des menaces, et, après ses aveux, accablée de reproches, s'était enfuie. Après de longues recherches, on la retrouva : elle semblait hors d'elle-même. Ses parents la prirent chez eux. Les meilleurs traitements parurent sans effet ; il fallut l'enfermer, parce qu'elle menaçait de s'enfuir à nouveau.

On réussit progressivement à arracher Édouard à la violence du désespoir, mais pour son malheur ; car il prit conscience, il acquit la certitude d'avoir perdu pour toujours le bonheur de sa vie. On tenta de lui représenter que, déposée dans la chapelle, Odile resterait encore parmi les vivants, et ne serait point privée d'une aimable et tranquille demeure. Il fut malaisé d'obtenir son consentement, et seulement sous la condition qu'elle y serait portée dans un cercueil découvert, que, dans le caveau, elle ne serait protégée que d'une plaque de verre, et qu'une lampe y brûlerait à perpétuité, il accepta enfin et sembla résigné à tout.

On habilla ce corps charmant de la parure qu'elle avait préparée elle-même ; on mit sur sa tête une couronne d'asters, qui brillaient mystérieusement comme des étoiles funèbres. Pour décorer le cercueil, l'église, la chapelle, tous les jardins furent dépouillés de leur parure. Ils étaient dévastés, comme si déjà l'hiver eût étouffé la joie des parterres. Au petit matin, elle fut emportée du château dans le cercueil découvert, et le soleil levant rougissait encore ce divin visage. Les assistants se pressaient autour des porteurs. Personne ne voulait la précéder, personne la suivre ; tous voulaient l'entourer, tous jouir, pour la dernière fois, de sa présence. Enfants, hommes et femmes, nul ne restait insensible. Les jeunes filles, qui sentaient plus directement sa perte, étaient inconsolables.

Nane était absente. On l'avait retenue, ou plutôt on lui avait caché le jour et l'heure de l'enterrement. On la gardait, chez ses parents, dans une chambre qui donnait sur le jardin. Mais, lorsqu'elle entendit sonner les cloches, elle ne devina que trop ce qui se passait ; et comme sa garde, curieuse de voir le cortège, l'avait quittée, elle s'échappa par une fenêtre dans un couloir, et, trouvant toutes les portes fermées, monta au grenier.

Tout juste, le cortège, balancé, traversait le village par le chemin propre et jonché de feuilles. Nane distinguait au-dessous d'elle sa maîtresse avec plus de netteté, de perfection et dans un plus bel aspect que tous ceux qui suivaient le convoi. Surnaturelle et comme portée sur des nuages ou sur des vagues, elle semblait faire signe à sa servante, qui, troublée, chancelante, éperdue, se précipita.

La foule se dispersa de tous côtés avec une affreuse clameur. La presse et la bousculade contraignirent les porteurs de poser le cercueil. L'enfant gisait tout près : elle semblait avoir tous les membres rompus. On la releva, et, par hasard, ou par l'effet d'une providence particulière, on l'appuya sur le cadavre ; il semblait même que ce qui lui restait de vie s'employât à atteindre sa chère maîtresse. Mais, à peine ses membres inertes eurent-ils touché le vêtement, et ses doigts sans force, les mains jointes d'Odile, que la jeune fille se redressa, leva d'abord les yeux et les mains au ciel, puis tomba à genoux devant le cercueil, et, dans un pieux ravissement, contempla sa maîtresse[28].

Enfin elle se leva, comme inspirée, et s'écria avec une sainte joie :

« Oui, elle m'a pardonné ! Ce que personne au monde ne pouvait me pardonner, ce que je ne pouvais me pardonner moi-même, Dieu me le pardonne par son regard, par son geste, par sa bouche. La voilà revenue à la paix et à la douceur du repos, mais vous avez vu comme elle s'est relevée et m'a bénie de ses mains ouvertes, comme elle m'a regardée avec affection ! Vous avez tous entendu, vous en êtes témoins, qu'elle m'a dit : « Tu es pardonnée ! » Je ne suis plus une criminelle : elle m'a pardonné, Dieu m'a pardonné, et personne ne peut plus rien me reprocher. »

La foule se pressait autour d'elle : tous s'étonnaient, écoutaient, regardaient de côté et d'autre, et nul ne savait guère que résoudre.

« Portez-la maintenant au lieu du repos, dit la jeune fille ; elle a fait et souffert sa part et ne peut plus demeurer parmi nous. »

Le cercueil reprit sa marche. Nane suivait la première, et l'on parvint à l'église, à la chapelle.

Maintenant le cercueil d'Odile était en place, à sa tête, le cercueil de l'enfant, à ses pieds, le coffret, dans une épaisse enveloppe de chêne. On avait arrêté une garde, afin, dans les premiers temps, de veiller auprès du cadavre, qui gisait, charmant, sous la plaque de verre. Mais Nane ne voulut pas se laisser ravir ce devoir ; elle voulait rester seule, sans compagne, et veiller assidûment sur la lampe, qui brillait pour la première fois. Elle le demanda avec tant d'ardeur et d'obstination qu'on lui céda, afin de prévenir une pire maladie morale, qui était à craindre.

Mais elle ne resta pas longtemps seule : car, dès la nuit tombante, lorsque la lumière diffuse, exerçant tous ses droits, répandait un éclat plus vif, la porte s'ouvrit et l'architecte entra dans la chapelle, dont les murailles pieusement ornées lui parurent, dans cette lueur si douce, plus antiques et mystérieuses qu'il n'eût pu le croire.

Nane était assise d'un côté du cercueil. Elle le reconnut aussitôt : mais, en silence, elle lui désigna sa maîtresse pâlie. Et il se tint debout, de l'autre côté, dans la force et l'élégance de sa jeunesse, rentré en lui-même, immobile, recueilli, les bras abaissés, les mains jointes avec pitié, la tête et le regard penchés sur l'enfant inanimée.

Une fois déjà il s'était ainsi tenu devant Bélisaire. Involontairement il reprit la même attitude. Qu'elle était, cette fois encore, naturelle ! Ici également, un inestimable trésor avait été précipité du faîte ; et si l'on déplorait là, chez un homme, la perte véritable de la vaillance, de la sagesse, de la puissance, du rang et de la fortune ; si des qualités indispensables à la nation, au prince, dans un moment décisif, avaient été mésestimées, et même rejetées et proscrites, ici autant de calmes vertus, que la nature avait naguère tirées de ses profondeurs fécondes, étaient trop vite anéanties par sa main indifférente ; vertus aimables, rares et belles, dont le monde indigent reçoit en tout temps avec délices le paisible effet, et dont il pleure la perte par un deuil nostalgique.

Le jeune homme se tut quelque temps, et aussi la

jeune fille ; mais, quand elle vit les larmes sortir, fréquentes, de ses yeux, quand il parut tout abîmé dans la douleur, elle parla avec tant de vérité et de force, avec tant de bienveillance et de fermeté, que, tout surpris du flot de son éloquence, il parvint à se reprendre, et que sa belle amie lui apparut vivante et agissante dans une région supérieure. Ses larmes se séchèrent, sa douleur s'apaisa : s'agenouillant, il prit congé d'Odile ; il prit congé de Nane, en lui serrant la main avec chaleur, et, durant la nuit encore, il s'éloigna à cheval, sans avoir vu personne.

Le chirurgien avait passé la nuit dans l'église, à l'insu de la jeune fille, et il la trouva, lorsqu'il la visita le matin, pleine de courage et de sérénité. Il était préparé à bien des divagations ; il s'attendait à l'entendre parler d'entretiens nocturnes avec Odile et d'autres apparitions du même genre ; mais elle était naturelle, tranquille, et tout à fait maîtresse d'elle-même. Elle se rappelait parfaitement tout le passé, tous les faits dans le plus grand détail, et rien, dans ses paroles, ne s'écartait de la réalité et de la vérité, sauf l'incident du convoi funèbre, qu'elle prenait plaisir à répéter souvent : le réveil d'Odile, sa bénédiction, son pardon et le calme qu'elle lui avait ainsi rendu pour toujours.

L'état d'Odile, qui ressemblait plus au sommeil qu'à la mort, sa persistante beauté attiraient beaucoup de gens. Les habitants du lieu et du voisinage voulaient la voir encore ; et chacun voulait entendre de la bouche de Nane l'événement incroyable : certains pour s'en moquer, la plupart pour en douter, un petit nombre pour y donner créance.

Tout besoin qui ne peut recevoir de satisfaction réelle oblige à croire. Nane, écrasée aux yeux de tout le monde, avait été guérie par le contact d'un corps saint : pourquoi semblable bonheur ne serait-il pas réservé à d'autres ? De tendres mères apportèrent, d'abord en secret, leurs enfants atteints de quelque mal, et elles crurent déceler une soudaine amélioration. La confiance se multiplia ; et, à la fin, nul n'était si vieux et si faible qu'il ne vînt chercher en ce lieu le soulagement et le réconfort. La foule s'accrut, et l'on se vit contraint de fermer la chapelle et même, hors des heures du service divin, l'église.

Édouard n'osait pas s'approcher de la morte. Il vivait sans prendre conscience du monde ; il semblait n'avoir plus de larmes, n'être plus capable de douleur. Chaque jour il prend moins de part à la conversation, il réduit le manger et le boire. Il semble trouver encore quelque soulagement en buvant dans le verre, qui a été cependant pour lui mauvais prophète. Il aime toujours à regarder les chiffres entrelacés, et son regard, grave et serein, semble alors indiquer qu'il espère encore se réunir à son amie. Et de même que le moindre incident paraît favoriser les heureux, chaque hasard les emporter avec lui, les plus légers événements se rassemblent volontiers pour blesser, pour ruiner les malheureux. Un jour qu'Édouard portait à ses lèvres le verre chéri, il l'écarta avec effroi : c'était lui et ce n'était pas lui. Il n'y retrouve pas une petite marque. On interroge le valet de chambre ; il est obligé d'avouer que le véritable verre a été brisé dernièrement, et qu'on lui en a substitué un semblable, qui date aussi de la jeunesse d'Édouard. Édouard ne peut s'irriter ; son sort a été prononcé par l'événement : pourquoi un symbole le troublerait-il ? Néanmoins il en est profondément affecté. A partir de ce moment, toute boisson paraît lui répugner ; il semble s'abstenir à dessein de manger et de parler.

Mais, de temps en temps, une inquiétude le saisit : il redemande quelque nourriture ; il recommence à parler.

« Hélas ! disait-il un jour au commandant, qui ne le quittait guère, que je suis malheureux ! Tous mes efforts ne sont qu'imitation, peine mal dirigée. Ce qui fut pour elle une félicité devient pour moi torture. Et cependant, pour cette félicité, je suis contraint de souffrir cette torture. Je dois la suivre, la suivre sur ce chemin. Mais ma nature me retient, et ma promesse. C'est une tâche effrayante d'imiter l'inimitable. Je le sens bien, mon cher, il faut du génie pour tout, même pour le martyre. »

Dans cette situation sans espoir, que servirait-il de rapporter les efforts de toute sorte dont s'étourdirent pendant un certain temps, dans l'entourage d'Édouard, l'épouse, l'ami, le médecin ? Enfin on le trouva mort. Courtier fit le premier cette triste découverte. Il appela le médecin, et, avec son sang-froid habituel, il observa exactement les circonstances où l'on avait trouvé le défunt. Charlotte accourut : le soupçon d'un suicide s'éveillait en elle. Elle prétendait s'accuser, accuser les autres d'une inexcusable imprudence. Mais le médecin, par des raisons naturelles, et Courtier, par des raisons morales, parvinrent bientôt à la persuader du contraire. Très nettement Édouard avait été surpris par sa fin. A un moment tranquille il avait étalé devant lui, en le tirant d'une cassette, d'un portefeuille, ce qui lui était resté d'Odile et qu'il avait coutume, jusqu'alors, de cacher avec soin : une boucle de cheveux, des fleurs cueillies à une heure de bonheur, tous les billets qu'elle lui avait écrits, depuis le premier, que sa femme lui avait remis par un hasard prophétique. Tout cela, il était impossible qu'il l'eût volontairement exposé à une découverte accidentelle. Ce cœur, en proie naguère à une agitation sans bornes, avait donc trouvé un imperturbable repos ; et, comme il s'était endormi en pensant à une sainte, on pouvait sans doute le qualifier de bienheureux. Charlotte lui donna sa place auprès d'Odile, et ordonna que personne ne serait plus déposé dans ce caveau. A cette condition, elle institua, pour l'église et pour l'école, pour le pasteur et pour l'instituteur, des fondations considérables.

Les amants reposent donc l'un près de l'autre. La paix flotte sur leur sépulture. De la voûte, les fraternelles images des anges abaissent sur eux la sérénité de leurs regards, et qu'il sera aimable l'instant où ils se réveilleront ensemble !

DOSSIER

VIE DE GOETHE

1749. Le 28 août, naissance à Francfort de Johann Wolfgang Goethe, fils d'une famille bourgeoise aisée et cultivée.

1765-68. Études de droit à l'université de Leipzig.

1770-71. Études à l'université de Strasbourg. Idylle avec Frédérique Brion, fille du pasteur de Sesenheim en Alsace. Rencontre avec Herder.

1772. Avocat au tribunal d'Empire de Wetzlar. Idylle avec Charlotte Buff. L'idylle fournira la trame de *Werther.*

1773-1775. Retour à Francfort. *Götz von Berlichingen,* drame médiéval. Premier succès.

1774. *Les Souffrances du jeune Werther.*

1776. En novembre, Goethe s'installe à Weimar où la duchesse Anna Amalia lui demande de remplir auprès du jeune duc son fils le rôle de confident, favori et conseiller. Il restera à Weimar jusqu'à sa mort ; plus d'un demi-siècle. Weimar n'est, à l'époque où il y arrive, qu'une bourgade de quatre ou cinq mille âmes, aux rues boueuses. La présence de Goethe et son rayonnement en feront un haut lieu de l'esprit. Toute l'Europe de l'époque romantique y défilera. Goethe, conseiller et pratiquement ministre, pratique l'art de gouverner. Il apprend la minéralogie, la géologie. Mais prisonnier de ses fonctions, de l'étiquette, du provincialisme étroit, prisonnier de sa réputation même, Goethe s'ennuie. Il s'évade, part pour l'Italie où il passera incognito une vingtaine de mois. C'est la période la plus heureuse de sa vie ; la seule, confiera-t-il plus tard. Il reprend ses ébauches littéraires : des drames, *Iphigénie, Egmont, Torquato Tasso, Faust;* un grand roman, *Wilhelm Meister;* un cycle de poésies lyriques, les *Élégies romaines.* Il entreprend, à quarante ans, de publier ses œuvres complètes. Mais il est surtout attiré par la recherche scientifique. Géologie, anatomie, optique.

1788. Goethe fait venir à l'université d'Iéna l'auteur déjà célèbre des *Brigands,* l'historien Schiller. Une amitié se noue, d'où résultera ce qu'on nomme « le classicisme de Weimar ».

1805. Schiller meurt.

1809. Goethe publie le roman *Les Affinités électives.*

1811-1814. *Poésie et Vérité,* récit autobiographique.

1814-1819. Cycle de poèmes d'inspiration orientale, le *Divan occidental-oriental.*
Directeur du théâtre de Weimar de 1791 à 1817.

1823-1832. Eckermann recueille fidèlement ses propos publiés dans les très célèbres *Conversations avec Goethe.* Octogénaire, Goethe suit avec passion la controverse devant l'Institut de France entre Cuvier et Geoffroy Saint-Hilaire sur le transformisme.

1832. Mort de Goethe.

NOTES

Page 21.

1. Sous sa forme latine : *De attractionibus electivis,* l'expression paraît avoir été employée pour la première fois par le naturaliste suédois Torbern Olof Bergman, mort en 1784, et sous sa forme allemande : *Wahlverwandtschaften,* elle se rencontre dans la traduction de ce mémoire, publiée en 1785, ainsi que dans un ouvrage fort répandu, le *Physikalisches Wœrterbuch* de F. S. T. Gehler publié de 1787 à 1795. En annonçant son roman dans le *Morgenblatt für gebildete Stande* du 4 septembre 1809, Gœthe ne laissait aucun doute sur les rapports de ce titre avec ses études scientifiques : « Il semble que des travaux de physique assidûment poursuivis ont conduit l'auteur à ce titre singulier. Il a fort bien pu observer que, dans les sciences de la nature, on se sert très souvent de comparaisons d'ordre éthique, afin de rendre plus proche, dans le cercle des connaissances humaines, ce qui était fort éloigné ; c'est ainsi que, dans un cas moral, il a pu ramener une comparaison symbolique de la chimie à son origine spirituelle, d'autant plus qu'il n'existe partout qu'*une seule nature* et que, dans le domaine éclairé de la liberté raisonnable, on relève constamment les traces de la sombre nécessité des passions qui ne sauraient être entièrement effacées que par la main d'un être supérieur, et non pas encore, peut-être, en cette vie. »

Les deux premières traductions françaises, assez insuffisantes, des *Affinités* ont paru en 1810, la dernière, très fidèle, de M. Angelloz a été publiée en 1942 (Paris, Aubier). Les ouvrages essentiels à consulter, en langue française, sont la *Bibliographie de Goethe en France* par F. Baldensperger (Paris, 1907), *Goethe en France* du même auteur (Paris, 1920), et surtout *Les Affinités électives de Gœthe* par André François-Poncet (Paris, 1910), essai très ingénieux et d'une information complète à l'époque où il a paru.

Page 23.

2. Goethe avait un goût très vif pour les jardins : il prit part en particulier à l'arrangement du parc de Weimar. Quelques auteurs ont admis que, dans le cas des *Affinités électives,* le poète se référait à l'exemple déterminé du parc de Wilhelmsthal, château ducal des environs d'Eisenach où Goethe séjourna maintes fois, mais, sans doute à juste raison, André François-Poncet *(op. cit.)* se montre plutôt sceptique à l'endroit d'une précision trop poussée.

Page 37.

3. Nous nous sommes permis, contre l'usage, de traduire le nom de ce personnage quelque peu agité et encombrant, qui s'appelle, en allemand, Mittler. Ce nom a, en effet, une valeur symbolique : Mittler veut dire médiateur, intermédiaire. Nous avons donc cherché un mot qui, tout en présentant l'aspect d'un nom propre, ait une signification analogue.

Page 52.

4. A propos de cette peinture d'Odile, voir la préface. Sous l'influence de la lecture qu'il fit du roman (en traduction), Stendhal écrivait au début de 1810 à sa sœur Pauline : « J'ai été tendrement ému, hier soir, tu connaîtras Ottilie » (*Correspondance,* III, 226, édition Martineau). Les traducteurs français ont, en effet, conservé très lontemps cette forme allemande du prénom « Odile », ce qu'on ne saurait justifier en aucune façon si l'on francise Édouard. Stendhal avait été assez frappé par les *Affinités* pour inscrire dans les *Vies de Haydn, de Mozart et de Métastase* (187, édition Martineau) une prétendue lettre d'Ottilie qui demeure assez énigmatique, car ce n'est même pas un pastiche et l'on ne voit guère où l'auteur veut en venir. Plus remarquable est ce jugement exprimé le 20 mars 1810 dans le *Journal* (III, 282,

édition Martineau) : « Il faudrait, avec une tête française, une âme à la Mozart (de la sensibilité la plus tendre et la plus profonde) pour goûter ce roman. »

Page 94.

5. Ce discours contient des allusions à la franc-maçonnerie pour laquelle Goethe éprouva une curiosité qui s'exprime surtout dans les *Wilhelm Meister.*

Page 122.

6. Ce « double adultère », qui forme le nœud même de l'action, souleva l'indignation de nombreux critiques et notamment de Jacobi, l'ami de Goethe. Si détaché que fût en général celui-ci du sort de ses anciennes œuvres, les reproches d'immoralité qu'on lui adressa le piquèrent au vif. Dans une lettre adressée le 10 décembre 1810 à Marianne von Eybenberg il reproduisait triomphalement un passage d'une lettre que le duc de Weimar avait reçue du prince de Ligne : « Aidé d'une bonne traduction, j'ai lu avec admiration *les Affinités électives,* et je plains les hommes bégueules et les femmes qui souvent le sont moins, de n'avoir pas trouvé, au lieu d'immoralités qui n'existent pas, tous les secrets du cœur humain... » Laube rapporte qu'il disait encore à une dame qui s'était plainte de cette immoralité : « ... le livre n'est pas immoral. Il suffit que vous le considériez sous un point de vue plus élevé ; dans une situation pareille, la mesure de morale habituelle peut facilement paraître immorale. » Et le 7 septembre 1821, plus de dix ans après, il revenait sur la question, de façon assez énigmatique, dans une lettre à Zauper : « Le texte très simple de ce petit livre diffus, ce sont les paroles du Christ : *Quiconque aura regardé une femme pour la convoiter...* Je ne sais si personne les a jamais reconnues dans cette paraphrase. » On conviendra, en effet, que ce rappel de l'Écriture Sainte (Matth., v, 28) n'est pas absolument convaincant.

Page 129.

7. Goethe a repris ce motif, qui doit se référer à une impression personnellement ressentie, dans le livre XVII de la IVe partie de *Poésie et Vérité,* lorsque le héros revient d'Offenbach à Francfort.

Page 157.

8. Il s'agit des Chartreux de Vauvert, proche de l'Observatoire, dont les pépinières étaient célèbres.

Page 172.

9. On sait que la prédilection de Goethe pour la fable de Philémon et Baucis avec leur petite maison sous les tilleuls nous a valu aussi une scène du *Second Faust,* acte V (vers 11043-11142).

Page 175.

10. Les commentateurs allemands ont fait observer que Napoléon, dans les pays du Rheinbund, avait interdit l'enterrement dans les églises.

Page 176.

11. Le plus beau moulage que nous possédons des traits de Goethe a été pris de son vivant, en 1816, par le sculpteur Gottfried Schadow.

Page 178.

12. « Goût allemand » doit s'entendre du style gothique alors attribué aux Allemands. C'est en ce sens qu'au début de sa carrière, à Strasbourg, Goethe avait écrit sa première étude : *De l'architecture allemande.*

Page 180.

13. Goethe ne fit la connaissance des frères Boisserée et de leur collection de Primitifs qu'en 1811, et le passage est d'autant plus significatif de son état d'esprit, quelques années auparavant, qu'il faisait alors profession de n'aimer que l'art classique.

Page 181.

14. Riemer a conté que John Forbes, chirurgien de la flotte anglaise qui se trouvait devant Hambourg, fit tenir à Goethe un morceau d'un de ces cordages.

Page 184.

15. Goethe emploie, comme de coutume, le mot « dilettante ». Ce problème du dilettantisme le préoccupait beaucoup dans son sens de l'universel. Il avait publié en 1796 une étude : *Ueber den sogenannten Dilettantismus in der Kunst oder die praktische Liebhaberei in den Künsten.* En ce qui concerne les arts graphiques il se savait dilettante, voir la conversation du 10 avril 1829 avec Eckermann : « ... en Italie, vers ma quarantième année, j'ai été assez sage pour reconnaître que je n'ai aucun talent pour les arts plastiques, et que ma tendance en ce sens est fausse », et, dans le *Voyage d'Italie,* la lettre analogue du 6 février 1788. Mais en sciences il croyait avoir dépassé ce stade.

Page 189.

16. A rapprocher du fameux propos rapporté par Riemer le 23 juin 1809 : « Gœthe lui-même comparait ses poésies, nées d'états passagers et passés, aux peaux quittées par le serpent qui mue. »

Page 195.

17. *L'Ondine de la Saale,* titre d'un opéra-comique que Vulpius avait adapté, pour la scène de Weimar, d'une pièce de Hensler : *La Sirène du Danube.*

18. Reine de Carie, veuve du roi Mausole.

Page 200.

19. Cette troisième partie du Journal d'Odile et les suivantes ont en effet un caractère tout différent de celui des deux premières parties. Elles ne se rapportent aucunement à l'action du roman et à ce qu'on sait du caractère d'Odile. On en a retrouvé à peu près toutes les sources : il s'agit de réflexions, de maximes, de notes de lecture de Goethe vers cette époque.

Page 213.

20. En français dans le texte.

Page 225.

21. Presque assurément Gœthe a songé ici au fameux tableau du Corrège, *la Nuit,* qu'il avait pu admirer à la Galerie de Dresde durant son séjour à Leipzig.

Page 241.

22. Il s'agit ici d'Alexandre de Humboldt (1769-1859), le naturaliste qui, en 1804, était revenu d'un voyage de cinq ans dans les régions tropicales du Nouveau Monde. En réalité Goethe était plus lié avec son aîné, Guillaume (1767-1835), dont il avait fait la connaissance à Iéna et dont il appréciait l'universalité. Cependant, sur Alexandre, il écrivait, le 28 mars 1797, à Knebel : « La présence du jeune Humboldt, qui a suffi à elle seule à remplir d'intérêt toute une période de ma vie, met en train ce qui peut être intéressant en chimie, en physique et en physiologie. » Et, sous l'impression produite par la lecture de la première partie de la relation du voyage, le 4 avril 1807, il parlait au même Knebel des singes : « Dans les voyages de Humboldt, les singes m'ont plu, qui, dès qu'ils arrivent dans une température plus fraîche, se rassemblent aussitôt, bien serrés, en grandes troupes... »

Page 255.

23. En français dans le texte.

Page 257.

24. Le personnage a quelques traits de Sir Charles Gore, vieil Anglais établi à Weimar avec sa famille après de longs voyages. Goethe le fréquentait assidûment et a donné sa biographie à la suite de celle de Philippe Hackert.

Page 264.

25. Ce récit aurait pour germe un incident relaté dans un journal anglais que Goethe lut à Rome (*Voyage d'Italie,* octobre 1787).

Page 276.

26. Des expériences sur le pendule avaient eu lieu notamment en 1806 à l'Académie des sciences de Munich et de nombreuses études avaient paru à ce sujet (voir : O. Brahms,

Zeitschr. für deutsches Altertum..., tome XXVI, p. 194, 1882). Mais la portée de ce passage est loin d'être épisodique. On en trouvera le développement à la fin du chapitre XIV et au chapitre XV du IIIe livre des *Années de voyage de Wilhelm Meister.* Goethe était très préoccupé de la conformité que présentent certains êtres féminins avec le système général du monde et qui les rendrait sensibles à l'existence de minéraux sous la terre. Voir en particulier, dans l'ouvrage cité, le personnage de Macarie.

Page 277.

27. Conséquence du « double adultère », la « double ressemblance » choqua les contemporains. Faut-il ajouter que ce genre de ressemblance « spirituelle » ou de « désir » est devenu un ressort familier, notamment à Paul Claudel *(L'Annonce faite à Marie, Le Soulier de satin)* ?

Page 328.

28. A rapprocher de l'enterrement de Sperata (*Années d'apprentissage de Wilhelm Meister,* livre VIII, ch. VIII).

DU MÊME AUTEUR

Dans la même collection

LES SOUFFRANCES DU JEUNE WERTHER. *Préface de Pierre Bertaux. Traduction de Bernard Grœthuysen.*

LES ANNÉES D'APPRENTISSAGE DE WILHELM MEISTER. *Préface de Bernard Lortholary. Traduction de Blaise Briod revue par Bernard Lortholary.*

Dans la collection Folio théâtre

FAUST. *Préface de Claude David. Traduction nouvelle de Jean Amsler. Notes de Pierre Grappin.*

Impression Novoprint
à Barcelone, le 26 avril 2017
Dépôt légal : avril 2017
Premier dépôt légal dans la collection: novembre 1980

ISBN 978-2-07-037237-9./Imprimé en Espagne.

319925